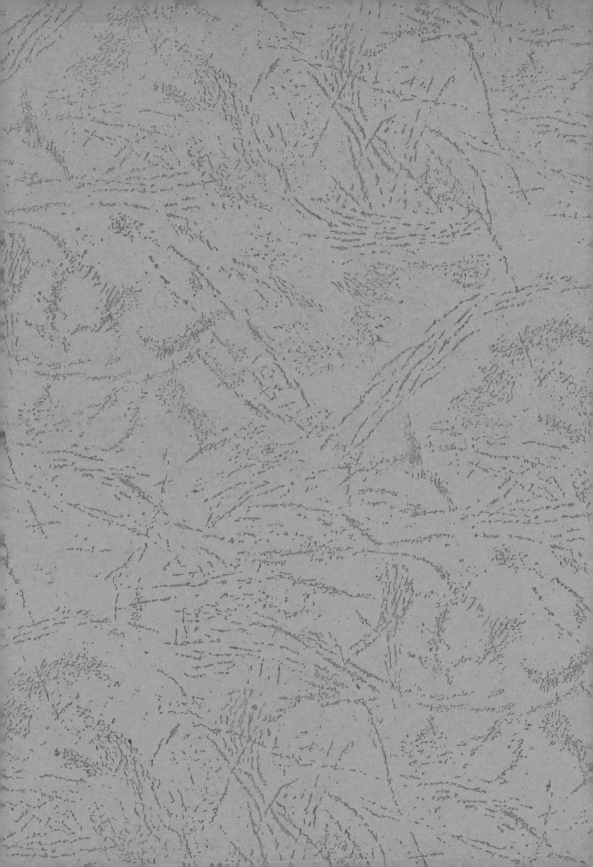

文睿
悬疑榜

The nightmare
孤宅

雁庐◎著

世纪文睿

世纪出版集团 上海人民出版社

图书在版编目(CIP)数据

孤宅/雁庐著. —上海：上海人民出版社，2011
ISBN 978 - 7 - 208 - 10249 - 1

Ⅰ. ①孤⋯　Ⅱ. ①雁⋯　Ⅲ. ①长篇小说-中国-当代
Ⅳ. ①I247.5

中国版本图书馆 CIP 数据核字(2011)第 188623 号

出 品 人　邵　敏
责任编辑　邵　敏　方蔚楠
封面装帧　天行云翼·宋晓亮

孤宅

雁　庐著

世纪出版集团
上海人 R 大 版 社出版
(200001　上海福建中路 193 号　www.ewen.cc)
世纪出版集团发行中心发行
上海商务联西印刷有限公司印刷
开本 720×1000　1/16　印张 13.75　插页 1　字数 163,000
2011 年 10 月第 1 版　2011 年 10 月第 1 次印刷
ISBN 978 - 7 - 208 - 10249 - 1/I · 934
定价 23.00 元

目 | 录

第一章　初进陆宅

火车在夜里缓缓进了站台，昏黄的月台连着不远处英式气息的车站大厅，覆盖着瓦楞铁的尖尖屋脊，黄砖窄窗，稀稀疏疏的人影，夜风卷着几片梧桐叶扫出来，倒愈发显得空荡荡的。

惠珍拎着柳条箱还没走几步，一个穿长衫的脚夫走过来。她正犹豫着是否要花这挑钱，那脚夫已径直从一位貂皮袄的妇人手中接过行李，却是没留意到她。毕竟她穿得不讲究，一身洗得惨青的白纱旗袍，荷叶边的袖子早起了毛，过时的样式，有些近似寒酸了。

也罢，这一路的花销已是不少，还是能省则省的好。

穿过月台的拱形长廊，车站外一身青丝长袍的男子正举着块纸板，站在一辆黑色小汽车旁，牌上正写着"叶惠珍"三字。

惠珍走近还未开口，男子便道："可是叶小姐？"

"你是？"惠珍迟疑了下。

那男子五十开外，道："敝姓李名文忠，是小姐姨母府中的管家。今日太太本是要来，不料老爷的病情有些加重，一时分不开身，便派我来此接小姐。"

"那有劳李管家了。"二人上了车，惠珍又开口道，"姨夫的病近来可见轻？"

李文忠叹了口气道："一直是老样子，不见起色。"又问道，"听说小姐和太太之前从未见过面？"

惠珍沉默了片刻，道："此次见面却是头一回，此前和母亲长住在厦门，和姨妈都是些书信往来。"

该从何谈起呢？她的母亲，年纪轻轻就和她画画的穷父亲私奔，败坏了娘家的门风，从此也和家里人断了往来。

前几年，父亲又去世了，一家人挤在狭小的阁楼上，昏黄的木屋里总漫着股灶台的烟火气。每天清晨，弄堂外一传来城郊菜农的挑粪声，她就会踩着焦黄的木板楼梯，颤巍巍地端着马桶，和邻居在巷口排成一排等着粪车。

粪车的木轮吱吱呀呀地从碎石子路上轧过，那帮倒粪桶的妇人们，披着未梳理的髻发，一身鱼肚白或深蓝的布衫子，微微开着领口。她们的脸，无论姨娘还是大姐，均似一个模子刻出来的，呆滞而恍惚，笼着层浑浑的倦气。

她那时瞧着，没来由地生出一阵心慌，像一眼望到了二三十年后的自己。在这巷子里，时间仿佛一晃而逝，一眨眼一辈子，哪有过青春这种东西。

直到去年从女高毕业，惠珍的母亲突然患病过世了。她本准备托人帮自己在小学找个教书的职位，姨母寄了封信来，表示愿将她接到自己家来照顾。她姨母早年嫁给了军阀孙传芳的嫡系亲信陆应元。北伐战争以后，孙传芳失势，隐居到了天津。她姨夫仗着军中的人脉，与人合伙在城里开了贸易公司，同时又兼着几家洋行的董事，坐拥不少产业，日子倒过得红火。

惠珍心里清楚，自己当前的处境，若有姨母设法帮忙，将来的出路总是比小学教员来得好的，毕竟陋巷里的苦日子，她是过够了。

车子穿过闹市，往郊外驶去。沿途是郁郁葱葱的树林。车道蜿蜒得仿佛一条扭曲的蛇挣扎其中。两旁是浓密的树丛，交错的枝条交杂在一起，混着一团团的绿叶，黑压压地迎面扑来。她的模样幽幽地映在车窗上，惨白的，像是这片沉寂的林莽里凭空现出的鬼影。

不远处是一片荒凉芜秽的乱山，一栋三层的墨灰色大宅孤零零地矗立在半山腰上，四周是疏疏落落的荒野，衬着那黑压压的天，给人一种既压迫又落寞之感。

李文忠见惠珍若有所思，开口道："老爷近几年身子一直不大好，当初挑了这块地，就是图它的清静。"

话音刚落，嘎地一声，车子猛地刹住了。车里的二人没留心，作势要倒，李文忠急喝道："老陶，怎么开的车！"

车厢里的小黄灯忽地亮了，昏昏照着车厢，那司机转过头来，脸上抽搐着，结结巴巴地说："我，我好像撞上人了，那人忽地蹿上来。"

众人皆是一惊，李文忠蹙眉忙道："还不出去看看！"

湿冷的寒风呼呼地从前排的车门钻进来，隐隐见着一团团枯朽的枝条在风中沙沙地摇摆着。

那司机从车门探进头来，脸色却是愈加惶惑了，呼吸急促地自言自语："真是怪事，李管家，你出来看看，车子前面没人了。"

李文忠听了，反舒了口气，边开车门道："这三更半夜的，荒路上哪来的人，想必是瞧错了。"

玻璃窗外是一块崎岖的山崖，黑黝黝的荒草野树肆意地疯长在山坡子上，惠珍独自坐在车里，也不知他们二人去了哪里，无声无息的，远远听见山林深处野狗凄惶地吠了几声，觉得这荒郊野地如同与世隔绝的坟场，忍不住打了个冷战。

头顶的小灯蒙蒙地闪了下，一边的车窗突地抖动起来，仿佛被什么拍打着，发出扑扑地响声。

惠珍扭头一看，却"啊"地大叫了一声，惊恐得呆坐在位子上，动弹不得，就感到那心七上八下地要从嗓子眼里冒出来

窗子的上空悬着颗蓬头垢面的男人头，像从坟地里挖出来的，紫胀的脸上布满了血污与泥灰，一根肉色的舌头自肿烂的嘴唇伸出来，湿乎乎地粘在玻璃上，在森森的寒夜中，正一下一下地敲打在车窗上。

"你这疯子，又出来闹事！"未待惠珍缓过神来，李文忠和司机已从车的另一侧赶来，一把推开一名衣衫褴褛的男子。

惠珍定了定神，这才瞧了个真切。哪是什么人头，不过是个乞丐模样的村民，穿着身破旧的素灰袍子，一脸的傻气，手指着车中的惠珍，咧着嘴喃喃道："姑娘娶进大宅，剁掉姑娘脑袋，吃了姑娘婴孩。"

那李文忠听了这话，神色一变，对司机恨恨道："上车快些走吧，犯不着理这傻子，早知是他，不如撞死的好。"说着，开了车门，回坐在惠珍旁边，轻声宽慰道："小姐可有被他吓到，不过是附近村子的傻子，疯疯癫癫的，尽是捣乱。"

"哦，原是这样。"惠珍一心惦念着即将谋面的姨母，方才虽受了些惊吓，但此刻陆宅就在眼前，这点琐事也就不放在心上。

转了几个弯，车子在一排石阶前停了下来。巍峨的陆宅坐落在一片绒毯似的草

坪上，一圈墨色的桃尖型栏杆绕在草坪的周围。三层的洋房是意大利哥特式风格，屋顶设了两个浮雕装饰的拱形凸窗，下面悬空着的阳台椭圆狭长，像个空中走廊，后面还有两扇落地窗。整栋楼的外墙砌的是灰白色面砖，配上梅花格子窗栏，透着幽幽气息。房前栽着两棵浓郁的法国梧桐，如庙前狰狞的哼哈二将，张牙舞爪地立在大理石阶梯的两边。

惠珍随李文忠拾级而上，走到这大宅的正门边，仿佛站在一座陡峭的悬崖下，整栋宅子昏沉沉地迎头压下来。红棕色的大门上刻着洛可可式的西洋花纹，很粗重，被管家推开时，发出沉闷的声响。

从门缝隐约听见里面的人声，几道黄烘烘的灯光照出来，落在地上，宛如铺上了灿灿的金砖。相比荒野的一片凋敝之色，不知这深宅大院里是怎样一番热闹气象。

惠珍怔了怔，拽着箱子的手心里，浅浅地湿了层汗。一旦走进这陆宅的门，她日后的天地自然是截然不同了，穿绸着缎，呼奴使婢，虽是寄人篱下，祸福未卜，但做好做歹终归是奔一个富贵的前程。既到了这步田地，早是没有回头路了，难不成还要在那弄堂里熬一辈子吗？

"小姐，怎么不进来？太太正等着你呢。"李管家进屋里低声道。

"哦，好。"惠珍应声道，径直走入那片灯火辉煌中，往日的种种如潮水般涌入身后的背影。门啪的一声合上，留着那狭长的影子融在乌沉沉的黑暗里，化了。

陆家的陈设可谓富丽堂皇，进了客厅，正面是座大理石边的壁炉，上边立着两柱银亮的锡蜡台。炉前有架紫檀茶几，零碎放着鼻烟壶和一些古雅的摆设。两个杏黄色的沙发环绕在茶几周围，上面各躺着红蓝两色盘金彩绣椅垫，旁边立着橘色流苏纱罩的站灯。壁炉的左侧站着座樱桃木的玻璃柜，玻璃罩子里摆了双犄牡丹图的青花瓷器，爬藤雕花的银盘。壁炉的另一侧是两扇落地窗，挂着碎花金边的朱红窗帷。

一名身着白纺绸上衣的丫环迎上前来道："表小姐先坐会儿，太太马上就出来。"

正说着，一个矮胖的中年妇人，穿着黑缎丝绒旗袍，从书房疾步出来。"惠珍？可是惠珍来了？"她梳着发髻，插着根翠绿宝石芯的银簪子，两撇人字形的刘海下，是一张上了年纪的鹅蛋脸，生了些皱纹，却闪着红扑扑的光润。

"姨妈？"惠珍轻轻答道。

陆太太上前两手一把搂住她道："快让姨妈好好瞧瞧你，这一路颠簸，可是受了不少罪。年初一听说你母亲去世，我就，我就……"她的话还未出口，呜咽一声，已是落下泪来。

惠珍见着亲人，数月的委屈涌上心头，鼻子止不住一酸，与姨母偎靠在沙发上，齐声哭了起来。

那身旁的丫环见了，忙转身绞了两块热手巾，递上来道："太太身子骨刚好，大夫嘱咐了，可动不得心气。何况娘儿俩好容易见了面，一家团圆，总是件欢欢喜喜的好事。"

陆太太收了泪，接过手巾敷了敷脸，对惠珍叹声道："唉，只怪你母亲偏生个要强的性儿，凡事由着性子闹，谁都拦不住。当年你们孤儿寡母的流落到厦门，我三番两次地去信，让她投奔过来。她生怕给人添麻烦，执意留下，不然，也不会落得现在这般。"说着说着，嗓子又哽住了。

惠珍微肿着双眼，忙道："妈妈天生就是这副倔脾气，可惜辜负了姨妈这番良苦用心，我也不知该如何报答是好。"

陆太太这才破涕为笑道："好在她有你这么个懂事的女儿，前几年看你母亲寄来的照片，还是个孩子，如今倒出落得这般标致了。"

她抓住惠珍的一只手，握在胸前，动情道："你这些年流落在外，自是受了不少委屈。你我骨肉至亲，我与你姨夫膝下又无一儿半女，你现在跟了我，往后自会待你如亲生一般。"

两人这边正叙着家常，窗外传来一阵汽车驶入的声音，方才那丫环趿着拖鞋蹬蹬蹬地进来通报道："太太，姑奶奶回来了。"

隔着翠金缎子屏风，只听得一个声音由远而近地嚷道："这万老板，迷了心窍，把老娘当成什么人了。仗着席上多吃了几杯酒，在一班宾客前，动手动脚的，讨便宜讨到老娘头上来了。"

那妇人直走到茶几旁，弯腰将手中的烟捻在象牙烟灰缸中，哼了一声，接着啐道："我若不是看在李部长的面上，当时早翻脸了，还由得他这般登头上脸的。"

她回过头来，才留意到沙发上的惠珍，眯着眼打量了下，又着腰道："哟，嫂子，怎么家里来客人了？"

"先前提过的，我的侄女惠珍。"陆太太又对惠珍介绍道，"这位是你姨夫的妹妹，沈太太，暂住在这儿，按辈分，你该管她喊姑姑了。"

惠珍低头叫了声姑姑，那沈太太看样子不过三十出头的岁数，穿着一件紫黑色的丁香花纹旗袍，嘴唇上抹着粉色的胭脂，两腮那层略厚的粉倒衬得左眼角的泪痣醒目异常。

沈太太坐下身来，上上下下地端详她道："这么叫可把我给喊老了，原是嫂子的娘家人。姑娘眉清目秀的，和你姨母倒长得不怎么相像。"

这番话惠珍愣了一下，只能回道："认识的都说我的眉眼像母亲，这脸形倒是随了父亲。"

坐在一旁的陆夫人忙对惠珍提道："你姑姑同当地几所大学的校董都熟络得很，你若还想继续念书，托她走走关系，也不是个难事。"

"那就麻烦姑姑。"惠珍正要道谢，沈太太眉目间似笑非笑道："先别急着谢我，是姑娘命好，你姨母一心要栽培你，大把银子使在姑娘身上，将来成才了，这家里，有个娘家亲人能在身边帮衬，哪怕壮壮声势也是好的。"

惠珍虽觉得这话里有话，但一时半会儿也瞧不出底细。反是陆太太缓声道："淑芬，你这又是何必呢！"

沈太太冷笑了声道："我？我哪晓得嫂子打着什么主意。哥哥在床上久病未愈，嫂子这边忽地跑出个私奔在外的妹妹，离散多年的侄女，早不来晚不来的，偏偏挑这个节骨眼。"

听到这话，惠珍像被扇了一巴掌，脸上顿时热辣辣的。明里是指她姨妈，暗地里还不是在奚落她。归根结底，她母亲年纪轻轻就私奔了，败坏门风，终归是个丑事。她这样的出身，在外人眼里自然是瞧不起的。就像皮肤的伤口，不疼了，痂脱了，那印痕还是永远在那，哪怕十年，二十年过去了，不时看到了，心底还是会恨的。

陆太太长叹了一声道："话不能这样讲，惠珍她现在的处境，你也不是不知道。"

那沈太太却是不愿再听了，站起身来才走了几步，又扭头依着那翠金缎子屏风，恨恨地道："嫂子，或许是我多虑了，不过我丑话放在前头，哥哥这身病万一有个三长两短的，这产业田地终还是陆家人的，绝落不到两姓旁人的手里。"说罢，径直上楼去了。

屏风的缎子上漫着翠油油的青藤，枝叶相绕，波涛澎湃地爬着，宛如一片苍青的海，绿水中绣着朵粉红描金的芍药，浓烈鲜香，却沾染着夏末的颓萎之色。

陆太太低声道："惠珍，你姑姑就是这么个脾气，嘴上不饶人，你可别往心里去。"

既在人屋檐下，又能说什么呢，惠珍心中难受，也只得强忍着笑道："姨妈说到哪里去了，姑姑既是长辈，对晚辈教训上两句，也是应该的，不碍什么。"

"家家有本难念的经，她也有她的苦处。"丫环端了两杯茶上来，陆太太继续道："沈先生是在南京做官的，也算个官宦人家，你姑姑年纪轻轻做了他的二房，后来大太太死了，好容易扶了正，那沈先生又在外头娶了房姨太太。"

陆太太低头抿了口茶，接着道："你姑姑眼里哪容得下她，闹僵了，一气之下索性搬了出来，在我们这一住就是三年。"

壁炉上方棱棱的石英钟迟缓地打了十下，一位五十来岁的老妈子从偏厅出来道："太太，楼上的房间已经收拾好了。"

"瞧我，尽顾着和你叙旧，都这个钟点了。你想必是累了，我让于妈领你去房间梳洗一番，早些睡吧。"陆太太对那老妈子吩咐了声。惠珍折腾一天，也确是乏了，和姨妈道了声晚安，便随那老妇上了楼。

两人沿着桃木楼梯旋转而上，宅子的二楼不比楼下，有股潮湿的霉味，惠珍的房间在走道尽头。于妈打着油松大辫，一身新青布罩褂，突起的颧骨上一对深陷的大眼，毫无生气，在昏暗的走廊里，像一具从清朝的坟地里还阳的尸身。

她掏出铜黄锁匙，打开一扇门，对惠珍道："我这几日会暂住在隔壁，小姐夜里有什么事，尽管摇铃便是。"

惠珍打开箱子，边将衣物放入壁橱里，边要打发于妈退下，才发觉于妈早闭门出去了。这一路那老妈子对自己十分冷淡，脸上似冻了层霜，从始至终没有正眼瞧过她一眼。

那又如何，她捻了下开关，房内的床上挂着奶白色的帐幔，雕花的红漆橱紧挨着梨花木的旧式梳妆台，上面搁着雪花膏，粉镜和数件花卉瓷器。桂花色的帘幕外是个小小的法式阳台。从今日起，她就是这间屋子的主子，在这金碧辉煌的陆家，至少这一席之地，是由她做主的。

惠珍拉开帐子躺在床上，方才的种种不快烟消云散。只觉得这夜如梦境一般，橘黄的壁灯照着屋内的几堂新家具煌煌的，是个撒了金粉的天地。

她抱着床上的大红褥子，红地织金花的被面上绣着对赤嘴翠翅的鸳鸯，似乎在这红粉的世界里活了过来，眼里亮着绿幽幽的光。

她瞧着飘飘荡荡的，倦意渐渐涌了上来。

半夜里，砰呛呛一阵响把惠珍惊醒了。

窗外夜雾迷离，月光冷冷地射进屋里，原是窗户在风中的开阖声。

玻璃窗吱呀吱呀地摇着，在这森冷的夜里，听起来像有人躲在黑暗中啜泣。

她下了床，想将窗子关了。对着窗台，就是片平坦的草坪，种着排红玫瑰，妖娆地开着，在暮色中，隐隐像一抹黑血搽在那渊渊的绿地上。园子外头是片纷乱错杂的林丛，蓬乱的枝叶下有一座古旧的庭院，零乱立着几根石柱，似荒废了，浸没在薄寒的山气中。

风更大了，半枯的树枝飒飒地抖动，窗户的碰撞声越发刺耳，像妇人的哀嚎，有些令人惊心。

惠珍探身把玻璃窗一合，"啪"的声响，随即静了下来，漆黑的卧房中鸦雀无声。

她突然浑身一阵哆嗦。

那哀哭的声音，不是窗子的开阖声。

呜呜咽咽的哭声，忽起忽落，正由大宅里传出来。

她再凝神听了个仔细，那声音旋即变成喃喃自语，断断续续地从门缝里发出来。

大半夜的，会是谁在这儿？惠珍轻手轻脚地靠近门边，远远听得一个女声如和尚诵经般地道："孩子，他们要我的孩子，他们要我的孩子。"

那声调怪异得很，沙哑的如口破锣，似乎嗓子出了血，在空荡的走廊里时高时低，听着惠珍毛骨悚然。

喃喃声伴着脚步的声响，渐渐大了，似乎正朝惠珍的房间过来。

越来越近，像神婆祭祀时的凶残梦呓。

"孩子，他们要我的孩子。"

惠珍心中愈发地不安，不禁屏住了呼吸。

突然，声音停住了，四下悄无声息。

门缝里渗出一块阴阴的影子。

那人就在门外。

惠珍弓着腰，战栗着向后退了两步。

半晌，自言自语的声音又响了起来，那女子似转了个身走开了，夹杂着哭声，逐渐隐去。

惠珍长长地舒了口气，躺回床上，额头上已毛毛地出了层汗。那女子是谁？又怎会半夜三更地在宅子里游荡？

还有那番梦吃般地疯话，像条凶险的咒文，绕在脑子里。她呆愣着，后脑凉飕飕的。

电灯泡在桃红棱子的纱罩里投下一圈粉黄的光晕。

"秀儿，老爷睡下了吗？"陆太太坐在黄杨木的梳妆桌前，镜子里映着刚走进房的丫环。

"夜里喂了老爷些牛奶，刚伺候躺下。"秀儿拾起桌上的一柄木梳，给陆太太梳起头来，接着道："替老爷擦身的时候，大约触到了背上的褥疮，疼着了，哎哎叫了两声，也不知咕哝些什么。"秀儿一头短发，年纪虽是不大，待人处事却稳健得很，深得陆太太的器重，常将陆家不少事交于她一人打理。

"他瘫在床上这半年，病情反是更重了，四肢不灵便，如今连话都说不利索。"陆太太手里攥着本烫金字的照相簿，有些后悔，叹道，"早知这样，我当初决计不会听他的，看那些什么西洋医生，开药片，打针剂，无非是想多赚几个钱。"

相簿里有她大半生的照片，几年前和几个官太太在上海的相片，在重庆山林里坐竹轿子的照片，还有她的结婚照，象牙白的玻璃纱礼服长裙，手上套着镂空的洋纱手套，陆先生穿着件黑色燕尾服站在她旁边。清一色的全身相，那时流言照半身不吉利，人在相片里砍掉一半，是会有血光之灾的。

有的照片是隔一年拍的，有的是过了好多年才照一张。记忆是靠不住的，几十年来的事回想起来总是模模糊糊，带着古旧的昏黄。相簿成了她生命的剪影，是那些淡逝光阴的见证，穿着光鲜亮丽，冲着相机淡淡一笑，里面的每一张都是喜气洋洋的，将她的半生岁月掩饰得这般安逸，这般无忧无虑。糊弄了别人，时间一久，自己也当真了。

秀儿眼尖，指着其中的一张道："这张是太太什么时候拍的，好年轻。"

陆太太定睛瞧了瞧，笑道："还是你这般岁数的时候照的，已经好多年了。"

大约是辛亥革命那一年，她父亲是当地的乡绅，还在前清的衙门里当过差，有一些基业。那时照相馆在她闭塞的小城镇里还是件颇时兴的事。

顶棚的窗开出的自然光，背景是寥寥画着绿树红花黄鹂的纸板。一大家子人，她的父母，妹妹，几个老妈子和丫环，穿戴齐整，纹丝不动地立在相机前，神情肃穆地如同慷慨就义，杀气腾腾的。

那黑洞洞的匣子啪地一闪，一股青烟冒出来。

她母亲抱着胸口，叫唤了一声，"哎呀，吓死我了，还道魂魄要给勾去了。"

待洗印出来，黑白相片上阴阴的一片，相机从西洋传来，仿佛也生了点洋人的心思，将他们拍得木讷而呆滞，蜡黄的脸色，绿野地里泥石土的黄，如群未开化的蛮夷，是洋人眼里的中国人。

她母亲捧着端详了许久，啧啧道："还是我们二姑娘标致，脸嫩得要滴出水来。"

她妹妹小她三岁，是镇上人尽皆知的俊俏人物，扎条麻花小辫，肤色如蒸熟的鸡蛋白，白皙得透出光，脸庞是窄小的瓜子脸，生着对娇滴滴的凤眼，招得附近的男人神魂颠倒的。

姐妹俩上街逛集市，石板路两边飘着"绸缎庄"、"刀剪行"的红布幌子，下面是此起彼伏的吆喝声，应时的蔬鲜，面点熟食的饭棚，还有炸粉糕的小摊，聒噪的市声听得酥酥甜甜的，都喂到耳朵里去了。

一小贩挑着担子当街拦住她妹妹，柳条筐里堆着鲜红的樱桃，撒了水。

他抓了把樱桃塞在她妹妹手里，羞着脸，口吃道："妹子拿着吃，不收钱"，便逃了。

她妹妹的手平白被摸了一把，脸臊红了，低头啐了一口道："这泼皮无赖，倒霉生的。"骂归骂，那樱桃艳得如玛瑙，闪着宝石红的珠光，咬上一口，玛瑙滴出汁来，沾在她妹妹唇上，如抹了粉色胭脂，有一种妩媚的美。

她也尝了樱桃，汁水吃了一嘴，好像嘴巴肿了，涂得血淋淋的，让人触目惊心。不比她妹妹，她有着北方人的粗壮，穿着绿花的短袖夹袄，元宝领，四方方的阔脸，也生得白净，是揉好的面团的白，据老一辈的人讲，这富态的面相还是很有福气的，但也仅仅是福气而已。

她是羞于和她妹妹比的，两人如同棉花枝头开出的两次花，她妹妹是棉花的花，开在仲夏，娇嫩娟红，艳得能被风吹落了粉来。她是棉花的棉，绿苍苍的棉桃裂开，露出四瓣白蓬蓬的茸毛来，摘了纺纱织布，原来连花都不是。

买了些点心，两人一同回家，穿过乌木厅堂，一老妈子忙迎上来道："怎么才回来，老爷新请了位教书先生，正在书房等着你们呢。"

当初她父亲赶时髦，想当个新派的家长，把女儿全送进了学堂，后来手头吃紧，又听说学堂里交男女朋友的风气更甚，找了个借口又把女儿叫了回来。来回一番折腾，思来想去，还是行了旧式的规矩，从镇里的学堂招了位新来的先生。

进了书房，她父亲坐在正中喝茶，旁边是位穿青灰长袍的男子。二十左右的年纪。她瞥上一眼，竟愣了愣，那先生五官很清秀，颇有几分贾宝玉的风韵，面如桃瓣，目若秋波。多瞧上几眼，她自个儿脸先红了。

"既见了先生，怎么不开口叫人？"见女儿自顾发呆，她父亲嫌她们小家子气，待人接物上不了台面，低声怪道。女儿是不好生养的，若生得天性活泼，异性交游广些，惟恐外人传闲话，作出有辱家风的事。若性格过于内向，独守空闺，又怕拖成老姑娘，吃空父母成了家累。

那先生笑了笑，道："不打紧，时下青年人的习气，不兴这些老派规矩了。"言谈间却显得十分老到。

书房的四壁贴着黑木镜框的古董字画，先生在紫檀木的书桌上教她们画画临字。"乱石穿空，惊涛拍岸，卷起千堆雪。江山如画，一时多少豪杰。"临的是的苏轼的"赤壁怀古"，先生俯下身，把住她握笔的手道："此处，你若这样动笔……"两人身子贴着，温热的气吐在她的耳根子上，痒痒的，直挠到人心里。

那只被握住的手，似不是她的了，湿湿热热，微微抽搐着，心中抖得厉害。"羽扇纶巾，谈笑间，樯橹灰飞烟灭。"笔下是英雄豪杰的千秋功业，大江东去，金戈铁马，国破家亡……与她有什么关系，她不过是这千万世间的平常女子，心头蠢动着颗温软的爱芽。

"先生真是偏心，姐姐的字早练得这般好了，按理，也应先教教我才是。"她妹妹是天生的不安分，一把揪住先生的肩膀，眉眼一挑，拉扯道，"拜佛还分个先后呢，我若在父亲那过不了关，先生也是难逃干系。"

她自认个性温顺，恪守闺范，又怎会如妹妹这般的使性子，要孩子脾气。何况先生是读书人，知书达理，日子长了，她的好，她的心思，他不会看不出来。

直到一日清早，老妈子踩过门槛风急火燎地入了厅房通报，才知大事不好，她妹妹夜半和那先生离家私奔了。她家里在镇上也是个大户人家，清清白白的，平地出了这么件丑事，自是闹得人仰马翻，炸开了锅。

她父亲差了几个仆人连夜追赶，行了半路，一寻思，女儿贞节已毁，就是捉了回来，留在家中丢人现眼，也是个祸害，索性随她去罢，当她死在外面了，旋即又折了回来。

她母亲急得犯了头疼病，几个丫环搀扶着，在厅堂中顿足捶胸，又哭又闹的，埋怨她父亲瞎了眼睛，引狼入室，又埋怨她这个作姐姐的不仔细，妹妹都没看住。再一想她妹妹捎走的那一包金银细软，赔了夫人又折兵，直恨得要撞墙寻死。

她当时正坐在书房里摹小楷，手没来由地一滑，字花了，墨渍晕开来，白纸上暗暗的一块，湿漉漉的。

仿佛心上的一小块，也湿了。

她真有些恨她的妹妹，从小到大，花容月貌，父母的宠爱，男人的倾慕，她妹妹什么都有了，什么都占了。她不一样，她是一无所有的，有的只是心头的那点念想，那点嫩苗似的单恋，还来不及抽枝发芽，就让妹妹生生地连根拔了去，干干净净的，什么都不给她留下。

屋角的书柜上摆着盆水仙，淡翠的叶片，两列生着，阴在角落的影子里，还未开花，却似已经萎了。

她父亲吃了回亏，给人坑怕了，只道是女大不中留，料她到了出阁的岁数，也是个不省心，便托媒人寻了几户人家，一心要把她嫁出去。恰巧有位同乡在城里，姓陆，儿子在兵营里当差，年岁相仿，门户相对。两家人拜访了几次，双方有了意，于酒楼置了几桌酒，草草办了婚事。

婚后那几年，天下也没有太平的时候，袁世凯当了总统，又作回了皇帝，辫子军进京，南北军阀混战，城头变幻大王旗，战事一场接着一场，兵荒马乱的年月，无数人出生了，又有无数的人死了，战死的，饿死的，却还是有那么多的人，黑泱泱的一片，密密麻麻的，这些还是与她不相干的，她那张粉团脸或许是天生的帮夫运，战事愈多，死人愈多，她丈夫陆应元的宦途反是愈顺畅了，步步高升，也渐渐发达了。

甚至南昌被北伐军攻陷，孙传芳大势已去，陆应元弃了官，在城里开买卖，做起生意来也是一路的顺风顺水。随着境遇日宽，她明显发福了，浑圆的身材，被镂花纱旗袍圈得一节一节的，活像挂在熟食铺里绑好的火腿。

当然也有不顺的时候，她自进了陆家门，多年没生养出一男半女，好在陆应元待她不薄，念及是患难夫妻，从没提招房纳妾那档子事。为这，熟识的官太太私底下没少议论她手腕厉害，精于驭夫术，至少也是房中术，不然怎会把丈夫看管得服服帖帖的？她每闻及，只是笑了笑，她们又哪里知道她的苦处？

她后来也迷上了听戏文，无线电里唱着越剧《西厢记》，"红日未落待月华，人约黄昏柳荫下。心儿慌，金莲踢损牡丹芽。胆儿怯，玉簪抓住茶蘼架。"

唱的是崔莺莺后花园偷会张生，她躺在沙发椅上迷迷糊糊地听着，有几分熟悉，又像是几生几世前的事了。

丫环进屋递上了封信，厦门来的，她拆开来一看，竟然是妹妹病死了，孤零零地客死在了异乡，留了个女儿。妹妹还小她三岁的。但她不伤心，一点也不，一滴泪都没落下，心里反充溢着奇异的满足，是一种报复的快感。

无线电里崔莺莺继续唱道："夜凉青苔小径滑，露珠湿透凌波袜。柳梢头，玉钩挂，那不是玉人乌纱是暮鸦。捱一刻，似一夏，一见红娘，心乱如麻。"

她眯缝着眼，圆滚滚的手套着葱绿的翡翠大镯子，搁在腿上，一下一下地打起拍子，合着无线电里的曲子，不自觉地哼唱起来，那是她自己的《西厢记》，有个更完满的结局，张生死了，崔莺莺也死了，但她还活着，天长地久。

她嘴角微微一扬，忽地笑了。

夜色深了，珍珠门帘哗啦啦地脆响，是秀儿退出了房门。

"喵呜——"里屋不知什么时候蹿进了只猫，躲在角落里叫了两声。

又是哪个下人不仔细，忘了锁窗门，放了这些畜生东西进来。

陆太太掀开蓝底红花的门帘，捻开了内屋的灯。

悬在顶上的电灯套着灰瓷罩子，照得屋里的一切暗昏昏的。靠墙摆着张红木高柱大床，做工讲究，床檐两侧镂空着几朵酱红色的蟹爪菊，其间木刻着吉祥如意，四季平安，描了金漆。床围子上雕了福禄寿三星报喜，淡赭红的木雕小人乘着舒卷的祥云，捧金元宝，献灵芝，怀抱小娃，栩栩如生。

床上挂灰黄的白纱帐子，两旁垂着捆金线的红条穗子，陆老爷正躺在里头，似乎睡着了，却又没有鼻息声的。

她记起旁人说过，中风的病人有时会一觉睡死过去，保不准哪天清早醒来，躺在身子边的已是具凉了半宿的尸首。

　　真是不吉利，脑子里尽是这些晦气念头。

　　那猫又嗷嗷叫了声，原来藏到了床底下。

　　她跪下双膝，床下黑洞洞的一片，看不真切，也不知躲了个什么东西。陆太太啧啧了两声，没动静。

　　她探进身，手伸进那片黑暗中，一阵掏摸。

　　还是没动静。

　　荒郊的野猫子是吃山虫腐尸为生的，凶险凄厉的狠，这种畜生，万一被咬上一口，也是麻烦。

　　她想了想，手又从暗中缩了回来。

　　"哇呜——"又叫唤了一声，那东西竟跑到床上去了，调子凄凄惨惨的，远远听着像婴孩的嚎哭声，吊个嗓子嚎着，是投不了胎的小鬼。

　　陆太太一阵心慌。

　　刻在床围上的一排小木人是活的，侧声瞪眼望着她，朱漆的脸半边影在暗中，咧嘴阴阴笑着，也是鬼。

　　她簌簌地站起身，掀开帐子，只见她丈夫盖着床珠黄方格的被面，露出大半张脸。

　　哪有什么野猫子的影子。

　　她怔了怔，后背蓦地一片发凉，浑身的毛孔都竖了起来。

　　她丈夫双目圆睁着，眼珠子翻了进去，露出两片苍苍的眼白，蜡黄瘦削的脸，嘴唇发了紫，正努着嘴，忽地裂开了，挣着又叫了一声。

　　"哇呜——"

第二章　他是沈太太的儿子

.

　　厦门的热，是七月流火，那火顺着燕尾脊的琉璃瓦顶直烧到地上，街道楼宇烤着了，白茫茫的一片，在暑气里泛着黄光。

　　叶惠珍从估衣店里出来，摊子的门面灰乎乎的，她才当掉了件过冬的皮袄子，怀里也不过多揣了十个大洋钱。

　　沿途的中山路是一条数百米的回廊，几层高的商铺楼宇相联成一条街，顶上悬着"福寿参茸行"、"箱包大王"、"新中华制笠厂"的牌匾，这排被称作骑楼的建筑，楼上是民居，楼下开商铺，糅合了欧洲与东南亚的建筑风格，垂直的立面刷着粉色或乳黄的漆，楼面正墙上密密开着鹅黄边的木窗，也有仿哥特式的拱形窗，底层的楼廊沿街跨出，连成条古朴的步行长道，支着漩涡装饰的石柱，浓郁着南洋风情。

　　出街左拐，穿过洋行集中的番仔道，有条暗红砖砌的弄堂，巷口一株婆婆的凤凰树，朝天开着红花。一个白绸短衫裤的丫头端着盆水，晃悠悠地自楼上下来。

　　"四喜。"惠珍唤了声，道，"大夫可来了吗，出诊的钱凑到了。"

　　四喜见了，放下盆子，急上前道："小姐怎么才回来，大夫早走了，他说了，不用再瞧了，太太怕是快……"说着，已是泪流满面，哽咽起来。

　　叶惠珍心里一紧，踩着步子直上了楼梯，窄斜的楼道昏沉沉的，她手慌得松了，那几个铜钱叮叮当当地沿着木梯滚落下来，撒了一地。

　　掀开帘子，床上罩着发黄的布帐子，由两弯生锈的银勾吊着，她母亲正躺在条草席上，面容憔悴，一头花发散乱在枕上。惠珍扑到床沿上，抽咽道："妈，妈妈！"

　　叶太太微微探起头，双眼开出条缝，颤声道："惠珍？惠珍，我的儿，为娘的怕是熬不过今日了。"惠珍呜咽道："我的妈妈，别这么说，你若走了，怎么狠心留我一人在这世上独活？"她母亲从怀里摸出一封信，低声道："这里有你姨母的住址，你日后大可投奔她去。"说着，缓了一口气，又接着道："我虽与她生过间隙，但终究是骨肉血亲，料她不会为难你。"惠珍也是不语，自顾哭着。

叶太太叹了口气，落着泪哀声道："我的儿，往后为娘的不在身边，你万般靠自己，凡事要有分寸，好自为之。"说罢，拉过惠珍的手，握在脸旁。

"妈，我的亲妈。"惠珍趴在母亲身上，嚎啕大哭。她母亲的手瘦如枯柴，生着黄斑，忽然来了力气，钳得惠珍手指生疼。惠珍痛得挣脱不开，反是被抓得更紧了。

"妈？"她满面是泪地抬起头，叶太太似回光返照，直勾勾地望着她，迷惑地喃喃道："你是谁？"

"妈？是我，惠珍。"

"惠珍？惠珍？"叶太太如着魔一般，口中自言自语起来，"惠珍？惠珍还活着？怎么还活着？"

叶太太呼吸急促起来，脸上不住地冒起虚汗，猛地一起身，勒住惠珍的脖子，直压在床上，喊道："你不是死了吗？怎么还活在世上？"

惠珍被掐得一时喘不过气，脸涨得通红，一手想推开她母亲，却是没了力气，另一手慌乱中扯住那帐子，死命舞着。

叶太太像发了癫，披头散发地跨坐在惠珍身上，口中疯喊道："你明明是死了的，怎会还活着，你明明是死了的，就在那潭子水里。"她使劲摇撼着女儿的脖子，眼中布满了血丝，脖子上暴出一根根的青筋，脸部忽地一阵抽搐，干呕了两声，嘴角流出唾液，仿佛要吐了般。

"呕嗷"一声，她垂下脑袋，嘴巴一张，呕出两块人脸大的绿毛球来，黏黏稠稠的，缠了惠珍一脸。竟是两团水底的水草，混着河水的腥味。

惠珍憋着一口气出不来，双腿踩空又蹬了两下，渐渐没了知觉，眼前的一切也慢慢模糊了。耳边传来咕噜噜的水声，滚滚河水涌了上来，灌入她的鼻腔，漫过头顶，有一双手仍紧紧地卡住她的脖子，透过水底蒙蒙的绿光，隐隐见着水面上晃着人影。

接着，眼前一黑。

"妈妈！"惠珍两眼一睁，从梦中惊醒。

原来是场梦，她深深舒了口气，瞧那墙上的时钟，已近晌午。日头灿黄黄地晒进屋里。门外走廊传来下人踢踏踢踏的脚步声。

好端端地怎么又？

下意识地摸了摸脖子，才发觉后背冷汗直下，湿透了一片。

她换了身衣服，打厢房一路下来，宅内静悄悄的，惠珍未曾见到姨母的身影，也无人上前搭理，只是几个丫环神色匆匆地在楼道中串来串去。进了饭厅，空无一人，桌上摆着盘酥皮点心和几个冷盘，也是没有动过膳的迹象。一个穿着黑竹布衫的小丫头提着只银壳大水壶走了进来，惠珍忍不住问道："太太呢？"

那丫头望着她惊诧道："表小姐还不知道罢，老爷半夜旧病复发，太太现陪着医生在房中给他诊治。"惠珍暗怪自己昨日睡得太沉，府上闹了这样大的动静，竟一点都不知晓，忙问道："大夫怎么说的，可是要紧？"丫头踌躇了半晌，敷衍道："详情我也不大清楚，小姐还是待太太下来，再问太太罢。楼上还等着我打这壶热水。"说着，一溜烟进了厨房。

听那小丫头的言语，想是另有隐情，惠珍不便当面直问，刚想回坐，却从厨房里传来一阵唧唧哝哝的吵闹。她终压不住那点好奇，想着听听也无妨，悄悄走到厨房边，只听得那小丫头在里面说道："我一进屋就见老爷倒在地上，口中吐着白沫子，夫人慌慌张张地在一旁怎么叫唤老爷，他都没动静，竟是晕死过去。"另一丫头在旁应道："吓，这病已这般厉害了。"那小丫头低声道："可还有更怪的呢，待把老爷扶回床后，夫人像丢了魂，神色慌张地说……"

"说什么了？"一老妈子鼓动着。"她说，说房里有，有……"那小丫头的喉咙压得更低了，惠珍一时没听清这后半句，厨房里却变得鸦雀无声。片刻，一丫头颤声道："吓，竟有这等事，这大活人的房里，怎么会有。"小丫头继续道："可不是，你是没见着夫人说这话的模样，面无血色，六神无主的。"又是一阵寂静，那老妈子叹声道："唉，我看老爷得的这就不是病，就是这宅子闹的。"

那小丫头插嘴道："王妈，这话又是从何说起？"

王妈顿了顿，才开口道："你们这批下人都是新招来不久的，里头的详细自然不懂得，我在这村里可是住了几十年。这块地在建这宅子前，本有座破庙，有百来年了，几十年前一场大火烧了个精光。听村里的老人们说是这古庙遭了天谴。"

另一丫头轻声问道："天谴？莫不是那庙有古怪？"

王妈道，"可不是，怪就怪在庙中供奉的佛像上，别的庙都是拜如来佛祖，观音菩萨。这庙里却还供奉着青面獠牙的邪神。"

一阵冷风从厨房的铁条窗吹进来，众人不禁打了个寒战，一丫头忙嚷道："别说了，快别说了！听得我心惊肉跳的，怕是今晚又要发噩梦了！"

王妈咯咯地笑了起来，道："你这丫头，都快嫁人的年纪了，胆子却还没小翠大呢。"适才那拎水壶的小丫头想必就是小翠，笑了声道："怨我，都怨我。"

一语未闭，一抹人影从惠珍的身后蹭出来，直入厨房说道："我还道灶台熄了，拎壶热水要费这般大的功夫。原来在这儿嚼舌根。你还是快把热水提上去罢，别怪夫人又不给你好脸色。"里面的众人顿时寂然无语，一壶滚水在灶台上嗡嗡响了起来。

小翠拎着水壶慌慌张张地走了出来，身后跟着那位穿着青绿绸袄子，正是昨夜在客厅端茶倒水的丫环，名叫银凤，她边走边数落道："下回再这般混说，小心我告诉太太，撕了你的嘴。"

惠珍忙从一旁迎上前道："姑娘可知道姨妈的屋子怎么走，我担心姨夫的病情，想看看他。"

银凤停住道："原来小姐已经起来了，我们正是要去老爷的房里，你随我来。"

三人刚走到楼梯口，就见李文忠陪着一名男子从楼上走下来。那男子对李管家道："记得继续用冰块敷着额头降温，我开了几副止痛安神的药，你下午差人去药房拿。中风这病还是靠调养为主，平常饮食也是清淡为好。"

"真是有劳唐医生了，大清早把你请来。我这就叫人送你回去。"说着，李文忠抬头见到了惠珍，介绍道，"惠珍小姐，这位是唐医生，家中世代行医，还开了间诊所，可是城里最好的医生了。"

那唐医生三十开外，高个子，五官轮廓很深，留着时兴的分头，朝惠珍点头示意后，又对李文忠道："陆老爷当前虽是没什么大碍，但长此以往，是否会痊愈，也是不好说。你有空帮我劝劝陆夫人，把老爷送入医院，作个全面的检查，方是万全之策。"

"什么叫作没大碍？"沈夫人站在二层的楼道口道，"我哥哥现在口不能言，身不能动，大半夜的吐白沫子，唐医生，也敢叫作没大碍吗？"她穿了双尖头高底的红皮鞋，不紧不慢地移步下来，提了个嗓门道："一屋子的人装聋作哑，陆家的人还不曾死绝了，当我是瞎的吗？好好的一个活人，弄成现在的模样，这里头，分明是有人要害死他。"

众人沉吟了半晌，谁都不敢接话，沈太太撇了撇嘴，待要继续发作，一丫环走上跟前，对她耳语了一番，沈太太面色转怒为喜，掩着嘴，笑道："真的？怎么这个时候，真是。"就此打住，与那丫环下了楼。

她前脚一走，陆太太才姗姗从房里出来，沉着脸道："文忠送送唐医生。"又对惠珍道："你舅舅刚睡下，待他醒来再看望他不迟，你昨夜才到，今天就让小翠陪你在宅子四处逛逛。"

方才沈太太那番挑唆，她躲在屋里想必是听见了，不知何故，却是打碎了牙齿自己吞，睁大眼睛装糊涂。

惠珍一路寻思，不觉随那小翠到了园子，正午的日光打在草坪上，给那片碧绿涂上了层铜锈般的金漆。游廊里，几个家丁正在收拾园子。一排的人影衬着那中式的游廊，影影绰绰的，像戏台上唱戏般不真实。

"这些下人平素都住在宅子里吗？"惠珍问道，

"他们都是附近村里的村民，白天来府里做事，日头一落就回去了。只有管家和几个丫环住在宅子里。"小翠十五六岁的年纪，身子娇小，讲话时常鼓着腮帮子，更显得她孩子气。她直看着惠珍道："小姐昨晚没休息好吗？今天脸色不大好。"

"是吗？"惠珍不禁摸了摸脸颊道，"大约是新床睡不惯，一夜都睡得浅。"

园子的一角对植了两株枝繁叶茂的桂花树，修剪作了球形，油绿的叶从中点缀着繁星似的乳黄色花蕊。

小翠低头扑哧一声笑道："小姐定是做噩梦了吧，这宅子外就是一片荒山，到了夜里，阴森森的，我初来时，连着几夜都吓得睡不着呢。"

"噩梦倒是没作，只是，"惠珍随手摘了一串桂花，捻在手心里，想起昨夜在走廊里梦呓般的女声，又道，"只是半夜里，不知谁在房门外哭哭啼啼的，给扰醒了，一时睡不着。"

"哦？"小翠神色一变，微微侧过头，却是不敢看她的眼睛，缓缓道，"哭哭啼啼？那会是谁？那妇人可说了些什么？"

"咦，我还没说是个女的，姑娘天资聪慧，倒先猜到了？"惠珍斜过眼笑道。

小翠两手抄在口袋里，有些为难道："小姐是夫人的至亲，按理，这事也不该瞒着小姐，只是由我来说，将来夫人知道了，怕是又该怪我多嘴了。"

"宅子里这一大帮人，我若不说，姨妈又怎么会知道是谁告诉我的，万一真出了什么事，也是我一人担着。"

二人走到了一片树荫下，小翠咬了咬嘴唇，道："那好，小姐说话算话，千万别让太太知道是我说与你听的。"她凑到惠珍面旁，低声道："这宅子，小姐和沈太太住在二楼，老爷与太太的房子在三楼，但这三楼上面，其实还有一层阁楼，里头还住着个人。"

"哦，那人是谁？怎么都没听姨妈提过？"

"我来陆家不到半年的时间，知道得也不多。"小翠顿了顿，道，"只听说她原是府里的一个丫头，半年多前不知怎的，忽然发了疯，给太太关了起来，而且……"

"而且什么？"惠珍催促道。

小翠望着她，慢慢道："而且她还怀了身孕。"

"身孕？她丈夫也是在陆家作活的吗？"

"哪有，人家还是未出嫁的姑娘，清清白白的，猛然闹了这么个事，惹得太太又气又恼，这才将她……"小翠忽然闭了口，像是自悔失言，半晌不出声。

想来这里面又有什么讳莫如深的事了。再一想那些下人们闲言碎语，姨妈与沈太太的争执，以及姨夫的病情，惠珍进陆家不过短短两日，已是平地里起了这些风波。或许果真如她母亲所言，大户人家，深宅大院，其间的千丝万缕，枝横交错，她一个外来人一时又能瞧料出几分。

那片树荫子后面竹茂林深，乱生着一簇簇灌木丛林，郁郁葱葱的樟树，苍劲挺拔的马尾松，冠大荫浓的榕树，上百条的气根从灰褐的枝干上垂吊而下，宛如垂垂老者的须髯，有的悬空飘摇，有的落地入土，形如枝柱一般，枝根相依相连。

隔着那片枝柱根，隐隐见着几根荒芜的石柱子，孤零零立在林子深处，卷着一绞绞乌腾腾的青藤。

惠珍抬手挡着日光道："林子后面有个古旧的园子，去那里瞧瞧罢。"

小翠摇了摇头道："小姐，那地方空置了好多年，路都被野树封住了，不好走得很，一路还要小心虫蛇，别去了。"

只作没听见，惠珍拨开那片灌木丛，径直跨了进去。丛林中一路虫鸣鸟叫，笼着湿湿热热的腥气，是树林子独有的味道。双脚一深一浅地踩在崎岖的路上，四周密密层层的荒草枝叶，纷纷扎在身上，又刺又痒。朝前望，那几根石柱子仍在深林里若隐若现，往后看，来时的小路重新淹没在了蓬勃的灌木林里。

一不小心，左脚踩空，哎地一声摔在地上。真是不仔细，可惜一身月白纱衫全脏了。她气得使劲拍了拍身上的尘土，正待起身，草丛里一个人影一晃而过。

"小翠？"

半人高的草叶子哗哗地一响，露出一位十八九岁年纪的青年男子，皮肤黝黑，穿着件白色的吊带衬衫，是当下正时髦的学生打扮。

那青年两步上前，伸手将惠珍从地上扶了起来，看了她一眼，才道："你是陆家新招来的丫环吗？我好像从前没见过你？"

正想开口道谢，听了这话，脸唰得羞红了，自己的穿着原来这么上不得台面，竟被人认作了府里的丫环，又怪这青年说话唐突，窘得自己一时下不了台，心底一恼，索性转身继续向林子深处去了。

青年三步两步地追上她，道："你这姑娘脾气真怪，我拉你一把，连声谢都不会说吗？"

惠珍加快了步子，有意甩掉他，哼了声道："刚才不用你帮忙，我也站得起来，你自己多管闲事，我凭什么要道谢？"

青年紧跟在她身后，笑道："没看出来你口气倒不小，还好，我瞧你一直不说话，以为你是个哑巴呢。"

"你！"惠珍侧头狠狠瞟了他一眼，刚要回嘴，却听那青年忙道："姑娘，留神脚下！"

眼前也不知什么时候冒出块石墩子，惠珍反应不及，脚一绊，身子向前一斜，见着又要再摔上一跤，青年抢先抓住她的肩膀，往回一拽，恰巧将惠珍贴到自己的胸前。

两人一时靠得这般近，惠珍方才惊魂未定，几缕头发扫在额前，满面潮红，一双汪汪的眼睛望着他，前胸微微起伏着，像衣服里头裹了只兔子。

半晌，二人才缓过神来。惠珍抽身背对着他，一手抚着胸口，有点赌气又有些不好意思地道："今天真晦气，一连栽了两个跟头。"

那青年呆了一呆，如梦初醒，恢复了之前浮华的腔调，道："这一片从前是座古庙的遗址，真摔了也不吃亏，就当给庙里的菩萨磕头罢。"

怎么这么说话的，惠珍听了又是好气，又是好笑，也不搭理他，抬头一看，离那石墩子不远，确是一块乱石丛生的园子。在那里一大股石青的长藤肆意地蔓延着，绿腾腾的一片，如开闸而泄的潮水一般，翻山倒海地吞没散落一地的石块，扭曲的藤须沿着四根残破的石柱子一路攀爬而上，紧紧地卷绕在一起。

走近一根柱子，藤叶下遮着几幅浮雕，拨开来，上面刻着一个面目狰狞的人像，脖上套着一串人头骨衔接的链子，惠珍不由地道："这庙里拜的是哪路神仙？怎么凶神恶煞的？"

那青年凑近瞧了瞧，道："你还真仔细，我来了这几回，也是头一次发现。"说着，他也掀开石柱另一侧的蔓草，道："你来瞧，这里也有一个。"

只见蔓草下雕着一幅圆盘，一只巨大而丑陋的蜘蛛盘在其中，旁边也是一个头上挂着骷髅的人像。

看来那几个厨房里的下人所言非虚，这座古庙先前的确供奉了些邪神，难怪那老妈子要说宅子不吉利了，惠珍正忖量着。

那青年弯腰翻开地上的一块石墩子，拨去上面的尘土，大声道："看，这上面也有，还挺吓人的。"

她忙上前探身望去，石墩子上雕的几幅图案，读起来更像是一段连续的故事。第一幅是一个赤身裸体的孩童被人割掉了脑袋。第二幅图上，一人正将一颗兽头安在那名无头孩童的身上。翻过一侧，现出石块上的第三幅画，上面沾着乌润的泥土，经过岁月的侵蚀，有点模糊了，却能认清是一颗人头，头的四周伸出七八根触角来。那浮雕阴在蔓草的影子里，青一道，黑一道地照在上面，阴森森的，瞧得惠珍有点心里发麻。

她忽然明白那图上雕的是什么东西了。

是一只人头蜘蛛。

"你听到了吗，附近好像有人声？"那青年抬首向四处张望，在一根柱子之后，有座生满苔藓的石井、声响似乎是从那井里传来。他寻声而去，朝井口刚瞅了一眼，脸上立马变了色，慌张得嚷道："怎么这井底有人？"

惠珍忙跟上来，头探了一圈道："哪里？在哪儿？"

井口的石壁滑腻腻的，泛着乌亮的青光，井底的水早干了，望进去黑压压的，什么都没有。

一个声音忽然凑到她耳边，提着嗓子吓道："就在你身边啊！"

"啊！"惠珍让这猛地一喊惊得往后一个趔趄，青年却捂着肚子哈哈笑了起来，得意道："你真好骗，两三下就上了当。"

"你，你这人！"惠珍今日被他几次三番的捉弄，气得咬牙切齿，亦无心再留在园子里，掉过身子，撇下他，急匆匆地向回走去。

青年紧随其后，辩解道："怎么又生气了？你这丫头脾气真大，一点玩笑都开不得，好了，好了，我给你赔个不是，总成了罢。"

惠珍哪里会再理睬他，二人就这么一前一后穿过林子，前脚才踏出灌木丛林，就见草地上斜斜撑着两把黄白条纹的洋伞，沈太太正陪着一位小姐坐在躺椅上乘凉。

那小姐看模样与惠珍一般大的年纪，见着他们，搁下手中的果汁，起身迎上来道："志贤，你这一路又是跑到哪里去了？难得来看看你母亲，也不多陪陪她。"正说着，眼睛注意到了一旁的惠珍，上上下下打量了一番，微微笑道，"这位是？"

"她就是惠珍，你伯母的侄女。"沈太太躺在椅子上身子一歪，鼻子上架着一副镀金边的太阳镜，懒洋洋地插话道。

"哦，我说呢，"沈志贤一拍脑袋，恍然大悟道，"我还把你当作陆家的丫环呢，难怪这一路气呼呼的，敢情都是我的错。"

"志贤，你要妈妈怎么说你才好。"沈太太一面摘下太阳镜，一面咯咯地笑了起来道，"讲话老是没有分寸，换作旁人在你这岁数，都是有家室，做父亲的人了。"说着，面向那小姐略有深意地含笑问道："是吧？海棠？"

这海棠穿了件桃红色滚边的喇叭袖短袄，下身系着条荷叶色的百褶裙，白瓷的面庞，添着一对乌黑狭长的眼睛，宛如水墨工笔画下的人物，是淡雅又不失古韵。

她红着脸，侧过头去，腼腆地道："伯母就是爱说笑，志贤平日在学校里就是疯玩疯闹的，一帮的朋友弟兄，交际应酬都顾不过来，哪像个会成家的人。"

"这你就不懂了。"沈太太手搭在腿上，一脚翘了起来，意味深长地道："男人是天生的孩子脾气，心玩野了，一时都收不回来的。你得让着点，得哄着他，日子长了，闹腾够了，他自个儿会渐渐收敛的。"她说着，冲自己的儿子使了个眼色，想来是有意说给他听的。沈志贤打了个哈哈，装作没听见，自顾对惠珍道："你怎么还站着一声不吭的，我错也认了，礼也赔了，难不成是要打要罚吗？"

"当然了，"海棠款款上前，推开沈志贤，面向惠珍道，"志贤这张嘴，吐不出半根象牙的。得罪人惯了，你可别轻易饶了他，非得让他吃点苦头，才长记性。"

海棠说话的表情一本正经，其实又掺杂着丝俏皮，令惠珍顿生好感。她不由地噗哧一笑道："一点误会罢了，哪犯得着说得这么严重。"当下气消了，也算与沈志贤言归于好。

三人说笑间，方知海棠的爸爸是本地大学的校董，姓夏。惠珍念书的事，兴许她父亲能帮上忙。

"其实容易得很。"海棠拉过惠珍的手，倒是更亲密了，笑道，"只消一个电话的事。不过要准备些相关的文书证件。"

那些文书惠珍一直存放在房中，三人议定先由海棠今夜带回家中与她父亲，快的话，不出几日便可进校入读。

午后的太阳当空照着，日光热辣辣地抛在草坪上。银凤托着盘果汁，走到沈太太身旁，望着渐行渐远的三人，细声奉承道："我看附近一帮太太小姐里，要数姑奶奶保养得最好了，沈少爷在跟前一站，瞧着像姐弟似的。一点看不出是做母亲的人了。"

"哦？"沈太太哼了一声，自腰间摸出副织金缎的手袋，一块粉蓝薄纱的手绢打里掏出来，对着粉镜，一点点地拭去面上的油光。

镜子里映着她的大半张脸，纵然打着粉，脸上的皱纹清晰可见。

明明还是老了吧，她想起自己年轻的时候，一桩桩，一件件，像昨日重现，立立在目的，那么清晰，鲜活，其实是很久很久以前的事了，少说也快二十年了。

那时她还不是沈太太，人们都叫她淑芬的。在秋天的下午，她会穿着白绸衫，外面套上一件绒线背心，横穿过青灰面砖砌的高墙，去朋友家借书。朋友的哥哥坐在书橱旁。他们之前见过几次面，都在这间书房里，他静静坐在那看书，靠着窗，像是话剧里布景的一角。

她在书窗前踌躇了好一阵，尽是些鸳鸯蝴蝶派的小说，或是文言体。这时，他站了起来，走到她身后，仿佛从布景中活了一般，从书橱中抽出一本递到她手里，道："这本罢，里面的故事还是很有趣的。"那是他第一次对她说话。她接过书，一言不发，也不敢抬头看他一眼，只觉得房里有股秋日暖阳的温热，脸上有点烫，弥漫着昏昏欲睡的倦气。一道日光从窗格里照进来，无尽的尘埃肆意地飘荡在光柱里，一闪一闪碎金的微光，他们默然地站在这晴空的银河里。

朋友端了茶进来，看了她惊诧道，"你是怎么了，脸红得厉害。"淑芬默不作声，低头看了眼手中的那本书，《镜花缘》。书本身与风月无关，回到家中翻看几页，却是些奇闻怪志的游记。她不感兴趣，却仍爱不释手。

淑芬知道他对她是有意的。起先他们还是在朋友的家中继续演着借书与还书的戏码，待他捅破了两人间的那层窗户纸后，他们就开始单独出去，公园，上街，还有电影院。那时看电影还是件颇时兴的事，满街的报纸和刊物宣扬着电影能"引起国民的良善性"或"是普度众生脱离悲痛烦闷之境"。他带她去戏院里看《战地情天》，默片时代的黑白电影，两对情侣阴差阳错的爱情故事，主人公们带着肤浅的神气，装模作样地演尽世间的悲欢离合。

两人从电影院出来，跨上了有轨电车，他拉着她的手，看着她，什么话都不说。淑芬心满意足，她懂得他们之间是不需要太多的言语就能心领神会。两条乌银的铁轨柔顺地向前伸展开来，电车当当当地缓缓前行，她听得如痴如醉，盼着一个没有终点的旅程，永没有停站的时候。

电车停了下来，上来更多人。重重叠叠的人影里，她感到他的手握得更紧了。"怎么了？"淑芬见他忽然转过头，愣愣地望着地上，带着心事。"淑芬，我——"他变得吞吞吐吐，全不像往常的样子，"我家里想我今年年底。"一刹那，淑芬以为她等的终于来了，她知道总会到这一天的，她早该意识到他今日为什么要带她出来。被握的手中热得冒了汗，耳边已听不见叮当当的车声。

"怎么，你说吧。"她催促道，口气却刻意拿捏得不缓不急。他微微叹了口气，下定决心般地说道："我可能年底去外国念书。"淑芬晃了晃神，仿佛被人从几丈高的地方推下来，她抽出他抓着的手，道："那要多长呢？""大概两三年吧。"

"那，那恭喜你了。"她柔声道，却觉得已管不住自己的嘴，牙齿颤抖得厉害。"淑芬，你是知道的，我的难处。"电车忽然停了下来，淑芬忙站起身，神色慌乱道："啊，阿弟托我去雅记带些糖果给他，我竟忘了，我先下车了，再联络吧。"

眼前密密地满着人，黑压压的，是车厢里的人海，她跌跌撞撞得挤出来，几个步子的距离，仿佛头破血流。

待她下车，回头一望，电车渐行渐远。他没有追下来。马路上空的电线密密麻麻地交错着，搅得人一阵晕眩。淑芬有些怨他，怨他的那点算计和城府。出洋这事肯定已经酝酿很长了，但事到如今他才松口，还捡了这么一个大庭广众的地方告诉她。他还是懂她的，她不会在众目睽睽之下和他撒泼打闹。只好憋住，忍着，手心的汗在空气中挥发开来，透着股寒气，从她的掌心，顺着手臂的筋肉和骨头，直凉到她的心坎。

他走了以后，又断断续续来了些信。淑芬没有回。毕竟他不是薛平贵，她也不是王宝钏，三年光阴对他们而言还是长了，分隔两处，世事无常，往后的变数又岂能预料得到。只是事后回想起来，倒真应验了那本书名《镜花缘》，原来不过都是镜中花，水中月，一场年少轻狂的虚幻罢了。

过了一阵，淑芬书也不读了，整日待在家中，拿支笔在美女月份牌上涂抹着。她的母亲叉开腿坐在楼下厅堂，对着客人滔滔地诉苦："这可怎么得了，不出去找事做，也不嫁人。现在的世道，你也不是不知道。我不指望她能接济家里，但家里也不能养她一辈子罢。她不出阁，她大哥在外地生死未卜的。她也不体谅我的苦处。你可得替我劝劝她，劝劝她。"

淑芬在楼上听到了，默不作声。第二日，她找着报纸上的广告，就出了门。几日后，她已经在区公署里作了文员。又过了半年，媒人上了淑芬家的门，竟是公署里的沈主任要讨她作姨奶奶。家里炸开了锅，坊间早传开她和沈主任好上有一阵了，没想到，她瞒着家里，没透出半点口风。她父亲虽家道中落，却还是要脸面的人，自己女儿虽称不上大家闺秀，也是小家碧玉，好歹念了几年书，家里再不济，也不至于让她去给人作二房。母亲也道她被那留洋的刺激，得了失心疯，这般作践自己出气。

无奈她既铁了心，家人也拿她没有办法，虽是去作姨奶奶，却也行了正式的礼数。出嫁当日，锣鼓齐鸣，八人抬的红缎绣花喜轿，红绿绸缎的轿围上绣着丹凤朝阳。挑夫们挑着笼着红双喜字丝袍朱漆描金边的抬盒到了门口，里面盛着龙凤花纹喜饼，干、鲜四盘的喜果及胭脂染红的鸡蛋。

大媒陪同着沈主任向她的父母叩头后，她身着凤冠霞帔，由娘家父兄抱入轿内。点燃炮仗，红灯大轿离了门，轿前飘带下的两串银铃叮当作响。她坐在轿里，蒙着二尺见方的红盖头，听那轿外银铃碎响，恍惚间仿佛电车当当作响，不禁垂下泪来。

人生如电车般一站一站行行停停，有些人错过了，有些人遇上了，相伴一段风光，也总有靠站分离的时候，来来往往，原来都是彼此生命里的匆匆过客。漫漫长旅，最终还是孑然一身。

"姑奶奶，姑奶奶。"银凤连唤了两声。

她竟眒着了，恍惚间也不知睡了多长时间。黄昏的日头沉到了荒丛里，弥漫着薄寒的空气。

"志贤回去了？"

"没呢，还在客厅里等着姑奶奶，说有事相谈。"银凤顿了顿，接着道，"太太和管家上城里抓药去了，于妈过来问，今晚桂芝的饭，要差谁送去？"

"于妈好些了吗？"

"说好多了，就是脑子仍时不时地发晕，桂芝的气力也真大，听说昨夜一把将于妈推到门上，这才磕破了头。"

"也怪于妈自己不仔细。"沈太太起身，用手理了理衣服的折皱，这老妈子果然是年纪大了，昨夜一时大意，让那女疯子从楼上逃了下来，幸好李文忠发现得早，不然，后果真是不可设想。

"得挑个老实点的。"沈太太冷冷地道，"不如你陪小翠一块去罢，看紧点，别让桂芝乱说。"

阁楼上惶惶地点着两盏壁灯，闷着烟土味，廊壁上贴着淡色的紫罗兰花纹壁纸，许久没换了，生出几片茶碗大的青黑霉斑。

小翠拎着一笼乌木食盒，停在一扇门外，有些为难地对银凤道："这就进去吗？桂芝疯了这么久，万一……"

在府里，桂芝向来是由于妈一人照料的，平日里除了两位太太偶尔来看看她，一般的下人很少进过桂芝的房。今日若不是于妈伤病在身，她们又怎么会摊上这麻烦差事。

银凤尽管心里也打着鼓，但又不愿让小翠这等粗使丫头瞧出来，只得硬着头皮道："怕什么，李管家都将她捆绑好了，还怕她吃了咱们不成？"说着，便伸手推开那扇门。

小翠刚踏进房间，竟怔了怔。不同于走廊的灰暗，整间房白茫茫的，屋内的家具，摆设，乃至墙上的饰物，都严严实实地罩上了白布，连床上的褥子，帐子，窗台的帘子也是白的。打扫得一尘不染。

床上正躺着桂芝，窄眉细眼，脸色苍白的好似要溶在这间白屋里，头发用钳子烫过的，一层层细小的发圈，但不怎么打理，乱乱地散在头枕上。她的身材虽瘦小，腹部却异常的隆起，要涨开似的，看上去也有七个多月了。

"你们，你们是谁？于妈呢？"床上的人轻声问了一句，要撑着坐起来，仿佛力气不够，又躺下了。

"她病了，太太让我们带饭给你。"银凤上前，才留意到桂芝的双手绑在了床柱上，大概是怕她疯病复发。

"太太？"桂芝垂头望着自己的肚子，自言自语道，"太太，太太你放我走罢，我什么都不会说的，我什么都不知道。"

"好了，好了，你安心把饭吃了，病养好了，自然就能出去了。"银凤忙打断道，同时给小翠使了个眼色，令她将饭菜从食盒里提出来。

"不！你不懂得！太太也不懂得！不是我干的，是这宅子，是这幢房子！"桂芝的呼吸急促了起来，接着嚷道，"你们晓得吗，我原本好好的，那天忽然有个大夫来这，说我有了。我就有了，这孩子，忽然间，说有就有了。我的肚子就这么，越涨越大，可我什么都不知道啊，我什么都不懂啊。"

她的病态吓得小翠一时手足无措，也不知如何是好。银凤强装镇定，忙道："你胡乱提这些作什么。先将饭菜吃了，待太太来了，你再说给太太听罢。"

"你瞧。"银凤俯身端了碗笼蒸的芙蓉燕菜，坐到桂芝床边道，"都是你爱吃的菜，太太特意吩咐厨子做的。"边说着，边用勺子舀了一口递到桂芝嘴边，安抚道："吃了它，病就好了。"

这番话却是起了些作用，桂芝的脸上又回复了些常人的神态，口中含糊着，正要张嘴，忽然停住了，双眼牢牢地盯住悬在她眼前的银勺，惊恐道："不！不！是它！它来了！它还是找着我了！"

在一旁的小翠捂着嘴，吓道："银凤！勺子上的是什么东西？"

银凤定睛一看，心里也是吃了一惊，那银晃晃的调羹上不知什么时候趴着一只铜钱大的蜘蛛，通体黝黑，背部生着一片瘆人的黄毛条纹。

未待她回过神来，黄毛蜘蛛呼得一跃，落到了桂芝的胸前。桂芝蜷缩在床头，不住尖声惊叫了起来："快，快弄死它！"她眼里充满了恐惧，双手强烈地摇打着床柱，涕泪流了一脸，叫道："快弄死它，不然它们会找着我的，它们会找着我的。"

慌乱间，桂芝一脚踹向银凤腰身，银凤猝不及防，顺势跌在地上，手中的青花瓷碗哐哐两声翻落，汤汤水水泼了一地。

反是小翠眼疾手快，脱下脚上的拖鞋，就势拍打而去，啪地一声，蜘蛛肝肠涂地，肚皮里的内脏挤破了出来，碎糊糊地一团沾在桂芝奶白色的软缎睡衣上。

一阵地犯恶心。

桂芝忽然开口，做梦般地颤声道："你，你看到了吗？"

"看见什么？"小翠胆战惊心地望向她。

惨白的面庞上冒出一层虚汗，桂芝如魔住一般地道："那蜘蛛，那蜘蛛生着一颗人头。"

第三章　闺蜜心机

夏海棠的家坐落在一幢背街的八层公寓里，乳黄色与咖啡色相间的面墙，矗立在四周一片低矮而暗红的弄堂院子里，愈发显得鹤立鸡群，鸡是红冠黑斑的芦花老母鸡，鹤倒像是北欧的乡间特产，据说这房子的设计师是从欧洲留学归来的。

惠珍揿了揿门上的电铃，门应声开了，出来的正是海棠。

她身上穿着一件银红绸子的旗袍，搭着条玉色碎花的小洋开衫，噘着嘴，佯装怪道："这时候才来，一群客人，就差你了。"

一脚跨进门，惠珍为难地道："还不是为了挑件合身的衣服。夏家大小姐的生日，怎么好怠慢的？"

海棠一手挽住她的胳膊，亲热地道："那也该罚，爸爸订了福记的水果奶油蛋糕，罚你最后吃，吃蛋糕渣子。"

尽管前后只相识了一个多月，不想这二人志趣相投，却大有相见恨晚的感觉。在学校里同出同进，一起逛街，一起参加聚会，成了形影不离的密友，是女人口中的闺蜜。

不是所有要好的朋友都能称作闺蜜的，一个女人可以有很多的朋友，但闺蜜的名额却是有限的，是唯一的，是与她无话不谈，陪她倾吐心事，分享秘密的那一位。大概女人都是独占欲极强的生物，无论友情还是爱情，最好都要专属的一位，要从一而终，是永远不能背叛她的。但闺蜜再要好，也只是闺房中的密友，最多带进睡房，男人是要带上床的，所以闺蜜又是不能与男人比的。

不同于女人的小气，男人的友情像他们的爱情，貌似更大方一些，呼啦啦的一帮子人，称兄道弟，两肋插刀，士为知己者死，个个都是可以砍头卖命的关系，就像三国里刘备说兄弟如手足,妻子如衣服。大意是说衣服可换,手足不能断。可惜这至理名言,信的人多,做的人少,要不然怎么满大街断手断脚的人个个衣冠楚楚,四肢健全的光身子却是甚少看见。

走进夏家的客厅,布置得清一水的西洋家具,花梨木的角柜、角架。曲线型的茶几上摆着瓜子、果糖,几个水蓝色的玻璃杯喝得见了底。云纹的沙发配着暗红色的扶手椅,上面围坐着一群年轻人,叽叽喳喳的,聊得好不热闹。

惠珍认出有几个是学校里的活跃分子,组织了一个救国同盟会,前几天才在车站广场上作了一个抗日宣传募捐的活动。

沈志贤那天穿着一件立翻领的藕荷色中山装,显得特别扎眼。他大概是喝了些酒,面堂绯红,端坐在这帮人的中间,侃侃而谈道:"这回北平学生的反日活动,不仅在新华门组织了上千人的示威游行,还动员了各大校园罢课抗议。我听说现在上海、天津的师生都已纷纷响应声援北平了。"

紧坐他旁边的一位忙道:"我们不如明天就联络附近几所大中学校的师生,也给他大干一场!"

"那种充其量是小打小闹,有什么意思。"沈志贤握紧了拳头,面向众人,情绪激昂道,"要我说,我们带领一群学生,直接坐火车上北平!和北平学生一起冲上街头向当局请愿,反对华北自治,一致抗日!"

席间众人都是爱国的有志青年,深感中华儿女被践踏在列强的铁蹄之下,正临国破家亡危难之际,只恨自己读了半世的圣贤书,空有一身抱负,却是报国无门,听了沈志贤的慷慨陈词,精神为之一振,个个面红耳赤,心潮澎湃,群情激奋得直想立马朝反动军警的水龙、警棍迎面冲去。可惜身在海棠家客厅,满腔的爱国热情正愁无处宣泄,幸好老妈子识时务地端上一盘水果蛋糕,众人当即决定化悲愤为食欲,七手八脚地发泄在那块蛋糕上,眨眼间,扫荡得干干净净。

"现在学生运动风声正紧,不少闹事的学生都关了进去,志贤再这样闹下去,我只怕……"惠珍倚在阳台的门框,把志贤一干人的情形看在眼里,有些担心地对海棠道。

海棠扫了那帮人一眼,笑道:"放心,志贤的性格,你又不是不清楚,嘴巴说说罢了,逞逞口舌之快,回家睡上一觉,第二天就忘了。"

刚说着,有女生上前拉住她道:"海棠,我们准备唱支歌热闹热闹,只等你这大艺术家一展身手，为我们弹琴伴奏了。"

海棠推辞了几句，便坐在钢琴旁弹了一首应景的《抗日歌》，大家纷纷拍手叫好，和着曲子，唱了起来：

"中华锦绣江山谁是主人翁？我们四万万同胞！

强虏入寇逞凶暴，快一致永久抵抗将仇报！

家可破，国须保！身可杀，志不挠！

一心一力团结牢！努力杀敌誓不饶！努力杀敌誓不饶！

中华锦绣江山谁是主人翁？我们四万万同胞！

文化疆土被焚焦，须奋起大众合力将国保！

血正沸，气正豪！仇不报，恨不消！

群策群力团结牢！拼将头颅为国抛！拼将头颅为国抛！"

嘹亮的歌声渐渐大了，如场狂风骤雨，铺天盖地地将公寓里的市井之声压了下来。婴儿的啼哭，主妇的骂街声，还有无线电里的评弹，在振聋发聩的声潮中显得异常渺小，瞬间就吞没了。

可惜这歌惠珍不会唱，也不想唱，呆立在原地只觉得僵得慌。她独自回到阳台，一手撑在水泥围栏上，那时候，太阳刚刚落了下去，青莲色的天空如水洗过一般，沉着一片烟黄的微光，家家户户的红瓦屋脊下疏疏点上了灯。

"你怎么跑出来了？"沈志贤原来跟在她身后。

惠珍自顾望着苍茫的暮色，寻思了一会，笑道："里面人太多，胸口闷得慌，出来透透气。"

她能感到沈志贤的目光灼灼地看着她，不免刻意偏过头去，接着说道："倒是你跑出来做什么，今天海棠的生日，得多陪陪她。"

"惠珍。"沈志贤郑重地注视着她，道，"有时候，你会不会觉得我很可笑？"

"嗯？"她愣了下。

"我知道我自己的，空长着一张嘴巴，其实一事无成，一点芝麻大的事都办不好。"他垂下头来，不好意思地道，"连海棠私底下也这么说过。"

"你别这样讲，"惠珍没料到他提了这么个话题，一时不知怎么宽慰，只得敷衍道，"海棠还是很在乎你的，我在她身旁看得出来。"

"不。"沈志贤面向着她，淡然道，"我父亲和她家是世交，这里的圈子就这么大，有家世的，有身份的，年岁相当。她是没得选，不然怎么会？"他说了一半，自己苦笑了起来道："我父亲若不在南京作官，若没有这显赫的家世，我算个什么东西，谁又真正瞧得起我。"

只因他是沈太太的儿子，而沈太太向来对她存着些芥蒂，为免旁生枝节，惠珍与志贤的交往，常常是止乎于礼的，从未有过这等深谈。但今天的沈志贤与平常的他确有些不一样，他的半身依在阳台上，头枕在臂膀里，落日余晖晒着他的侧脸，阴影勾勒的脸庞，如孩童般自负而又落寞的神色。

惠珍怔怔地对着他，有点管不住自己，眼睛总是不经意跑到他的身上，他干嘛要对自己说这些，或许他是醉了。

"你一定奇怪，"沈志贤凝视着她，沉吟道，"我对你说这些，是因为我觉得你不一样，你与我认识的那些人不一样，我母亲几年前就离开了我，我父亲一直忙于政治。不知为什么，我就觉得你明白我的感受，你会懂我的。"

他墨黑的眼珠里像藏着另一个世界，暗暗燃动着火苗，惠珍看着自己的影子映在他的眼睛里，在那团燃着的火里，直烧到身上来。

他的双手怀抱在她身上，她竟然没有拒绝，只是不自觉地闭上了眼睛，耳边是他喃喃低语，湿湿热热的，好像要吻她。

"你们两个什么时候溜出来的，也不叫上我。"海棠手里端着水杯，也不知什么时候走到了他们身后。

背上的那双手瞬间收了回去，空荡荡的。两人尴尬地分开身，各自撇过脸去，意图避开海棠的目光。方才那一幕她见着了？又见着了多少？

"里面那帮人难缠得紧，让我弹琴不算，还要我唱歌。我就说惠珍今天来了，我在她面前开口，不是班门弄斧吗？就等你来唱一支，他们才肯善罢甘休。"海棠迎面拉过惠珍的手，瞅了志贤一眼，意味深长地道，"这人喝醉了，得把他晾在这一会儿，甭理他。"

不仅是他醉了，自己也是一时冲昏了头，居然和沈志贤搅在了一起，他可是海棠的男朋友，是沈太太的儿子，自己若要放出眼光来拣男友，千挑万选，最不合适的就该是他了。思量中，钢琴声响了起来，惠珍别别扭扭地唱着，留意海棠的神色，虽没察出什么异样，只是当下的气氛，已是不宜久留下去。

一曲完毕，她匆匆编了个借口，就要向海棠告辞。"还没玩够呢，就惦记着回去了？"海棠嘴巴上怪她，手却从衣帽架的铜钩上取下惠珍的灰呢格子外套，递过来道，"真不够交情，今天先放你回去，改日可要好好陪我，补偿一下。"

出了海棠家的门，正赶上电梯下来了。电梯的铁栅栏涂了层铜绿的漆，开电梯的上了年纪，穿着身蓝布小褂，身旁站了不少的人，不耐烦地向惠珍嚷道："小姐往里站点，再往里站点。"铁栅栏哗啦啦地合上了，一个人忽地从楼道里蹿出来，朝着电梯门喊了一句："惠珍，叶惠珍。"

她定神一看，竟然是沈志贤。他跑出来作什么？又为什么找她？电梯轰轰地慢吞吞降下去，他的身影留在了上面，一排叉字形的栅栏外面，囚笼似的，是层层白光与暗影的交替，黑一阵，亮一阵，黑一阵，亮一阵。似她的心，一阵欢喜，又是一阵惆怅。

电梯下到了底层，人走空了。开电梯的掉过身子，发觉角落里仍站着一位，没有出去。"先生，到一层了。"那人身着阴丹士林布的长袍，满脸胡楂，带几分落魄的样子，怔怔地望着那个刚才从夏家出来已走远的女子。

"先生，你是要上去吗？"开电梯的又问了句，只听那人口中嘟囔着："惠珍？惠珍还活着？她还活着的？"

"先生，你不要紧吧？"忽然两道鼻血止不住地自那人的脸上留下来，开电梯的吓了一跳，心里实在不想招惹什么麻烦。

那人一把抹去血渍，脸上暗红的一片，像被人拿刀开了脑袋瓜，更骇人了。他晃晃悠悠地走了出来，猛地蹲在地上，嗷嗷两声，稠黄的液体喷了一地，吐了。

惠珍回到自己的房间，已是近夜半的光景。一轮圆月从窗外白濛濛地照进来，屋子里的箱笼、铺陈都蒙上了层银白的灰。她掀开帐子，平躺在床上，却是翻来覆去地睡不着，脑子里总是晃着沈志贤的影子，那个有些孤独的孩子般的影子。

不行，她摇了摇头，自言自语道，朋友妻不可欺，朋友夫就更不能抢了。何况是那个油嘴滑舌的沈志贤。

这时候，不知谁在隔壁开了留声机，一阵沙沙的转盘声，唱机里的女声如烟花女子般靡靡地唱着：

　　　"花落水流春去无踪，

　　　　只剩下遍地醉人东风，

桃花时节露滴梧桐，

　那正是深闺话长情浓。"

这歌声慵懒而倦怠，在静悄悄的月夜里，如孤寂的荒野里燃起一把野火，缭绕着烟熏火燎的呛味。

有人拍了拍房门，惠珍起身打开，门外站的正是银凤。原来那天陆太太在家中请客，支了桌牌局，几个客人刚打过四圈麻将，厨房里准备了宵夜上来，她见惠珍回来得晚，便差银凤上楼，问她吃过了没有。

"你同姨妈讲，我吃了回来的，她不用等我。"惠珍才回完这句，那唱机还在颓废地唱着：

"断无讯息石榴殷红，

　却偏是昨夜魂萦旧梦。"

银凤神色不由得一变，张嘴道："这歌声，这歌声是哪里来的？"

"嗯？大概是于妈吧，她经常摆弄留声机的。"惠珍随口道。

"不，不会的，这支歌是姨太太最喜欢的。"银凤嘴里嘟囔着，脸色愈是不安起来。

"你说谁？"

"没，没什么的，表小姐，好好歇着，我下去了。"银凤忙掉过身子，神色慌张地离开了。

这丫环最近也不知着了什么魔了，成日疑神疑鬼的，还有那个小翠，也是一副魂不守舍的样子。惠珍想着，锁上房门，当下也就上床睡了。

楼下的客厅里，枝形的水晶吊灯煌煌地照着，蓝底细橙花的麻将桌布上几只白晃晃的胳膊，正噼里啪啦地洗着牌。

"沈太太手气好的咧，连胡两把了，要请客的，要请客的。"说话的是赵太太，穿了身肥大的咖啡色羽纱旗袍，她的丈夫是本地教育局的局长，自己近水楼台先得月，不避嫌地当了妇女会的会长。

沈太太手里搭着牌，笑道："好意思嘛，好意思嘛？这张牌桌上我要算破落户了，孙太太在这坐着，请客花钱这档子事，怎么轮也轮不到我的。"

孙太太家里是开银行的，处事小心，交际应酬信奉的是财不外露，当然，笑的时候齿也不能外露的，她抿嘴一笑，机警地转了个话题道："赵太太，那血溅佛堂的新闻还没讲完呢，快接着说啊。"

"这新闻哪，报纸上都只登了个大概，我若不是趁着妇女会的便利，里面的来龙去脉，又怎知道得这般详细。"赵太太眼梢瞟了一眼众人，是有心要卖个关子。

坐她对家的李太太，打出一张八筒，接道："什么血溅佛堂？"

"哎哟。"孙太太不由得嚷道，"李太太成天窝在家里守着丈夫，这么大的新闻一点都不晓得啦。连着半个月的头条啦。"

"就是孙传芳在天津佛堂被刺杀。"沈太太解释道。她哥哥陆应元当年曾是直系陆军第二师第三团的团长，说起来还是孙传芳这位直系大将一手提拔起来的。孙传芳原是前朝的步兵科举人，民国后投靠了吴佩孚，几年内官运亨通，步步高升，鼎盛时期于江南建立浙闽苏皖赣五省联军，手下二十多万的兵力，自称五省联帅。只是好景不长，北伐胜利以后，他的军队被收编，流落关外，一路辗转，最后隐于天津，皈依佛门，终日诵经说法，深居简出。

赵太太摸了一张牌，眉飞色舞地道："我早前就听天津那边的朋友传，孙传芳掌权的时候，杀人无数，犯的都是恶业，想必他也是自知罪孽深重，怕业报上身，这才在天津找了个叫居士林的地儿，参禅礼佛，为自己积阴德的。"

"唉，佛家说放下屠刀，立地成佛。有这么容易的事吗？"孙太太叹口气，自嘲道，"倘若真这么灵，我第一个先把我家的婆婆毒死了，再摆尊观音，天天烧香念佛供着。"

几个太太感同身受，哄地一声笑开了。赵太太乐得花枝乱颤，险些丢了手中的牌，连喘了几口气，继续道："据说那天下着小雨，孙传芳如往常一般，赶去居士林诵经。也是合该有事，他夫人见他精神不济，曾劝他别去了。不想他是执意前往。进了寺庙，和一班居士才坐上蒲团，正念着经，突然就见他身后一名女居士，从腰间掏出一把手枪，对着他的脑袋。"

赵太太忽然闭了口，目视着其余三人，一张四条砰地扔在桌上，压低了嗓门道："就这么砰砰两声，孙传芳脑浆四溅，是当场毙命。"

"哎，那杀人的女子是谁啊？和他有什么深仇大恨？"

"后边的原委，报上已经讲了。"沈太太吃进一张牌，道，"杀人者的父亲十年前被孙传芳斩首示众，头悬城门。这女子筹划了十年，才为父报仇的。"

"哎，也是一报还一报，他命中注定该有这一劫，逃不掉的。"李太太听着身子发冷，不由得提了提肩上的紫墨色貂皮短袄，那是大兴安岭的上品貂皮，毛平理密。是用了八月大的貂，选在冬天皮毛最耐寒的时候，吊在架子上，拿木棒活活打死，再用剪子剥开屁股上的一点，使劲一扯，皮肉分离，便制成了一件围在她身上的保暖皮草。

四人这边正感慨良多，唏嘘不已，陆太太领着几个丫环打帘子进来道："聊了些什么？这么热闹。吩咐厨子熬了锅桂花糖粥，依我说，先把牌局停了，这粥可得趁热吃的。"

丫环手上巍巍托着大银盘子，几只青瓷小碗盛着黏稠稠的红粥，是上等的糯米，配以白糖，红豆，煨在紫铜锅里至开花起黏，再拌入桂花，方能出锅入碗的。

赵太太接过一碗，是扑鼻的桂花香，甜津津的，口中不住地赞叹道："好香，果然是色味俱佳，陆太太，沈太太好有口福的，府上请了馆子里的名厨，不像我家里，广东来的，只会烧潮州菜，鱼露，沙茶，口味重的咧，我是怎么都吃不惯的。"

"哪是什么名厨啊，赵太太夸奖了。"陆太太搬了张椅子坐下来道，"不过是附近的村妇，叫王妈，赵太太喜欢，改明我让她登门一趟，传些手艺过去。"她递了碗粥给孙太太道："方才你们聊什么来着，一惊一乍的，我躲在厨房里都听得见。"

李太太咽了口粥，热乎乎的，方道："还不是孙传芳毙命佛堂那事，这些打仗的，作孽相，杀人偿命，是天底下的公理，欠了一身的血债，早晚会还的。"

话才出口，就见陆太太的面色旋即暗了下来，沈太太将手中的碗筷放到桌上，也沉下了脸。整张牌桌上的氛围微微颤了颤。一旁的孙太太双眉微蹙，忙飞了个眼色。李太太这才恍然意识到自己说漏了嘴，暗暗怪自己口无遮拦，陆老爷当年也是从军阀混战里起家发迹的，如今又是久病缠身，自己心直口快，讲话没过脑子，却难保旁人没有多想，以为是话中有话。

她只得慌忙改口问道："陆老爷近来还好，那病可见起色了？"

沈太太一摆手，勉强笑道："别提了，一想起我哥，我就直犯头疼病。打针剂、灌汤药、中医西医，什么法子都试过了，只怕是好不了了。"

陆太太手中抚着腰间黄杏印花袍的滚边，也是心事重重地接道："瑞济医院的唐医生倒提了个电针法，说可以一试，但是要在身子上扎针通电，还得半个时辰，我思来想去，老觉得不妥当，毕竟人身子过电可不是闹着玩的，不敢担这个风险。"

"咦，若没记错的话，孙太太的婆婆前年两年卧病在床，好像患的也是中风罢。"李太太刚刚言语得罪了陆家，有意将功补过，做个顺水人情，道，"年初不是好了吗，天天见她看戏打牌，精神得很咧。孙太太寻了什么神医秘方，就别藏着掖着了，赶紧抖搂出来，好歹帮陆太太一把。"

"名医是没访，方子嘛，手上倒有一副。"孙太太坐在茶案边上，手里正啪啦啪啦地点着筹码，苍蓝的玻璃璎珞电灯，打着她的人影，惶惶地映在雪白的墙上，直延到天花板，"我那时候也是急病乱投医，在一家小药铺里寻着了副药方。不过……"

她抬起头，放眼望着周围众人，变了个嗓子缓声道："这方是个偏方，邪得很。"

"邪？能有多邪？"赵太太瞪大了眼睛问道，"拜神婆？养小鬼？"

孙太太静默了半晌，并不答她，掉过身子从手袋里摸出一张纸条，在手中折了又折，塞到陆太太手里，低声道："你们若真想一试，那药铺的地址在这上头，他们一般只接熟客生意，你们到了那儿，报上我的名字，坐堂的伙计自然会招呼你。"

"究竟是个什么方子，当真这么神吗？"沈太太向前欠着身子好奇地问道。

孙太太靠着灰皮椅子，两手挽着，搁在小肚子上，腕上的青橄榄黄玉手链在灯光下闪得令人惊心。她耸了耸眉毛，鬼鬼祟祟地笑道："这，就不可说了。你们到时候就晓得了。"

冬天的太阳出得晚，似眠着了，大清早的天还能见着月亮的影，是灰蒙蒙里的一抹苍青。那点寥落的月色投在枯朽的树巅上，将归巢的乌鸦唤醒了，躲在清冷的晨雾中凄惶地叫了两声。

王妈推开厨房的木门，几个起来的丫头正聚在水池子边洗脸漱口。她今晨出门的时候穿了双黑布棉鞋，一路走来，老觉得有些冻脚，忙不迭地搬了张凳子，蹲坐在灰泥灶旁烤脚。

灶台旁叠着一堆的黑煤球。几串风干的腊肠腊肉，悬在房梁上，被淡黄的电灯泡照着油光剔亮。王妈原先拣了些上好的五花肉，拿麻绳串起来，本打算做熏肉的。底下架一座烧稻谷的火盆，冉冉的烟气微烤着腌肉，渐渐地就能熏出浓香的腊味。

可惜这土法子烟火气太重，厨房里烟雾缭绕的，几个下人受不了，告到陆太太那里去，这才撤了火盆子，留下那几串腊肉吊在寒风中慢慢晾着。

暗红的灶头上坐着口紫铜锅，半滚的水声呜呜咽咽，锅盖沿溢出一股子白气，香喷喷的。小翠洗了把脸，掀开锅盖道："真香啊，王妈这熬的什么？有一晚上了罢，馋得我肚子直叫唤，先尝一口。"

王妈正端着一碗杏仁剥壳，一手赶着打向小翠的腿肚子，口中骂道："作死了，臭丫头，今腊八，这锅里是熬着给太太过节的腊八粥，要先祭祖的，叫你乱碰。"

小翠连声唤了两下，揉着小腿，金鸡独立站在灶台边，委屈地道："太太一大早就同姑奶奶、表小姐进城了，交待了要到傍晚才回来，还祭什么祖啊。"

一丫环打了个呵欠也道："腊八节也不是独给太太小姐们过的，按老规矩，咱们一人吃上一碗，求他个来年平安，也不是不合适。"

几个丫头听了也都觉得有理，纷纷附和着，嚷着要吃粥。王妈独自压不下来，摊手道："这事，我做不了主，你们得问李管家去。"

"李管家随太太进城了。"

"那你们得问于妈了，她是随太太过门的，我得听她的。"

几个丫环私底下叽叽喳喳一合计，都觉得银凤是姑奶奶跟前的红人，推举她出来找于妈周旋。瞧在姑奶奶的面上，于妈未必不会卖她个人情。只是那于妈脾气实在古怪，又不好相与。银凤心里是万般不乐意，可若真推脱了众人，面子上挂不住，估量了半天，只得硬着头皮应承下来，独自上了楼。

二楼的采光在冬季里更差了，即便外头是青天白日，过道里却永远在黄昏，光线迷离的暮色。于妈又关在她的房里摆弄着留声机，噼里啪啦的杂音，掺着低沉慵淡的声调：

> "玫瑰般的美丽夜莺似的歌声，
>
> 都随着无情的年华消逝，
>
> 啊！我到哪寻找往日的旧梦？
>
> 只剩下满腹的心酸，
>
> 无限的苦痛。
>
> 青春一去永不重逢，
>
> 断无消息石榴殷红，
>
> 却偏是昨夜，
>
> 魂萦旧梦。"

歌声沉闷孤苦，听得人松松垮垮的，大病初愈般。银凤有些受不了，为什么老是这支歌呢，于妈难道不清楚吗，这歌是……

她立在房门外，敲着门道："于妈，我是银凤，有事找你。"

门后面隐约听到人的走动声，留声机又噼里啪啦的响了一阵，歌声忽然停了，好像那唱歌的烟花女子被人掐住了脖子，扼住了声息。走道里顿时清静了下来。

银凤吐了口气，转过身，不想心砰的一下，猛地惊住了。

于妈穿了身深蓝布大褂，僵立在她的身后，直勾勾地盯着她，面无血色地问："银凤，怎么了？"

"你，你不在屋里的吗？"银凤呆呆地问道。

阴沉的眼睛瞪着她的脸，好一会儿，是一种不可思议的神色，仿佛看着位病人，于妈缓缓道："我的房间在另一头，这间屋子空了好久了，里面没住人。"

"可那歌声，唱机的声音，分明是从这房里传来的。"

"你犯什么糊涂？这间是谁的屋子，太太能让人住进去吗？"

银凤掩着嘴，心头怦怦地跳着，惊道："这间，这间是姨太太的屋子？"

异样的眼光里透着鄙夷又有种不安："你说屋子里有什么声来着，留声机？"

"是那首歌，姨太太还在的时候，天天在屋子里放着的，魂萦旧梦，魂萦旧梦。"银凤答着，脸色越发恍惚起来，又道，"于妈，都说姨太太是卷了老爷的金银细软逃了，可有时候，有时你不觉着……"

"觉着什么？"

"她还待在这宅子里的，根本没走。"银凤挤着牙颤声道，额上直冒起了冷汗。

十字路口的绿灯亮了，司机还没开动车子，一妇人挑着扁担急匆匆地从车前蹿了过去，大概早市刚结束，担子里还能见着卖剩的海鱼，银光闪闪的，坐在车里都能闻着腥臊味。

"这婆娘，赶着投胎啊。"李文忠坐在司机旁愤愤地骂了句。

"文忠，不好乱说。"陆太太在后座点了一句，她是有点迷信的，今日既然出来了，就要奔个好彩头，一路顺风，到了郎中那儿也就自然诸事顺意。

沈太太靠窗坐着，并没出声，由于起得早，一路上都在闭目养神。惠珍夹坐在两位太太中间，风从半开的车窗外呼呼地吹到脸上，冰凉凉的有些发辣。

那已是早晨十点钟左右了，街道冷清清的，灰白的路面干净得泛着层青光，路边是一片暗沉沉的店面，几个蓝白大褂的行人，深深浅浅地点缀其间，灰扑扑的，脸上带着匆匆的神色，只让人觉得人生也如眼前这般，素净得失了光彩。

车子拐入一条小巷，在一间药房外停了下来，店里点着灯，门口半拉着铁栅栏。

药房的伙计正要开门，就见着一帮太太小姐打车上鱼贯而出，其中一位颇有些姿色，递过一张纸条便道："我们是孙太太介绍来的。"

那伙计将她们上上下下打量一番，才请进了店里。药房内前半间是一排的玻璃橱，里面堆着一沓沓油红粉绿的西药纸盒，夹杂着标签纸片，色彩斑斓，后半间是老式的中药柜，黑洞洞的，红漆剥落的木橱，扣着一环环橙黄的铜锁，寒碜碜的挣扎在那片斑斓之后。像是新旧两个世代，轰轰烈烈地搅在方寸天地间。

众人被请到一张八仙桌旁坐下，伙计才奉上茶，就打偏门蹀步而出一位六十开外的老者，身穿酱紫色的官纱大褂，秃着脑袋，嘴边留着两撇长须。虽是面无表情，可模样实在有些喜感，活像报上漫画《王先生与小陈》里的王先生。

沈太太先开口道："我们也是听孙太太夸先生医术高明，这才不远……"

那郎中却不寒暄，略微挥了挥手打断道："孙太太早嘱咐过了，同样的药方子，我也配好了。"说着打了个手势给那伙计。

屋子的犄角立着座红木壁橱，上边刻着黄漆的镂空雕花。那伙计拉开橱门，远远飘来股草药夹杂消毒水的气味，里头零乱地摆着几个瓶瓶罐罐，宝蓝、鸦青，泛着微光。他取出一个密封的玻璃罐来，小心翼翼地放在八仙桌上。

玻璃罐有半尺来高，盛着黄褐的药酒，通体闪着琥珀色的光。罐子的正中浸泡着个瘫软的肉块，透着几丝血色，黏黏稠稠的。若细细瞧来，那肉块的顶部有着两个分开的黑点，竟是对眼睛，下面蜷着细小的四肢，能模糊地辨出手指与脚趾，已初成人形。

众人不禁面面相觑，皆吃了一惊。陆太太倒吸了口冷气道："这，这不是。"

"宋人庄绰在其笔记中呼此为和骨烂，《本草纲目》里，李时珍称之为两脚羊。"老郎中撩了撩大褂的下摆，坐定道："中医取象类比，讲的是以形补形，以脏补脏。府上老爷所患的中风之症，实为肝肾阴虚，气机逆乱。这药酒以元肉、党参配四月大的两脚羊泡制而成，以形补形，天人合一，可谓是专治虚损劳热，益气养血的良方了。"

"那，那不成吃人了吗？"惠珍细语道。

伙计笑道："小姐言重了，吃人？报上载的四川饥荒，灾民烧食尸肉，那才叫吃人。这药酒，不过是取其精华，既不饮人血，亦不吃人肉。真说起来，还不比太太们平时滋补的胎盘，那烘烤的一块块，可是货真价实打人身上掉下来的。"

那老郎中见陆太太有几分犹豫，似拿不定主意，又咳嗽了声，慢条斯理地说道：

"治病救人，求取良方，也讲机缘，太太若放不下心，只能说是机缘未到，不好强求，累你们白跑了一趟。"

"先生，哪里的话。"沈太太忙道，"孙太太与我们是世交，又是先生的老主顾，知道先生专作上等人的生意，自然是一百个放心。"她嘴上这样讲，心里也是直打着鼓，这药酒瞅着都瘆人，更别提要入口了。没奈何到了这份上，也只能死马当活马医，姑且一试。

众人差李文忠上前打点了银钱数目，又取了块蓝格方棱的布罩子将那药罐裹了个严实，这才由伙计引到了药铺门外。

上了车，陆太太怀里拽着那罐药酒，翻来覆去地摸了一遍，哀叹道："真可怜，天下为人父母的哪个这么狠心，舍得自己的骨肉被这般作践，我要不是惦念着老爷的病，这笔买卖可是万般不愿作的。"

李文忠挠了挠头皮，附和道："太太吃斋念佛，生的是菩萨心肠，哪晓得世道险恶，没听那店里的伙计说吗，今年四川大旱，政府无力震济，有饥民惨食人肉，烹子充饥，和牲畜有什么分别。"

主仆二人正在那一唱一和，沈太太心里早就听不进这话，方才在郎中跟前，陆太太临阵装傻充愣，留个烂摊子让沈太太拿主意，已令她衔恨于心。当下陆太太这番话，无非又是为她自己脱离干系。

闹了半天，好人都让陆太太作尽了，自己反担下个买卖婴孩的罪名，真是越想越气，待要还嘴，却听惠珍开口道："人心都是肉长的，爹生娘养，若不是断绝了生计，饥寒所迫，哪个会放着正经人家不做，做那些丧尽天良的事。"

惠珍言行一向小心，今日也不知吃了什么呛药，难得见她出言相撞，堵得他们当场发不出话来。

车子拐过十字路口停下了，惠珍今日和海棠约好等在这儿一同逛街的，路边的商铺顶上竖了幅哈得门烟草的广告牌，画上一个珠圆玉润的摩登女郎，一根袅袅的香烟衔在手中，身穿鱼鳞纹的朱红旗袍，宛如一尊硕大的女菩萨，跷着二郎腿，盘坐在林立的楼宇商厦间，头顶一片空旷而灰蒙蒙的天，淡漠地浅笑着，略带点嘲弄的神气，俯视芸芸众生来来往往。

海棠站在这巨幅广告画下，见着惠珍打车里出来，招了招手道："快点，快点，百货公司打折，再迟点就抢光了。"

隔着马路远远能见着刚开张的杜鹃百货公司，黄砖砌的门面，门口儿挂个红幛子，上头写着："新张开幕，减价八折。"旁边各有两扇大橱窗，木美人穿着华丽站在闪烁的霓虹灯后。晶亮的玻璃窗的另一边，是喧闹嘈杂的街道，熙来攘往的行人均衣着素色，惨淡一片，越发衬得橱窗里的色彩旖旎。伴着店堂口鼓乐队的乱敲乱打，砰砰碰碰间，是种虚空的欢喜与热闹，在清冷的空气中渐渐充溢膨胀起来，妄图将那点人生的愁云惨淡吹得干干净净。

二人在百货公司挑了条白印度绸印花旗袍，又添购了件浅粉的绣花丝绸睡衣，才从公司门口出来，就见着街边巷子口围着一群人，议论纷纷的，好不热闹。拨开人群，正中立着位黑胖的中年妇人，穿着件灰夏布衫子，髻上插着金灿灿的铜花，高声吆喝道："蛇神显灵，有求必应，蛇神显灵，有求必应。"

她身后是一个灰漆漆的门面，几个妇人神色慌张地从里逃出来，对众人道："不得了了，进去看了一眼，屋里真供着个人头蛇身的东西，摇头摆尾的，也不知是人是妖。"

围观的众人个个来了兴趣，掏了几文钱，只想一探个究竟。那阵子城镇里时常有这些稀奇恐怖的表演，吐火吞刀、胸口碎大石、同手同脚的连体婴、巨人与朱儒的飞刀杂技，还有浑身长满长毛的野人被关在笼子里。瞧着人心惊胆战的，又有一种猎奇的快感，如同隔着门缝偷看邻居洗澡，总觉得见了些不该见的东西。

惠珍与海棠二人随着人流挤进那间小屋子，十几平的地方，供着座红木雕的神龛，龛前斑黄的铜炉插着几支香，两旁着几盘披红挂绿的供品，一盘是蔬果，另一旁是烧好的猪头肉。神龛的正中央躺着条斑斓的大蛇，蛇身上果真长着颗女人头，高盘的发髻，双目紧闭，也不知是死是活。

"哎，动了，动了。"人群里谁喊了一句，那颗人头缓缓地睁开了眼，迷迷蒙蒙地扫了一眼众人，蛇身蠕动了几下，像是想爬出来，又被什么挡住了。原来神龛前封了块玻璃的。

"哎？这活灵活现的，又锁在玻璃箱，难不成是真的？"海棠看不出半点端倪，有些信以为真了。惠珍虽不信这类美女蛇的把戏，可半天瞧不出纰漏来，只得道："肯定是江湖术士的障眼法，可惜没看出来罢。"

这时，她们身后有人哈哈一笑，大声道："这位小姐说得好，眼前的木龛就是一出障眼法，把大伙的眼睛都骗了。"

众人寻声望去，说话的是名三十出头的男子，身穿羽灰色西服，鼻子上架着副金丝眼镜，倒是一副商人打扮。

人堆里走出个拉洋车的问道："那倒想请教这位先生，这美女蛇玩的什么把戏？怎么大家伙都挑不出丁点儿破绽来。"

男子笑道："那容易，木龛里定是架着两面镜子，用反射挡住了人的身子，镜前再摆上半条死蛇，就造成了一副人头蛇身的模样。若不信的话，大可走到木龛后一看，我猜那美女八成是坐在镜子后面，手中攒着条死蛇呢。"

还未说完，人群中一位四十出头的妇女一个箭步向前，绕到木龛后望了一望，忙嚷道："哎呀，这先生说的是真的，这后面真坐着个姑娘，手上还摆弄着条蛇呢。"

围观的人群一听如炸开了锅，怨自己上了当，白花了冤枉钱，一把拉出那姑娘和门口的老妈子直喊着要退票钱，吵闹声又把街外的几个巡警招了进来，推推嚷嚷的，搅得天翻地覆自是热闹异常。

惠珍眼见着有几人快吵得打起来了，忙拉着海棠扭身从人堆里挤了出来，嘟哝道："真是倒霉，不过看个把戏，倒碰上了干架的。"说着，又怕慌乱中在那儿落了什么东西，忙低头点了点手中的纸袋子。

正数着，那羽灰色西服的男子走到她面前道："叶小姐好久不见，陆老爷近来可好？"

惠珍虽觉得他有些面熟，可一时也认不出来。男子见惠珍一脸踌躇，微微笑道："叶小姐，真是贵人多忘事。才几日未见。怎么忘得干干净净了？"

话还在口中，海棠噗嗤一笑道："惠珍不记得，我还记得，这不是唐医生吗，瑞济医院的少东家，大名鼎鼎，这附近哪个不知，哪个不晓。"

男子一听乐了，道："少东家？这是什么话，你当开医院是做生意，院长称老板，医生叫伙计吗？"

惠珍这才想起此人正是此前给老爷诊治的唐大夫，抿着嘴笑道："海棠只不过随口说漏了嘴，唐先生至于这么得理不饶人吗？"

经方才那么折腾，海棠早失去了逛街的雅兴，更没有闲心打趣斗嘴，一心盼着早些回去，便对惠珍道："时候也不早了，我家的司机就在前边的路口等我们，说好了，待会先把你送回去。"

唐医生顺道将她们送到路口，小车还停在路旁，开车的司机却不知上了哪儿。海棠急了，撇嘴道："这人，天生的馋嘴，两条街外有家做汤爆肚的小店，他定是上那儿打牙祭去了，你们在这等着，我这就去把他找来。"说着便急匆匆地过了街。

第四章　他们要我的孩子

天色渐暗，马路边上点上了几盏街灯，深褐的铁罩子里，灯光白晃晃的，显得越发的清冷。唐医生陪着惠珍等在路灯下，几步远的地方有家法式咖啡店，弧光灯闪烁的玻璃招牌上闪着五个晶光大字，"皇家咖啡馆"。店门口褐色的玻璃窗上贴了美女画广告，写着"超鲜，拔萃"。

唐先生对惠珍闲闲地道："天有些凉，与其在这儿干等着，倒不如上那咖啡馆喝杯咖啡。还能提神醒脑。"惠珍本有几分犹豫，又想到唐医生陪她在这天寒地冻地等了大半天，也是不好拒绝，还是陪他走了进去。

咖啡馆入口铺着地毯，正门是座半月形的玻璃柜台，里面全是各色的面包糕点。乳酪的，酥皮的，或抹上层红稠的焦糖，或撒着细细的糖粉。咖啡豆烘焙的香味混吞着鸡蛋糖精的焦香，氤氲的气韵，融满在柜台后的一片卡座中。

这类仿效法国巴黎的室内咖啡馆虽是从西方引入的舶来品，到了有着千年文化的国人手里，不免要添上几分自己的花样。咖啡馆里不仅有自制的西式糕点，也兼卖洋酒雪糕，晚上还提供中西式的饭食点心。美酒佳肴，酒足饭饱之际，店里的女招待员会拿着口琴，翩翩然吹上曲"南屏晚钟"，有时还能唱出"苏三起解"之类的折子戏。

此时西洋爵士乐曲正源源自留声机流出，惠珍与唐医生在店里靠窗坐下。唐医生抿了口咖啡，道："苦得很，咖啡这洋玩意，我是怎么都喝不惯。"

惠珍笑道："唐先生既然不习惯，又何苦进来花钱受这份洋罪。"她向唐医生溜了一眼，想着他年轻的时候一定也是个漂亮人物，有点像沈志贤，只不过面前的人被社会磨炼过，眉宇间多了股沧桑，或沈志贤再过个十年也会是这副模样。

"偏偏这世上的人都像我一样，就喜欢拿钱来买罪受，比如对面桌子那位，"他用手一指，临对面的卡座位上坐着名五十多岁的男子，穿铜绿的长袍，外套一件软制的黑呢坎肩，一身暴发户的装扮，陪着位摩登女郎喝咖啡。

他接着揶揄道："你看他那喝咖啡的神情，分明是当中药在灌。"

惠珍扑哧笑道："人家自有人家的快乐，有佳人相伴，纵使嘴里受罪，心里也许是比蜜还甜。"

"甜蜜？那你知道男女谈恋爱，什么时候最甜蜜吗？"

"什么时候？结婚的时候？"

唐医生呵呵一笑道："结婚？我总觉得是男女间爱情到头，无事可做的时候，才想着结婚打发时间。"

"原来唐医生相信婚姻是爱情的坟墓，打算独身过一辈子的。"她握着汤匙，搅了搅杯中的咖啡。

"我可没这样讲，这话是那位英国诗人拜伦说的。"唐医生拿手摸着下巴，浅笑道，"有情人终成眷属，自然是圆满。可惜有些事就如月色一样，月盈则亏，最圆满的时候，也是它开始残缺的时候。"

那时候腊八夜的月亮斜斜地从一片淡淡的云雾中露出脸来，惠珍隔着玻璃窗望去，朦胧中像一片青瓷的玉，沾了层雾水，放着湿润的白光。

"十五的月亮十六圆，可我独喜欢十四的月亮。"他继续道，"你知道为什么吗？"

"为什么？"惠珍问道。

"因为它不完美，十五的月亮虽圆，可毕竟好景不长，再过一夜，又到了它缺损的时候。十四夜的月不同，只因再等上一夜，就是它圆满的时候。这行之将圆的月色，才有憧憬，才有期盼。"

惠珍听得出了神，沉静了一会儿道："杯满则溢，唐先生想说的是男女之情也是过由不及的罢，有时还是有些留白的好。"

"对，好比喜欢这类的话。"唐医生忽然收了笑，看着她道，"马上说出口，就没意思了。"听了这句话，惠珍忽地有些明白唐医生的用意，脸霎时红了，正见窗外海棠带着司机赶回来，忙起身道："海棠她们回来了，天色也晚了，今天真是要多谢唐先生。"

"以后还是叫我唐子正罢。"唐医生也站了起来，偏着头说道。给他那眼神一看，惠珍觉得那杯喝下的咖啡热气腾腾地从身下冒上来，窜过耳后根，熏得脸红扑扑的，像带着几分醉意。她有意避开了唐子正的目光，一扭头，背对着他先走了出去。

海棠早坐在车里等她，惠珍要上车，又想起咖啡的钱。唐子正站在身后，摆了摆手，示意他已付了账。"这钱还是要给的。"惠珍翻开手提袋，准备拿钱。唐子正双手插着口袋道："都说了是我请，又怎么好收你的钱。"又笑着道，"若真要还这点人情，不如下次出来的时候，叶小姐作东。"

怎么还有下次，这句摆明了是想约她出去，答应还是不答应，惠珍让他窘得手足无措，一时招架不住。转念一想，唐医生也是场面上的人，或许是些说惯的戏言罢了，何必当真，也就含糊几句应付过去，与唐子正就此作别。

小车在崎岖的山林里开着，满山的肥树细柳，在月色下，绿压压地交织在一起，像堆做一团的宝石绿丝绒，密密层层地缠着那粉白的月亮，搅得人意乱心迷。

车子里没点灯，海棠撇着嘴对惠珍笑道："看不出唐医生和你还挺投缘的，你们都说了些什么？"惠珍耸肩道："随口聊聊罢了。"临了，又补了一句，"尽是些不着边际的话。"

她尽管不怎么欣赏唐子正的作派，可心底还是忍不住有一丝得意。他是有点喜欢她的，应该不会很多，甚至还夹杂着些做戏的成分。但那又怎么样呢，一个女人长得再漂亮，也总要有点异性的倾慕，才能证明自己的魅力。有了这点小小的喜欢，宛如在黑暗中擦亮一根洋火，生出朵红灿灿的火苗来，微弱地跳动着，哪怕不能照明取暖，只是看着，心里也是欢喜的。

"姑奶奶，楼下的洗脚水烧好了。"银凤端着个朱漆的三脚木盆进了房。沈太太正躺在张藤椅上，手里搁着电话听筒，继续道："对，查理，露露她就是这么和我说的，万老板那儿的消息，市场人气看涨，几项公债库券都要升的，像编造、盐税债券这些，都能买进来。稳赚不赔的买卖。"

又是和那个查理，银凤先前就听沈太太和他通过几次电话，有时谈投机的生意，有时也谈些别的，语气亲热得很，都是在晚上，难保不让人乱猜。沈太太独居在陆家几年，又和沈先生断了往来，以她的年纪相貌，有一两个男朋友倒也在情理之中。就是没见过那查理的长相。

木盆挪到了脚边，沈太太挂断了听筒，直起身，两腿交叠着，跷起一只脚，脱下半高跟的金色皮鞋，脚趾甲抹着艳红的蔻丹。

白皙的脚趾探了探水温，在水面上轻轻一拨，勾起小朵水花来，这小动作很有几分媚态，显得她丰韵犹存。

"烫了点。"她皱眉道，银凤忙从壶里掺了点凉的。十个趾头这才伸到水里，一阵酥麻顺着脚脖子爬上来，通体舒畅。

她合上眼，靠坐在藤椅上，静养了会儿，开口道："那药，太太给老爷喂下了吗？"银凤吞吞吐吐道："喂了，据说是腥气重，老爷没喝下几口全吐了，吐了一身。"

"哦。"沈太太张开眼，又道，"底下人说了，你这几天有些不对劲，老说听着姨太太房里有动静。"

"姨太太房里？"银凤有点慌，想必是于妈背地里跑太太那传她闲话了，"没什么，是自己疑神疑鬼的，多心了。"

"那就好，姨太太这都走了一年多，一点消息也没有，我想她是不会再回来了。"沈太太从红漆木盆提起湿淋淋的两只脚来。

取过条毛茸茸的脚巾，她边擦揩着边道："她进门那天，我就说了，这唱戏的，野惯了，受不了这豪门大户的规矩，果然不出一年，卷了笔家当就跑了。按说我和嫂子都待她不薄了，桂芝是她带进门的，害了疯病，不也一直照顾到了现在。"

银凤呆了下，弯腰捧起那盆水，走到门口，刚推开门，沈太太在身后又问了遍："你真没在那房外听到些什么？"

感到沈太太的眼光从背后打量着她，心有些虚，手一软，那盆里的水溅了点出来，颤声道："大概是风声，吹着窗户了。"藤椅上的声音叹了口气，道："是空屋子，空了很久了，不会再有人了。"

打走廊一路出来，宅子里早熄了灯，是黑压压的一片。没走几步，又快到那间房了。烟黄的门面嵌在瓦灰墙里，暗中瞧着像一张硕大的京戏人脸，是《鸿门宴》里的楚霸王，黑色花三块瓦脸，剥落的门漆勾成一道寿字眉，下面垂着两块斜挂的黑影，一副哭丧的表情，却又阴森森的，好像会吃人。

那留声机又响了起来，犹如有人在这夜里点了几只响炮，炸了几声。

既然太太都说了没住人，那定是其他人躲在里面捣鬼。银凤敲了几声房门，唱机又关了，略微传来些响动。

听出来是有人声的，莫非是那人成心捉弄她？银凤又拍了几下："里面的，把门开下。"却是没人应答。她扭了扭铜黄的门把手，是锁着的。

门把手下有个锁眼，黑洞洞的，她弯下身，一只眼贴近那锁孔朝里望去。

黑漆漆的一片，隐约能看见一扇窗户，两件家具好像蒙上了防尘的白布，倒真是没住人的样子。

为看个真切，银凤又凑近了些，冰凉的铜把手贴着额头，吸进的气吐在那房门上，在这寂静的廊道里听起来是刺耳的声音，呼啦啦的。

一个黑影忽地从她的视线里晃过，她眨了眨，又仔细瞧了一下。

锁孔的另一头赫然出现了一只圆睁的眼睛，也在瞪着她。

像是有人将眼球生生地镶在这锁孔里，夹着血丝，瞪着她。

银凤倒抽了口冷气，惊得心中揪了一下。屋里果真有人。

棕色的房门忽地颤动起来，呼！响了一声。呼！又响了一声，像是人在房中发疯地撞击这扇门，一下，一下又一下。

沉闷的声响愈发的剧烈，落雷般轰隆隆地从深幽的廊道里滚过，仿佛那人是被囚禁在这房中，意欲冲脱而出。

她慌了心神，本能地想冲下楼去。只是转瞬的功夫，那声响却猛地停住了，偃旗息鼓。

又是一片死寂。

黄铜的门把手自己吱呀呀地转了两下，门开了。

银凤在门外怔了一会儿，没人从里面出来。

不知哪来的气力，她轻轻地推开门，手顺着墙捻开房里的灯。

房里有种陈旧的味道，是樟脑混着呛鼻的灰尘味。屋里的几堂红木家具都套上了白麻布，红木书桌上摆着架老式留声机，格子窗关着，上面布满灰尘。窗户旁的墙角摆了座双门的海派挂衣柜，柜门上雕着西欧的图案纹样，其中一边镶了块镀水银厚玻璃镜，应该有些年头了，玻璃砖磨边的镜面黄溶溶的，似蒙了层薄纱。

面对这空无一人的房间，刚才那夜半歌声，那眼睛，撞门声，究竟是怎么一回事。她心底一沉，越发地不安起来。

黄暗暗的灯光下，五斗橱的一个抽屉是开着的，倒像是有人刚刚翻过，银凤顺手打开来，里面放着一本黄布线装的练习簿，表面积了一层灰，也是许久没动过的。

练习簿的封面上印有西洋版画的花纹，英文写的"Exercise Book"，底下标着民信合记文俱厂制造。

银凤随手翻了几页，这练习簿像是个日记本，娟秀的字记着些日常琐事，日记的主人像是常去教堂的，记了一些和修道院里的师太交往的事情，还写了两篇修身的心得。

掀开下一页，空了一大半，上面就记着两句话，"他们住在墙里，他们到夜里出来。"

再往后翻去，那日记本竟被人撕去了一半，留下最后一张残页，上面的字迹歪歪扭扭得有些触目惊心，是手指沾着墨水写下的。

"他们要我的孩子，他们要我的孩子。"

他们是谁？这日记是谁的？

低下头，抽屉的一角还躺着个巴掌大的布偶娃娃，几块素色的粗麻布拼贴的，胸前扎着几根缝衣针，像被碎尸后又一块块地缝了起来。布偶的脸上没有眼睛，空茫茫的，只有一根黑麻线刺上的嘴，斜斜的，像是在笑，又像是在哭。

银凤不由地紧张起来，只感到一条阴凉蟒蛇顺着脚底，一圈一圈爬上来，缠遍全身。

屋子里有种奇异的安静，耳边恍惚听到一个女子幽幽地低吟。

"他们住在墙里。"

"他们住在墙里。"

她想她定是魔怔了，竟不由自主地摸到那惨如秋霜的墙边，梦游般地将耳朵贴在墙上，凝神听着。

墙里隐约有阵微弱的风声，像有人在墙上凿了个通风孔。

再听下去，那风声一阵一阵，断断续续。

她忽然有些毛骨悚然。

那是人的喘息声。

墙里有人。

喘息声渐渐扩大了，听得更清楚些，居然是笑声，一个女人吊着嗓子格格地笑着。

从墙壁的深处传来，凄凄惨惨的。听得人起了层鸡皮疙瘩。

"谁？谁在那？"银凤喊了两声，笑声消失了，她感到墙里有什么东西动了下，似乎贴着墙面爬行的，蠕动声纠缠着墙缝里的腐朽木板，如老妪呻吟般，咯吱咯吱地叫起来。

"谁？"银凤屏息凝神，那东西好像爬到了挂衣柜背后的墙里。

"姨太太？是姨太太吗？"

她一步一步地走到挂衣柜前，全身颤栗得有些发抖，暗涩的玻璃镜面倒映着她的脸，惨白得毫无血色。

"姨太太？是你吗？"双手轻轻拉开衣柜的双开门，吱呀的转动声在这死寂的屋里显得那么惊心凶险。

衣柜里黑漆漆的，深邃的暗中似乎趴着个东西。比人大，又不像是人，夹杂着急促低沉的喘息声。

"啊！"银凤的心猛地一跳，双眼在灯影下惊恐地睁得滚圆，嘴巴挣着想尖叫出声来，但喉咙似被舌头堵住了，就咳出了个暗哑的声响。

几根触手般的影子从那慑人的黑团里伸了出来，不容她细想，整个人已被那幽深的裂口吞了进去，刹那的功夫，那门砰的一声，关上了。

黄昏的时候，一艘小船缓缓地游到了湖心，惠珍坐在船头，开口道："唐先生好兴致的，怎么想起邀我游船来了？"

唐子正两手扳着船桨，微笑道："也是一时兴起，以前就很喜欢这里的景致，忽然想带你来看看。"

漆着墨绿的木船在水中央晃悠悠的，船后两道淡然的涟漪漾开来，静静的湖面细波微澜，映着落日的霞光，如洒落万点金星一般，起伏闪烁，是船桨拍出的星河。

她望着湖面道："果然好美，不只景好，唐先生的桨也扳得好，大概是常带女伴泛舟湖上的罢。"

唐子正轻声笑了起来，道："是和朋友来了几次，至于女伴的话，叶小姐却是头一位。"

惠珍却是不做声了，觉得自己刚才那句真是多余，让他以为她有些吃醋，在试探他。

天也不知怎么就暗了下来，小船顺着水流漂向不远处的汉白玉石拱桥，桥栏上立着银灯，在夜色里如睡梦般朦胧地亮着。

唐先生忽然收了笑，道："惠珍，你喜欢我吗？"

这还是他第一次直呼她的名字，之前总是称她叶小姐，显得十分客套。惠珍有些不自在。她喜欢他吗？唐子正虽然年纪大她一点，不过为人稳重，家境殷实，目所能及，她也挑不出一个比他更好的终身之靠。

木船驶入拱桥的桥梁，桥身的巨大黑影如山峦般地落在小船上。唐子正的脸容罩在那道阴影里，反倒显得年轻了起来，连他的声音也变了，像生出另一个人的嗓子问道："莫不是你有什么顾虑？"

她这才觉察到有些不对劲，他的脸部在暗里蠕动着，扭曲生长着，似在变成另一个人的容貌，那是另一个她很熟悉的人，正用她熟识的口吻，继续问道："你是在顾虑海棠吗？"

惠珍吃了一惊，诧异地答不上来。在那道硕大的阴影里，摇桨之人竟从唐子正变成了沈志贤的容貌。

那沈志贤甩开手中的船桨，起身一把揪住惠珍的衣领子，叫喊道："为她，你就要离开我？要离开我？"

惠珍惊慌地推开志贤，道："你别乱动，再乱动，这船要翻了。"

不想沈志贤却不管不顾，跳骑在她身上，面色发狠地变了形，目露凶光地道："你以为你离得了我吗？我若得不到你这人，旁人也休想得到！"说罢，使劲掐住惠珍的脖颈，竟欲将她置之死地。

惠珍吓得尖叫了两声，对着沈志贤又踢又踹，二人扭打作一团，只听嘭的一声响。船翻了，身子猛地扎入湿沉沉的湖里。

那湖水从鼻腔里一口涌进来，又涨又辣，心肺如火烧一般，"砰砰"跳着，一声，两声。

又像划桨拍打着木船的声响，"砰砰"的一声，两声。

"砰"、"砰"、"砰"！

惠珍打床上一坐而起，深深吐了口气，周身是粘湿湿的冷汗，被单、褥子蹬了一地。怎么又是个噩梦？

她对着梳妆镜，捋了捋额前凌乱的刘海，镜面反着白闪闪的日光，照得她出了神，喃喃自语道："怕什么，都走到这一步了，怕什么！"

"砰"、"砰"！

也不知谁在廊道里不住地拍门，听动静外面倒是来了不少人。匆忙披了件素黑袍子，拉开门来，就见王妈、小翠跟着几个女眷围在隔壁的房门外窃窃私议道：

　　"闻着这腐臭味近两天了，敢情是从这间屋里传出来的？"

　　"怕是什么东西烂在里头了，不然也不会这么恶臭难挡。"

　　"吓，荒了这么久的屋子，会是什么死在里头？"

　　"能有什么，无非是些野猫野狗的，难不成还会是死人吗？"

　　王妈见着惠珍出来了，责备道："瞧瞧你们，大清早的也不消停，把表小姐都扰醒了。"说罢，掏出一串钥匙边开门边对众人道："也该你们爱凑这份热闹，等会儿若房里真有什么要清扫的污物，个个都逃不掉。"

　　说着，门轻轻推开了，暗昏昏的屋子里，迎面就是一面铜黄的大玻璃镜，微微泛着暗光。

　　小翠忽地往惠珍怀里一躲，惊叫道："哎呀妈呀！小姐，镜子里边有鬼呀！"几个胆小怕事的女眷顿时惊得抱作一团，落荒而逃。

　　但见那玻璃镜的一角倒映着一张面色灰白的人脸，面目模糊，像荒郊破庙里的一尊泥金佛像，隔着镜子打量他们。

　　王妈捻开房里的灯，啐道："这群姑娘家，说话没半点顾忌，青天白日的，哪来的鬼，不过是墙上的一幅画罢了。"

　　惠珍尾随进屋，这才发觉那镜中影像原来是对面墙上的一幅西洋油画。是当时较流行的民初女子画像，画上一位身穿暗红乔其纱旗袍的女子，梳着短发，抱着只黑猫端坐在藤椅上。

　　多瞄上几眼，不禁打了个冷颤，那画中女子微微低首望着怀中的黑猫，是一张诡异的脸孔，麻木而毫无表情，只有那眼角的余光是活的，仿佛在窥视着她们的一举一动。

　　"咦，这画怎么还挂在这？我还道太太早托人收走了。"王妈又见惠珍一脸的茫然，忙解释道："画上的人就是姨人人呀，表小姐是没赶上见过真人，比画上不知要妖娆多少，进陆家不到一年，无声无息地又走了。有听人说在外地的戏棚子见她重新登台了。"

　　小翠两手抱着腰，小声接道："老爷的病也是自那以后日重一日的罢。害得底下人都猜他犯的是相思病，整日折腾得茶饭不思。"

"男人嘛，活了大半辈子，也逃不过那点花花心思。那姨太太真是妖精托生的，有这本事迷得老爷五迷三倒。"王妈叹了口气，又接着道，"可怜我们太太，几十年的患难夫妻，到头来一点情分没讲，这一房姨太太，说讨就讨了，连个商量的余地都不留。"

听了半晌，惠珍心里早暗暗吃了一惊，她来陆家的日子屈指算来也近三个多月，却从来不晓得家里还有过这般人物，想来是她姨母有心瞒着她。按她姨父这等的出身，三妻四妾倒也寻常，何况她姨母一直未有过身孕。只是没料到姨父的病还有这么个来由，该是她姨母羞于提起。姨母平日虽然待她亲近，却远未到推心置腹的地步。

"怎么还有本练习簿子。"小翠从五斗橱内拾起一本黄线布本子，打开瞟了几眼，苦笑道："没进过学堂，果真认不得几个字。"

"给我瞧瞧。"惠珍伸手接过，才翻看了两页，当即就怔了。

"小姐，上面说了些什么？"小翠瞧她一付心事重重的模样，问道。

惠珍一言不发，又读了几页，脸色愈加沉郁，只感到一阵寒意涌上心间。

练习本的后几页张牙舞爪地爬满了奇形怪状的文字。

"他们住在墙里。"

"他们要我的孩子。"

几只苍蝇绕着屋顶的电灯嗡嗡地飞着，灯泡滋滋闪了两闪，灯光渐渐淡了，是一片昏暗的黄色。满屋满堂的家具躲在这灯影里，若隐若现。

"哎，我寻着了。"王妈立在那座海派挂衣柜前，捂着鼻子道："那腐臭味就是从这镜子后面飘出来的。"说着作势要拉开柜门。

"等，等下。"惠珍不知怎地，有种不祥的预感，愈加惴惴不安起来，胸口扑通扑通地跳个不停。柜门的镜子里，那画像女子正目不转睛地盯着她们，嘴角微扬，似一抹怪异的笑痕。

挂衣柜还是开了。

一股恶臭扑鼻而来，直呛得快呕了出来，与此同时，耳边已响起了小翠刺耳的尖叫。

柜子的一角赫然躺着一具尺把来长的腐烂猫尸，皮开肉绽，黑乎乎的毛发与血块凝成了一团，僵硬的躯体下面布满了米粒大的蛆虫，远看着像笼子里蒸好的饭团，白白胖胖的，成片成片地蠕动。

令人诡异的却是猫尸的下半身，似被啃食过一般，皮肉无存，只留下一段粼粼的白骨，粘着干涸血丝与软毛。

王妈僵了一僵，忙向后踱开，结结巴巴道："姨太太，是姨太太。"

"谁?"惠珍茫然失措，愣愣地问道。

转身，才见小翠已直勾勾地盯着墙上的西画，那少妇的腿上趴的正是一只黑猫，棕黄色的眼里，瞳孔缩成一道幽幽的黑线。

"楼下怎么了，那么大动静?"还没到三九天，屋里已经架起了只火盆。陆太太坐在旁边，披了件桃红金丝线的棉袍，向匆忙进屋的秀儿问道。

双花纹饰的红木火盆架上，炭火打了瞌睡，恹恹地煨在厚沉的炭灰里。秀儿拾起烧火棍戳了戳道："没什么大事，二楼的一间房里发现了只死猫，臭了好些天了。"

"猫，哪来的猫?"

秀儿迟疑了片刻，不知当讲不当讲："也是下面人乱传，都说是那唱戏的养过的那只，走丢了大半年，又返回来，饿死了。"

生了火的屋里，反倒比外边更冷了，像浸在冰窖子里，砭人肌骨。陆太太缩了缩，道："人都走了，还议论她作什么，那猫拿去丢掉就好了。"她说的时候气色淡定得很，是庙里奉养的菩萨，宝相庄严。

连赵太太当初告诉她的时候，她也是这脸宝相庄严的模样。"游艺园是个什么地界，你真当他们这帮大男人是听戏去了? 唱得荒腔走板的?"赵太太替她愤愤的，恨不得锉骨扬灰，她静静地听着，微笑得脸都僵了。

那时日，戏台上男女合演有伤风化，清一色坤角组的坤班入不了大戏园子，只能在戏棚子或游艺园这些市井小民之地登台。谁想到这小县城来的文戏班，也真有个人才出众的，名唤丹艳，擅唱绍兴坤角文戏《四香缘》。在台上会做戏，扮相又好，人称色艺双绝。

城里兴了一阵捧角的风潮，不少商贾群赴捧场，都成了座上客，送花篮，送联幛。陆老爷平日交际应酬，自然也不能例外。两人一来二往，走得近了些，闹出私情事，被城里的官太太们打听出来，传得人尽皆知，背后都认定了陆太太不免要发作，闹个鸡犬不宁。

不想陆太太这边竟是不闻不问，自顾着看戏打牌上馆子，弄得一副没事人的样子，实在令这帮太太大感意外，一面失落着没热闹可看，一面又不免佩服她的没心没肺，至少是看得开，练就了这身自欺欺人苦中作乐的好修为。

这唱戏的也确是个厉害角色，到底是苦出身，一心扒着陆老爷这个挣前程的机会，不知给他灌什么迷魂汤，竟鬼迷心窍地要纳她作妾。碍于陆太太的面子，进门那天什么礼数都没办，丹艳提了只皮箱子就搬进了二楼的新房。下人们爱凑热闹，挤在楼道里见了本人，都说生得美艳，不过待人冷淡得很，大概是下九流行当里出来的，越怕别人瞧不起，越是有股子冷傲之气，连个随身的丫环桂芝都是个盛气凌人的架势。

一连几周，陆老爷出门总不忘带上新姨太太，吃大菜，上戏院，夜里返来也是在新房那边过的。陆太太被冷落地连个人影都见不着，几个底下人快看不过去，于妈是跟陆太太从娘家来的，实在替主子不值，当着太太的面抱怨，直骂新姨太太霸着老爷不放，摆明了是要架空太太。"不过是作个妾，进门这些时日，到太太这儿连个见礼都没行。耍这些手段，都快让她踩到头上了。"陆太太听了，也是不计较，手里提着"福寿双全"纹饰的单柄手炉，坐在床沿边，脸上是菩萨低眉。

她和姨太太打过几次照面，确实是个美人胚子，皮肤白腻得像抹了牙粉，一双吊梢眼，嘴上涂得桑葚红胭脂，螺髻式的烫发，是欢场里的时兴装扮。大凡男人很少能抵抗了这种女人的诱惑，媚到骨子里的，和她真是两类人。

陆太太嫁作人妇多年，一心只想做个本分的妻子，她曾以为男人都希望自己的妻是个规矩的女人，勤俭持家，恪守妇道。这么多年了才恍然明白他们所谓的规矩，是在外做个贞节的贤妇，在床上则要是个热烈的荡妇。她这几年都太规矩，太本分了，本分得肥头大面，心宽体胖，成了灶台年画里正襟危坐的灶王奶奶，如今想热烈都热烈不起来。

手炉盖上的热气渐渐消退，估计是炭火熄了，也不劳烦于妈，陆太太自个儿下了厨房，拿火筷子往手炉里夹了几块烧红的木炭，旋紧镂空雕字的炉盖。才返上二楼，就听着新房里的唱机放着白光的新歌。

"花落水流春去无踪，
只剩下遍地醉人东风，
桃花时节露滴梧桐，

那正是深闺话长情浓。"

晒着一楼道的烟火气，迎面撞上了丹艳和她的丫环，正打从新房里出来。"太太。"新姨太低低地叫了声，算作请了安。她穿了身鹦哥绿的细蓝格子旗衫，改良过的蕾丝边短袖口，露出丰满圆润的胳膊，雪白得令陆太太晃了神。

"要出去？"

姨太太倒是不做声了，眼角微垂，浓黑的睫毛似刷了浆，根根分明地粘上去的，细碎的针刺样，直往人心里扎进去。"老爷约了大夫。"身旁的丫头桂芝帮腔答道，"给姨太太看病。"

"病了？身子哪不舒服？"陆太太关切地问道。

"没什么，就是这阵子直犯恶心，想来是吃坏了肚子。"

"哦。"陆太太应了声，有点暗自得意的，浑身蓦地舒坦了不少，上楼没走几步，远远就听着楼下的两人笑开了。

那桂芝差点笑出声来，道："果然是没生养过孩子的，说到这份上了，愣没听出太太您是害喜了。"

"还是别点破的好。"姨太太有意压低了嗓子，得色道，"不然她面子上也挂不住，老爷特意叮嘱过的，得先瞒上她一阵。"

脑袋轰的一声，她听得呆住了，楼顶的白炽灯仿佛骤亮了起来，像伏暑的烈日，当头烘烘地照着，自己的一线黑影映在螺旋阶梯上，凄惶地挤在这热烈的光亮中，恍惚中竟是连个立足之地都没有了。

凭良心，自己这般委曲求全，待他们不薄了，怎么还有人不知进退，得寸进尺？她这一辈子待人处处忍让，谨慎持重，可算对得起旁人了，可周遭的哪一个又真正对得起过她？自己平生可就这么一个忌讳，他们怎么能这样的。真是越想越恨，手中的紫铜手炉呼呼地烧着炭火，那热浪一腾一腾地蒸上来，直熏得她五内俱焚，金刚怒目。下意识地掂了掂手里的炭炉，一两斤重，当下冲到楼底，给她们劈头盖脸地砸下去，哪怕死不了人，也能烫掉个大半张脸。

火盆噼里啪啦地一阵响，陆太太忍不住打了个激灵，这才回过神来。是焚烧的炭块爆裂开的声音。点点火星溜出来，像虾子红的蒲公英，泛着半遮半掩的光，腾着热气在空中肆意飘着，有一种落荒而逃的快乐，可惜乐极生悲，待发现自己引火上身，已是迟了，刹那谢了，纷纷坠入盆底冰冷的青灰里。

秀儿走近床帏旁，见被子上东一件西一件地摆满了衣服，宝蓝底金色印花小棉袍，咖啡色格子织线毛衣，一字襟的牡丹纹湖色小背心，床头还挂着顶虎头棉帽，都是做给孩子穿的，好生奇怪，问道："这几件衣裳是给谁置备的？"

陆太太倒给问得有些不好意思了，讪讪道："前几天想到桂芝，怕是快生了，提前为孩子备了几件东西。"不知底下人知道了，又该怎么议论她，当初姨太太怀上的时候，也没见她这么上心过，忙又话开道："桂芝的饭，银凤送去了没？"

"银凤？太太还不知道罢，她辞工了。"

"哦？什么时候的事？"

"不过两三天前，听说乡下家里出了急事，连夜赶回去的，走得风急火燎的，连声招呼都没打，还落了一包东西在这。"

陆太太脸色一变，抬起下巴问道："这你都是听谁说的？"

"李管家，他半夜送走的，说是估计她不回来了。"

"嗯，那这几日桂芝都是谁在照料的？"陆太太松了口气，半躺在床沿上，歪身枕着，花梨木床头镂空雕着几朵绚丽的菊花。

"昨儿是于妈，今天轮到我了。"

陆太太向她瞟了一眼，隔着米白色夏布床帐子，忽道："那你可要小心点。"

小心？要她小心什么？

桂芝？又或许是别的什么？

敲开顶楼的房间，里面亮了盏杏仁黄的小灯，外头套着玻璃球的灯罩。照着房里的一切都扭成了一团，像老胶片里的黑白电影，迷迷蒙蒙的，夸张得变了形。铁床的白被单里一座小山似的隆起，是桂芝躺在里头。

"桂芝，起来，开饭了。"秀儿放下手中的食盒，一把掀开被子，猛得倒吸了口冷气。

被窝里卷着一床被单，人不见了。

知大事不妙，秀儿扭身要走，脖子上忽然一道冰凉，浑身的肉顿时紧了紧。一个声音贴在她耳边颤巍巍地道："别喊，要乱喊的话，我一下子扎下去。"

斜眼朝下巴那儿一瞅，一把乌黑锋亮的剪刀架在脖子下，刀口扎进皮里，刺得发麻。是太太托人从上海捎来的王麻子剪刀，好使得很。薄绸，棉纱，几层厚的麻布，一剪一个断，不咬口，不带毛。

"你只要让我悄悄地走，什么事都没有。"

是桂芝的声音，秀儿认了出来，佯装镇定地道："桂芝？你这是做什么？"

"我不求别的，放我走便好了，这宅子要死人的，放我走罢。"

"走？这大冷的天，你能上哪儿去？"秀儿清了清嗓子，正色道，"荒郊野外，大半夜的，走到城里是十几里地的路。就算不为自己打算，你也得替自己肚子里的孩子想想。"

"孩子？孩子？"背后的声音喃喃了两声，竟是痴了。

脖子上的刀刃微微垂了下来，秀儿乘机一个鲤鱼打滚，蹿出那持刀的臂挽，急奔了两步远，这才掉过身子。桂芝恍恍惚惚地立在原地，一手仍握着剪刀，一手不住地摸着八九月大的肚子，迷惑地道："这孩子，生不得，生不得的。"

"好端端的，胡扯这些做什么？"秀儿见势稳了稳情绪，缓声道，"你把剪子放下。"

桂芝隔空看着她，双目无神，却是不说话了，嘭的一声伏在地上，两手撑着，臃肿的身子罩着件奶白软缎睡衣，满头的乌发披肩笼着，像只硕大的黑壳白斑甲虫，沿着木地板一路窸窸窣窣地爬了过来。

第五章　怪婴

"你，你要干什么？"胸口一紧，桂芝已跪在了跟前，搂住她的脚脖子，嚎声道，"太太，求你了，让我走罢，太太。"

她是真疯了，连个人都分不清。秀儿悲哀地想着，心底一软，俯下身子边扶起桂芝，边道："先回床上歇着，若要见太太，我这就给你叫去。"

"太太，孩子生不得的。"桂芝猛然抬起头，额前的刘海被泪水湿成了一团，深一道，浅一道地粘在脸上，像长满了腥黑色的疮痂，干瘪而狰狞，她惊恐地道，"这孩子是个鬼胎，是个鬼胎！"

不知哪里刮来一道冷风，凉飕飕的，一阵心悸的寒意从秀儿的后背蹿上来。天顶的杏黄小灯微微地颤了颤，满屋的黑影都随之左摇右晃了起来，仿佛灯影里藏着鬼，躲躲闪闪的。

"你听，你听。"桂芝两手捧着肚子，跌跌撞撞地朝前迈了一步，是个怪异的姿态，眼睛阴在濡湿的乱发下，怔怔地盯着她，惶惑地说道："你听到了吗，这孩子的哭声，一阵一阵的，我脑子都快炸了。"

奶白的睡衣下隐隐能见着一双肿大的乳房，微微下垂，深褐的乳头隔着软缎子凸出来。硕大的腹部如挂着块半扣的大脸盆子，衣料的褶皱起伏在上面，仿佛能看见什么东西躲在那张肿肿的肚皮下缓缓地蠕动。

秀儿凑近细细听了听，惊得浑身的汗毛都竖了起来，脊背的阴凉直爬上了头盖骨，寂静的屋子里，隐约一声野猫般的嚎叫，时断时续的，竟从桂芝的肚子里传出来。

小翠回房的时候，已是夜半的光景。陆宅的下房有三间，一间是管家的，一间是伺候太太的于妈的。剩余的几个丫头都挤在小翠的这间房中。

屋里的墙上贴着泛旧的海报，是影星胡蝶的肥皂广告，唯一的家具是中间的圆桌，铺着鹅黄的软漆布。上面铜把镜，双耳的水蓝瓷壶，红柄木梳，七零八落地摆了些底下人的东西。周围是几张木板床，还有张黑铁床，挂着发黄的布帘子，里面的人许是都睡着了。

她悄悄脱了身上的红绸夹袄，掀开布帘子，摸黑翻上床。睡在一头的丫环小霜约摸给弄醒了，从紫底杏黄心褥子里探出头来道："怎么这时才回来，半夜偷会情郎去了？"

小翠平日里和她是极熟络的，蹑手蹑脚地钻进她被窝，捶了她两下，低声笑骂道："还不睡着，在这胡说什么。"

小霜细着嗓子道："桂芝夜里又犯疯病了，刚刚折腾了半天。平白给她一闹，心神不安的，哪来的心思睡去？"

提了提被面，捂住脖子，小翠笑道："底下人里，你不是自认胆子最大的？竟也有害怕的时候？"

那小霜抬头盯了小翠一会儿，口气却是极认真的，沉吟道："还记得上回王妈在厨房里谈的那些事吗？"

"什么事？"小翠一时记不起来，悄悄问道。

小霜四下探了探，认定房里的人都睡沉了，低着喉咙道："就是火烧破庙的事。"

"怎么了？"

"前日，王妈在厨房烧饭，我在一旁帮工的时候，又听她提了。"小霜的声音有些颤抖，接着道，"她说，那火从庙直烧到村里，大火过后，村里的人在庙里找到些东西，都说这火是庙里的几个黑脸和尚拜邪神招来的，害死了村里的人，当天夜里，几个村里的人就把那些黑和尚给……"

"给怎么了？"

"给活埋了，"小霜挤着牙颤声道，"就埋在我们宅子的地下。"

小翠呀了一声，失声惊道："讲得这般吓人，盖在坟地上的房子，不成阴宅了吗？"

床对头合着一排木格子窗，糊着黄渍的白纸，中间一张破了，裂了道大口子，一圈锯齿状的开口，瑟瑟抖着，像副长满凌牙的人嘴，在夜风中一开一合。朦胧见得那张嘴里吞着黑沉沉的天，星星都沉下去了。

"还记得桂芝当时是怎么疯的吗？"小霜又道，"就在姨太太出走后没几天。"

"怎么疯的，我来时就见她有些疯疯癫癫的，还道她早就落了根了。"

"哪是这么回事。"小霜思忖片刻，道，"这里面大有详细，太太不让人乱说，你们大伙还蒙在鼓里呢。"

"快说来听听。"小翠来陆家的日子没小霜长，忍不住问道。

"都说她是和姨太太打了包袱一同走的，没想过了两天，大清早，于妈在后院就听见个女声，哭哭啼啼的，竟从林子里的石园传出来。"

"就是树林子后头那块破园子？"

"可不是，于妈穿过林子，就见桂芝一身泥地坐在井边，衣裳烂得不成样子，不晓得见着了什么，吓得三魂出窍，人都傻了。接回宅里的时候，她就开口讲了一句话，几个人听见了，全吓得不轻。"

"什么话？"小翠急了，忙问道。

小霜两眼牢牢盯着她，方缓声道："她说，姨太太给人害死了。"

"吓！"小翠捂着嘴，暗暗叫了一声，道："我同银凤给她送饭的时候，听她提过更可怕的话。"

"她怎么说的？"小霜抬眼道。

"蜘蛛，"小翠猛地打了个冷颤，低声道，"她说千万留神，宅子里藏着只大蜘蛛，能一口咬掉人的脑袋瓜子。"

说完，二人面面相觑，胸口荒荡荡的，刮着股冷寒。默然了片刻，小霜偎了偎荷花绣的鸭绒枕头，怪模怪样地笑道："王妈又提了件事，可和你有关的。"

"我？"

"她说她儿子周末从城里回来看她的时候，问到你了。"小霜说罢，嘻嘻笑开了。

"哦。"小翠像是来了困意，敷衍答了一声。

王妈的儿子叫圆朴，在城里的一家绸缎庄作伙计，总穿件淡蓝粗布长衫，可能就这么一件，洗了又穿，穿了又洗，料子色褪得见了白底。圆朴一周回来一次，王妈白天在宅里做事，他就搬着张竹凳，坐在厨房外头等她，有几次让小翠见到了，随手热了些灶台上的剩菜给他吃。这样来回的次数多了，两人也有些留意起对方来。

圆朴是那种一看便知是生长在乡下的人，宽阔的前额，颧骨略有些高，生得黑瘦，粗糙，大约是童年营养不良的缘故。

"王妈还向我要你的八字来着。"小霜附耳轻轻向小翠笑道，"我说不知道，她还让我套你话。她们家十有八九是瞧上你了。依我看，你这几日好好伺候太太，她一时欢喜，将来少不了为你置办一份嫁妆。"

小翠越听下去，越有些不好意思起来，红头涨脸地道："你怎么成日尽传这些是非，没个正经。"说罢，两人又笑骂了一阵，方才睡去。

冬天的日头短，早晨的课也过得飞快，惠珍从教室里出来，一路穿过沥青小道，两旁是日光的草坪。她和海棠一同报了学校的跳舞班，近来西欧传来的跳舞之风颇盛，不少摩登青年爱出风头，趋之若鹜，一时间城里舞场遍布，男女交际，不会跳舞反要给人瞧笑话了。

学校赶上这时髦，办了个跳舞班，专门的歌舞老师指导，靡靡的西洋舞曲，跳华尔兹，狐步舞，还有探戈。虽是免费教授，倒也没做亏本生意，待学会了，城里三天两头的筹款义演，庆祝大会，少不得要她们代表学校登台，既出风头，也比请舞女划算。

沿沥青斜坡上走，夹道是两排古香古色的松槐，教学楼建在后山的半山腰上，据传是本省的前朝状元谢甲归田后造的，一座二层高的红砖大瓦房，雕着两卷浪头的石拱门，地上砌着石青的方砖，宛若聊斋里的兰若寺。现今入住了批艳异的摩登女性，电烫蓬头，一身旗袍或是百褶裙，刺鼻的花露香水，在那排细雕花木格窗下推推挤挤。时代不同了，不需夜宿古庙，青天白日都能见到狐鬼现身。

海棠先到了，抬眼瞥见惠珍来到教室外头，赶忙挥了挥手。屋里来了不少人，人声嘈杂，一个穿着湖绿白点绸衫的女子迎面向惠珍道："密斯叶，原来你也报了舞蹈班啊。"她烫了头卷发，俏丽的三角脸，叫作何莉莉，父亲是南京驻国外的参办，好歹算作留过洋，尽管是南洋。她虽没有荣幸做成洋人，倒也养了不少西洋人的脾气，在学校里总是密斯密斯个不停，应该是有意同本地学生区分开的。

惠珍倚在乳黄的水泥栏杆上，赔笑道："是啊，密斯何什么时候来的？"

何莉莉撇了撇嘴，娇嗔道："我哪有这好命，不过是陪人来的，我是想来，又担心张先生吃醋，回头再跟我闹。"

她口中的张先生是学校里的英文老师，在伦敦待过几年，平日里穿着鹅黄色长袍，外套坎肩，下身一条西服黑裤，半土不洋的，俨然配得上他中西合璧的身份。听说他还收藏着一条苏格兰红绿花呢的方格裙，是给男人穿的。大概是怕人取笑，倒是从没见他穿过。

　　他在英国的那几年，曾疯狂痴迷过文豪雪莱，课余的时候还抄了首雪莱的情诗给何莉莉。

　　　　"I can give not what men call love;

　　　　But wilt thou accept not！

　　　　The worship the heart lifts above

　　　　And the Heavens reject not,

　　　　The desire of the moth for star,

　　　　Of the night for the morrow,

　　　　The devotion to something afar

　　　　From the sphere of our sorrow？"

　　诗的原名考虑周到，叫"致某某"，指待不详，正给了不少热恋中的男子借花献佛的机会。何莉莉英文不好，看得似懂非懂的，也恰好作个借口向大家炫耀了一番。

　　惠珍当时读了其中的一句，心下很是触动，"The desire of the moth for star, Of the night for the morrow"，青蛾对星辰的憧憬，相比古文中的"翻阶蛱蝶恋花情"，虽是异曲同工，却更有一番意境了，应当是个用情至深之人。不得不钦慕这诗人的才华横溢，到底是西方人罗曼蒂克。

　　后来才知道雪莱结了两次婚，一生情妇无数，还有过与妻子情妇三人同居的荒唐事。虽然惊诧，事后又不免暗自替他辩解，毕竟女人之于文人，就如奶牛之于农夫。逼着诗人只从一个女人的爱恋中汲取灵感，就好比要农夫从一头牛上生生地挤出一辈子的奶，倒有些不敢想象了，也是强牛所难。女人对于欣赏的男人通常很宽容。

　　文豪的第一个妻子被逼跳了湖，讨了第二个老婆，也是个作家，写过一本名为《现代普罗米修斯》的书，疯狂的医生拼了一具死尸让其复活，诡异阴暗的故事。浪漫诗人的妻子往往是最不解风情的。

　　"这本日记还你。"海棠那天穿了件印度红洒花连衫裙，挪到两人中间，递上本子笑道："里面的内容实在乏味得很，我看了一晚上，没读出什么蹊跷，错字倒是找出了不少。"

黄布线装的日记簿，正是她前几天在姨太太房里找着的，拿回房独自瞧了几天，除了后面几页的两句话较为古怪，其余却也寻常。

"他们住在墙里。"

"他们要我的孩子。"

孩子是谁的？他们又是谁？

寒冷的冬夜，一人躲在被窝里，难免胡思乱想，有些惴惴然。现在既然海棠都没查出什么问题，该是自己大惊小怪，自己吓自己。

"你们还交换日记啊？"何莉莉兴奋得随手夺过来，没抓稳，本子摔到地上，啪的一声，背面露出一页纸，却是一张他们没见过的画。

像是孩童的手笔，沾着墨水的钢笔画，是张歪歪扭扭的人脸，漠然的表情，不过了了几笔，朴素简单得让人有些毛骨悚然。人脸的四周添着一圈粗壮的触手，像是蜘蛛弯曲的肢节。

"这画，我像是在哪见过？"何莉莉抓了抓头发，呆了片刻道。

惠珍也觉得眼熟，一时记不起在哪儿看过。

"哦，想起来了，"何莉莉拍手恍然道，"是张先生家的一本书里见过。"

海棠难得来了兴趣，追问她道："书？什么书？"

"这我哪儿记得清楚，他房里那堆子书，好像还是本英文书来着，应该是从伦敦带回来的。"

还没讲完，海棠嘴角动了动，已忍不住笑了，瞟了个眼色，惠珍心领神会，倒有些讪讪的不好意思。

进过他房里？何莉莉想必已和张先生上过床了。有一回课上，她和海棠就听见背后的男同学小声议论何莉莉。吓？其中一个道，你怎么看出她和人睡过了？看走路的姿势，看大腿。处女和破了身子的不一样。回答的声音低沉的，夹着喘气，有些情色的意味。

"你信吗？"她当时很震惊，尽管也知道班上有男同学嫖过妓的，但女同学究竟是两样，那个平常的何莉莉一下离了很远，像隔了个世界。

海棠不以为然地看了她一眼，觉得她有些小题大做了，挑眉道："他们都是男女朋友了，也见过父母，发生关系，又没什么大不了的。"

她还是有点不敢相信，可能是她之前的小城生活太苦闷，没那么多淫乱糜烂的丑闻供人消遣，性总是有点神秘，当然她也曾偷偷摸摸地翻过几页淫书，《金瓶梅》里，西门庆与李瓶儿"吃得酒浓时，锦帐中香熏鸳被，设放珊瑚，两个丫鬟撤开酒桌，拽上门去了"……

再往后，就看得面红耳赤的，但究竟是书。张先生身材瘦削，细细的肩膀，脖子太长，何莉莉又太丰满，腰上的肉也厚。两个人在灯光影下，坦诚相见，被翻红浪，帐挽银钩，"一个玉臂忙摇，一个金莲高举"，实在感不到多少浪漫，也没什么香艳可言，自己都有些替他们尴尬了，她不怎么理解普通人在性里的快乐。

她也曾私下问过一次海棠，"那你和志贤也……？"问的时候，语气不冷不淡的，尽量不露出什么情绪，虽然还是很介意。

海棠两手环着腰，双丝葛的贴身衣料紧紧地裹着乳，比惠珍丰满，怕是小时候喂养得好，木瓜汤没少喝。她脸微微侧过一边，露出似笑非笑的神情，只蹦出两个字："你猜？"

不知怎的，她没说什么，心底却揪了一下。

"哈，你是嫉妒了。"海棠伸手拉过她的脸颊，朝向她，可以闻得到身上花露香水的气味，青白细腻的脖颈，锁骨很美，颈上挂着条红宝石镶的镀金坠子，象牙形的，轻轻晃了晃，仿佛某人的舌尖舔得下。

心底又抽了一下，"哪有，瞎说。"

"想处个朋友还不容易，学校里一大票的男同学，放出眼光来挑，还愁找不着吗？"

她也不是没想过，只是这帮人里大多为浮头浪子，惨绿少年，是青涩的苹果，又酸又硬，还费牙，她未必啃得动。好容易遇上些有点基业的，是七八分熟的红苹果，养分是足了，又嫌他软，甜的偏腻，还被别人虎视眈眈的，她也未必抢得过。只有那个唐医生，他们也一起出去了几次，为人稳重，倒是个终身之靠，可年纪又长了她好几岁。

少女怀春，脑子里乱乱的，神不守舍，时间还是过得飞快，教舞的老师来了，还没仔细听，手忙脚乱地学了几个步子，待回过神来，已经下课了。

"咦，这就完了。"她茫然地问海棠。

十八九岁的日子真是短暂，不比小时候，童年的时间，是琉璃罩的老座钟，铜黄的时针拴了砝码，沉甸甸的，走得寂寞而缓慢，日升日落，有一年那么长。二十岁后的日子，搭上了特快火车，轰隆隆的，日夜兼程，一站站地呼啸而过，停都停不下来。

打校门口出来，就见着不远处停着辆崭新的轿式小汽车，美国道奇牌的，很是引人注目。司机的位子上赫然坐着沈志贤，正向着窗外抽烟。

"志贤哪来的车子？"惠珍问道。

"你竟然不知道？"海棠朝车上的志贤打了个手势，道："沈太太刚给他买的，闹着要，就买了，这么一个儿子，真是给他母亲宠坏了。"

她还真不清楚，只是听闻沈太太在社交场上人脉广，平日里跟着帮有头有脸的人物倒腾黄金股票，近来有笔可观的进账，没料到存下的私房钱连汽车都买了。估计陆太太都不知道这事。这年头，人心隔肚皮，天灾人祸，事事难测，骨肉血亲不如贴身金银，谁不对谁防得紧。

沈志贤开了车门，见海棠独自一人上了车，不禁道："惠珍呢？"

"她呀，"海棠瞟了瞟窗外，含笑道："最近走桃花运了，有个唐医生无事献殷勤，三天两头地接送她回家。"

顺着她的目光望去，一辆小汽车驶过对街的钟表店，惠珍正坐在车窗边与一名男子谈笑。

"是他？"唐子正有时上陆家出诊，沈志贤与他打过几次照面，不过不熟。脸色略微沉了下来，又道："惠珍看上他了。"

"应该是吧。"海棠说着，"惠珍说挺喜欢他的。"她想想，又警惕地补了一句。亮红色的指甲轻轻刮着座椅的皮料子，似把玫瑰红的刀片，一下一下地刮着，粗黑的皮面上拉出一道白来，斑斑的白晕，很残忍的感觉，瞬间又褪了。

驾驶位旁的窗户没关，惠珍的头发凌乱地飘了起来，被风一丝一缕地吹着，仿佛撩拨着一旁唐医生的心，直痒到脚底。车子驶过桥头的鲜果行左拐，一路从笺扇店，呢绒店到钱庄，海味行，倒不是她回家的方向，她忙对唐医生道："是不是开错了？"

"没错。"唐子正神秘地笑道："先带你去个地方。"

不知道他葫芦里卖着什么药，若急着逼问下去，又仿佛是在和他调情。

小车穿过一家挂着"王荐头"招牌的小铺，很窄的门面，门口站着对乡下人打扮的母女，瞧着来往的汽车似乎很兴奋，招了招手，焦黄的面色，一身土气的粗布短袄，也是黄的，毫无生气的颜色。

她认得那类荐头店，介绍乡下人上城里做佣人，烧饭的娘姨、贴身的丫环、或者梳头佣。年纪小点的，十几岁就要出来做事，是穷人的营生。她胸口一震，想起了从前的苦日子，灶台上那一圈黑垢，斜窄的木梯，生着饭菜味的板房。也都是黯黄色的，毫无生气的颜色。如今坐在这辆富贵的汽车里，一身绫罗绸缎，真有恍如隔世的感觉。

车子开远了，那对母女成了团模糊的影像，像块黄渍，落在玻璃窗上，在黄黄的大太阳底下，渐渐散开，令人眼盲的光斑。原来是眼睛湿了。

"怎么了？"唐子正回头见她眼睛汪汪的，像含着一潭湖水，波光流转，搅得他也有些心神不宁。他一直摸不透惠珍的心思，前一秒还有说有笑的，转眼脸上又是副嗔怨的神情，暗暗咬着上嘴唇，仿佛戏文里的落难千金，满腹难言之隐，却又无处倾诉。带着点身世之谜，越是有点神秘，越令他心驰神往。

男女间的这点好奇是爱的萌芽，就像裹着旗袍的女人，凸凹有致的身形遮得一丝不露，虚虚实实间才引人遐想，徒添几分情趣。若摊开了那一层，无非是白花花的肉体，与世相同，并无二致，徒叹一声，不过如此罢了。

"没事，风吹疼了眼睛。"她说着，读起身边的一张报纸作掩饰。

头版就是四川旱灾的通讯：久旱不雨，粮食绝乏，饿殍载道，据前20日中统计，每场饥饿死者，日在十人以上，近复渐次增加，每日达二十余人。中央政府财政吃紧，无力赈济。

一连几日的灾情新闻，死人，死人，还是死人。

幸好是报纸上的世界，仿佛在读一本悲惨的小说，没有主角，只有混沌空旷的背景，面目模糊的陌生人。隔了太远，与她这里的歌舞升平，完全是天壤之别，简直不像是真的。她无法感同身受。那些触目惊心的，无非是些单调枯萎的数字，饿死了多少？10人，20人，又或者30人？圈在白纸黑字的方寸间，淡淡的油墨香，那些苦难也变得没那么苦难。况且报纸的纸质松软，看过了，应急时还能用来上茅房。

紧挨着头版，是铺天盖地的广告，"天厨味精，味精十宜"，"大轮绸缎庄大贱卖三礼拜"，最长的一条是四个激昂的大字"梅毒克星"，下边横印了药品的英文名，一串优雅的西洋字母，如条繁硕斑斓的镂空项链。这里才是她的现实世界，鼓乐喧天的版面，粉饰着西洋装饰画和爬藤花纹。

偶尔还有外埠的新闻，湖边的无名女尸，人不过死了一个，远比不上头条新闻那么耸动惨烈，只好委屈留在夹缝间。随便瞧上一眼，倒来了兴趣。厦门的一处湖畔发现具无名女尸，浸泡于水中多日，面目无法辨认。从衣着判断，死者是位年轻女性。法医在其头部找出一处钝器敲砸的创伤，疑为遭他人谋害而死。

世上竟还有如此巧合的事？她记起这几日老做的那个噩梦：与唐医生在湖边泛舟，唐医生忽然疯了，抄起床桨砸向她的脑袋，啪！啪！头壳好像砸碎了，陷进一块。温热的血水止不住地淌了满头满脸，眼睛血肉模糊地粘着，辣得睁不开。啪！又砸了一下，下巴也断了，腮帮子上砸穿一个肉窟窿，几颗碎牙混着皮肉含在嘴里，又热又稠，是浓烈的铁锈味。

梦里如身临其境，真是不祥的感觉。

隔着汽车玻璃，不远是一片空旷森蓝的海，死水微澜的海面，连着靛青色的天，潮湿而寒冷的天，继续着亿万年前的景色，诞生于宇宙的洪荒。海天一线间，浮着座铅白的轮船，像只摩登时代的钢铁巨兽，偶然悲鸣两声，在这辽阔与荒芜中，更添了几分寒意。

"怎么跑到海边来了？"惠珍不安地望向唐子正。

唐医生停了车，并未注意到她神色中的异样，回道："一直很喜欢这海边的暮色，老想着带你来看看。"

仿佛梦里对话的翻版，报上说那名女子沉尸湖底，容貌被鱼虾啃食得皮肉不附。

冰冷的海风湿湿地吹着，心乱如麻，还是种不祥的预感，惠珍开口道："送我回去吧，我身子不舒服。"

他吃惊地看了她一眼，以为她又在耍小性子。

"惠珍，我明日要上南京办点公事，估计会有段日子，见不着面。"车没开，唐医生斜倚在车座上，转头对她郑重地道，"有件事，我本该告诉你的，只是不想让你顾虑太多，又拖了一阵子。"

"什么事？"

"还记得我们头一次在街上碰面，我陪你在路边等车。那晚我觉察出了些古怪。"

"古怪？什么古怪？"她愕然问道。

"有名陌生男子一直尾随着你，我当时还不甚在意。可最近在你的学校门口，我又见着了他几次。是同一个人。"他的话音越发沉了下来，是真替她担心，"或许是我多虑了，但你一定记得告诉你姨母，凡事还是警醒些好。"

警醒？警醒什么？惠珍怔了怔，这年月大富之家的绑架案，也是时有耳闻，绑了富豪千金作肉票，谈好了价码，成千上万的大洋钱送上门，财去人安乐，皆大欢喜。可惜她是富豪的穷亲戚，不晓得值几个钱，她姨妈又肯出多少在她身上，还是直接让他们撕票省事？

不管怎样，她看着身边的唐子正，微高的鼻梁，暗淡的眼角是一圈细细的鱼尾纹，感激地想，他对她是有些真心的。

长条案上一架石英钟"嘀嗒嘀嗒"地走着，陆太太坐在楠木圆台旁，桌面铺着白蕾丝梅兰菊纹样桌布，四个桌脚雕着虎爪，绿荷叶罩的璎珞电灯惨惨地照着站在一旁的李文忠。

他低声道："太太，这再耽搁下去，我只怕麻烦会越来越大，那时候就更不好收拾了。"

陆太太穿着身蓝羽杏黄心旗袍，皱眉道："你以为我不着急吗？公司账上这么一大笔亏空，你让我上哪里弄钱去？老爷成日昏睡不醒，现在身边是连个拿主意的人都没有。"又低头喝了口茶，道："这陆家上上下下十几口人，大大小小一摊子的事，哪不是用钱的地方，现在是想省，可一个子儿都省不出来。"

李文忠上前一步道："银行行长的夫人和太太你不是走得很近吗？"

陆太太摸着下巴，半晌道："你是说孙夫人，这我倒是能想个法，改天置桌酒席，请她过来谈谈。"

两人正说着，秀儿打帘子从内屋出来道："太太，到点给老爷喂药了。"陆太太使了个眼色令李管家退下。她一直有些忌讳那罐药酒，高价从郎中那购来的两脚羊，正摆在墙头的紫檀角柜里。沌沌馥郁的檀木香可以掩掉不少人肉的膻味。

秀儿爬上张小木凳，颠颠地自暗色的柜子中怀抱下半尺来高的药罐。胎儿寂寂地蜷缩在这玻璃罐中，浑黄的药水里簌簌飘着圈飞絮般的碎屑，宛若孕育中的琥珀色子宫。

她的脸倒映在珠黄色剔透的玻璃瓶上，忽地愣了下。

"怎么了？"身后的陆太太问道。

她定是眼花了，瓶中的婴孩好像眨了眨眼，黑玉色棋子似的两粒眼珠。

瓶底是一层元肉，党参，狗杞配料的沉淀，毛茸茸的，那小肉人悬浮其上，周身覆着层油乎乎的胎脂。只听"啪，啪"两声，秀儿眼前一惊，头顶如细针扎刺一般，激起一阵寒栗。

罐中蛋黄色的肉手呼地撑开，巴掌大的小脸正贴着瓶壁，膏油似的脸上没有嘴唇，只有一线缝隙，扭曲地张开，露出一口塌陷的黑洞，哀嚎般地盯着她。

呛郎郎一声，怀中的药罐瞬间滚落在地上，摔成了两半。腥黄的药水沿着松花白的云斑地板四路散开。

陆太太脸色一急，慌忙骂道："你这丫头作死了，这么不仔细！"

秀儿腿肚子绵绵一软，一把瘫坐在地上，伸手颤抖地指着那滩碎玻璃，喘声道："那东西，那东西活过来了。"

"你疯了，乱说些什么？"陆太太快步上前，朝那堆晶亮的碎片探了一眼，不禁倒吸了口凉气，手脚一片冰冷。

那团肉块竟是不见了。

昏沉沉的房里霎间变得诡怖起来，弥散着股阴霾慑人的气息。隐隐听见内屋里陆老爷病奄奄的喘息声，低哑沉晦的声调像是从喉咙口挤压出来。

"它，它爬到门，门边了。"秀儿瞪大了眼睛，面容惨白地看着陆太太，双腿横在地上，止不住地哆嗦。

松花白的地面上，一排乌红色的爪印，密密麻麻的，一路延伸到门边。仿佛一小团暗影悄无声息地溜进门后的黑暗。

陆太太周身的血液顿时凝住了，心口仿佛闷着沉甸甸的石块，憋得她喘不过气。

它是活的？

伸手推开房门，湿沉沉的爪印逐渐消失在森寂幽深的走廊里。墙上点着暗橙色的壁灯，蒙蒙的像快灭了般。她的影子拧歪了，照在廊壁上晃晃忽忽的。

两面墙上铺着紫藤花纹的壁纸，乌金灼红的藤蔓一路折腾蜿蜒，如一片翻滚的红浪，层层的波涛间卷着簌簌落落的蝶形的花朵，玫瑰紫中点着宝蓝，高高下下，在这片死一般的寂静中，满墙蓬蓬地开着。

她寻着爪印行走其间，夹道宛如涌着荧荧幽幽的花海，迷离的紫桃色墙面映着烟黄灯影，在廊道里暗暗交错。洞窟般的深处，遥遥地回荡着一种阴凄凄的响动，仿佛什么东西蠕动着向前爬行。

若非亲眼所见，陆太太简直不敢相信这幅毛骨悚然的场面。脑袋乱哄哄地搅成了锅粥，一只手按着前胸不住地抽搐起来。深深浅浅的小印子，像初生婴孩的掌纹，又似凋零的海棠花瓣，一线排开，泛着血红色的油光。

心神恍惚地随着爪印，打桃木阶梯直旋而下，印迹慢慢淡了，消失在一间半掩的房门口，屋里亮着灯，那东西仿佛是爬了进去。

她停了脚步，竟呆住了，怎么是沈太太的屋子？

悄悄地推门进屋，天顶点着大支光的电灯，照着房内一片雪亮。左侧浴室的门开了，沈太太口中哼着小曲闲步而出，头上绑着条绒绒的白巾子，身穿牙白色的团花软缎浴衣，看似刚梳洗了一番。

她抬脸见着陆太太面无血色地矗立在灯下，冷不防吓了一跳，口吃道："嫂，嫂子？"

宽松的浴袍微微晃了晃，隐约见着一条蛋黄色的肉脚一闪而过。落地的长袍上忽然涌起一道凹凸不平的起伏，沿着沈太太的脚脖子窸窸窣窣地蹿了上来。

陆太太的心猛地提到了嗓子眼，惊慌失措地掀开沈太太的浴衣，惊叫道："了不得了，它爬进去了！"

衣摆下露出两条白皙的大腿，空空如也。沈太太一时猝不及防，摸不清她嫂子的路数，正待恼羞成怒，就感到头上沉沉一压。陆太太一手拉着她顶上的白巾，却是被什么景象攥住了，僵持在原地。

那粉色肉婴不知什么时候，已爬至了她的头顶，油乎乎的脸孔皱成了一团，嘴部裂开两半，发出一阵刺耳的哭声。

尖利的啼哭，几乎不像是人声，带着浸入骨髓的寒栗，直往人心里钻去。陆太太浑身颤栗，恐慌到了极点，一咬牙扯下那条头巾，肉块随之掉落在地。慌乱间，一脚重重地踩踏上去，一下，两下，踩着地板砰砰直响，像案板上剁肉的声音，使劲全身气力。那白巾子盖着肉块，直踏得血肉模糊，粘粘稠稠地流成了一团。

吵闹声撕破了夜里的安静，几扇窗户陆陆续续亮起了灯，映着窜动的人影。于妈的房门被咚咚敲开了，一个下人通报道，是太太要见她。

云白的瓷壶里注入滚水，一片片乌瘦的茶叶活了过来，于腾腾的热气中借尸还魂，青亮地升浮着，短暂愉悦地复生，又烫死了，绿糟糟地沉尸壶底。陆太太额上敷着热巾子，躺在床边，喝了口奉上的热茶，惊魂未定地对于妈道："你倒是说说，这可是怎么一回事？好端端的就出了这档子怪事？"

"它当真活过来了？"于妈穿着身粗蓝布的棉袄，俯身瞧了遍桌上盘里的碎肉，是不可思议的脸色。

"这还有假，是我亲眼所见，讹你作什么？"秀儿心有余悸地道，"就这么一路爬出去的。"

脸上褐色的寿斑在灯下一阵抽动，于妈沉吟了半晌，忽道："以前倒是听老一辈的人讲过这类事，莫不是被什么对头下了邪术？"

邪术？陆太太呆了一下，她倒是听过坊间谣传一些茅山道士的勾魂术，养小鬼，喂婴尸。熟识的太太们私下也提过南洋传来的降头术，夭折的婴孩，蜡烛烧炼出的尸油。传说城里一个大户人家里有人被下了降头，是位得宠的下堂妾。

脑海里不断闪过孙太太阴阴的笑脸，买药那日沈太太的神色，陆老爷久治未愈的怪病，还有那个失踪已久的丹艳？难道是？

这几月发生的林林总总，似捆打了结的线团，缠在陆太太心上，剪不断，理还乱，真觉得有点理清了，拉一拉，心口又如被抽了一下。愈往下揣摩，愈是一阵后怕，让人升起一股莫名的心慌。她骨子里还是相信因果报应这回事的。

传来一阵敲门声，是惠珍提着壶汤婆子，走进门，一脸关切道："姨妈，好些了吗，一回来就听说是在姑姑的房里跌了一跤，还摔得不轻。"

原来今夜的事委实怪异之极，又闹得陆宅上下惊动。府上除了几个贴心的下人略知一二外，其余众人，陆太太一律编了个幌子打发了事，免得他们疯言疯语再生些是非。

她忙示意秀儿将那盘碎物端下，笑着对惠珍道："已经好多了，真是年岁不饶人，不过是和你姑姑谈点事，一个不仔细，倒出了这么大一个洋相。"

惠珍走到床沿边，整了整褥子，对她姨妈道："我原还担心呢，看姨妈气色不错，心里倒踏实多了。"边把汤婆子往被褥里褒好，边道，"我看天着实有些凉了，特意让下人灌了壶汤婆子，暖暖脚。"

她初来陆家时还留着一字式的学生刘海，如今几月下来，一头鬈发披肩，蛋形的窄脸，朱口黛眉，二八年华，纵使粉黛不施，也自有一股动人之处。

"难得你这份心思。"陆太太见着心下欢喜，脸色一缓，拉过手，与她断断续续聊了点体己话。

"听说那位唐医生瞧上你了？这几日待你殷勤得很呢。"

惠珍微微吃了一惊，窘得别过头去，不好意思道："不过是走得勤了些，做普通朋友罢了。"

她姨妈笑道："不见得罢，按理说，唐医生这家世，论相貌，论才学，与你倒也登对。"说着，半撑起身子，两手握住惠珍的手，劝慰道："姨妈是老派，不懂那些自由恋爱的新规矩，但毕竟是过来人，嫁人结婚，图的是什么，还不是个安稳日子。"

床檐勾着一块夏布的帐角，像面筛子遮着惠珍的脸。屋里的那点淡的光，从这米白色的网里漏进来，疏疏落落地照在脸上，光尘满面。那番话，语重心长，听得朦朦胧胧的，可也不是没有道理。

念了几年书，惠珍自认仍是个传统女人，也觉得男女交往还是遵循旧式的好，平淡如水，方能细水长流。那个唐医生，她现在未必爱他，他也还没真正了解她，没关系，以后有的是时间。好像世间的万千夫妻，二人相处永远像隔着层门帘子，其实谁都没真正瞧清楚谁，鸡同鸭讲了半辈子，不也过来了。

夜深了，顾虑到姨妈的身体，惠珍自觉不便久扰，匆匆退下了房门。

"惠珍倒是个知冷疼热的人，为人老实，也不需我操心劳神。"陆太太打枕边摸出包零嘴，蓝方格丝帕裹好的梅干，含入口，神色安详了许多。

那于妈站在床头良久，起初是一声不吭的，瘦骨的面容，拿眼盯着惠珍的背影，忽地开口道："可我总觉得这表小姐有些怪里怪气的。"

第六章　她烧昏了头

　　隔天晚上，陆家的饭菜额外的丰盛，小火浸炸的锅烧肘子，干贝海参熬的冬菇肉羹，鸡脯肉和火腿填入鱼肚焖熟的八宝桂鱼，是李管家嘱咐厨房添的几色荤菜，给两位太太压压惊，顺带补补身子。

　　席开了，倒是没见沈太太下楼，一个丫环快步进来道，姑奶奶身子乏，回房先睡了。陆太太举筷子夹了口菜，也没说什么。

　　立在一旁伺候的王妈赔笑道："不如我这挑几样菜色给姑奶奶送上去。"

　　王妈倒是个热心人，来陆家做事也有些年头了，平日里除了道人长短、嚼舌根，也没别的嗜好，私底下却常怨自己天生的心肠软，见不得别人吃亏受苦，听点小报上妻离子散家破人亡的新闻，往往眼含热泪，暗自神伤道："揪心哪，怎么这么惨，可怜，可怜。"这边抹眼淌泪，那边一手利索地提溜起案板上的老母鸡，倒悬在瓷碗上，拎着菜刀，对着拔了毛的光颈子，手起刀落，一线红的开口，血流如柱，那只该死的鸡挣了挣便不动弹了。

　　吃过了饭，惠珍回到房中，书桌上摆着盏桃红的高脚玻璃盘，里面盛着奶油酥仁糖，包着五彩玻璃纸包，粉红、碧绿、天蓝，像个童话中的世界，精致得可以一口一口放进嘴里吞掉，是唐医生送给她的，连桌边在看的一本书，也是唐医生临走前从中华书局买来的。她以为会是本张恨水的爱情小说，打开来才发现是本《欧洲童话集》。

　　当时想不到他是如此呆板的人，惠珍确是比他小好些岁，但也不至于天真幼稚到读童话书的地步。细想想，又是他有意为之也未可，这种朦胧的感觉才更具诱惑力。

　　她成了那个男人眼里看童话的小女孩，介于父女与男女朋友间的模糊关系，情爱中叠着父辈的影子。大凡女人都会有点埃勒克特拉情结，喜欢乱伦的情欲。

彩色的糖果溶在嘴里是甜的，那本欧洲童话故事却令她惊骇异常，有些食不下咽。惠珍从不知道西方人热衷给自己的孩子阅读如此恐怖的故事：中古世纪的欧洲，父亲会执斧砍掉亲生女的双手；糖果屋里的老太婆准备将迷路的兄妹烤成糕饼；妹妹在巫师的密室里发现姐姐被肢解成块，装进血淋淋的大盆；地中海的克里特岛上，米诺斯国王建了一座巨大的地下迷宫，里面囚禁了一只牛头人身怪，是他的妻子与一头公牛所生，每年吃掉七对进贡的童男童女。

那些爱情童话里，女主角永远是又美又白，心地善良，注定要嫁给国王的，再次也要是个国王的远方亲戚，后妈都是巫婆变的，生的女儿也必是心肠歹毒，面貌丑陋，一定要黑得像炭一样，连种族歧视都有。之后历经波折，有情人终成眷属，坏人也逃不掉应有的惩罚，"扒光她们的衣服，关在钉满钉子的桶里，马拉着到处跑。"善良美丽的公主报复起来，毒辣的手腕一点不输她的继母。

亲情的故事更加血腥，继母拿箱盖砍了儿子的头，剁碎煮汤。父亲喝进肚肠，那点骸骨埋在了松桧树下。最终儿子复活了，继母被天上的石磨砸成了肉酱，"一家人走回屋子里，快快乐乐地吃起饭来"。

唯独这若无其事的收尾眼熟得很，透着股中华文化的人情风俗，人死事小，吃饭事大。读来格外亲切，有点中国人的黑色幽默。丧事拿作喜事办，仿佛一个人油干灯烬，人死烛灭，一帮亲朋好友哪怕无干的人，济济一堂办白事。立幡杆、搭长棚、吊唁、烧纸钱，哀哭一番后，也不忘他十来桌的流水席，最终"快快乐乐地吃起饭来"，真是再圆满不过的结局。

外国童话太拿人命作儿戏，死去容易，活过来也容易，残酷中闪着无谓的童真。还是中国的好，死个人都不忘死出意义来，盘古开天辟地，死了，左眼成日，右眼作月，血流化江河，肌骨变田土，剩几颗牙齿都想着要变废为宝，幻作玉石珍珠，一点没浪费。若是拿去国外，那点骨头是连夏娃都不够做的。

中国人到底是苦难的民族，节俭惯了的，编造童话传说也比外国人节省，世界是颗大鸡蛋敲出来的，人是拾起地上的黄泥随手捏的，捏都嫌麻烦，索性用破草绳拌泥浆，批量生产，溅出的泥点子，黄浑浑的一片，活蹦乱跳的，便是中国人的祖先了。就连补天这般惊天动地的壮举，也不过是宰只龟，将那粗短的四肢撑住天地。论市价，王八倒是比黄泥贵。

烫金封面的童话书翻到中间，"仙履奇缘"，这篇故事她是听过许多遍的。

灰姑娘将舞鞋落在了皇宫里，皇子派小厮四处寻觅。恶毒的继母逼着自己丑陋的亲生女冒名顶替。

"这鞋太紧了，我脚塞不进去。"丑姑娘急道。

她母亲递过把森冷的刀，道："你还不快将脚趾切了，如若做了王妃，日后荣华富贵，出行还需用这双脚吗？"

那丑姑娘自觉有理，一刀砍了脚趾，又割了脚跟。如愿以偿随皇子乘马车回宫。才行半路，鞋内鲜血淋漓，皇子瞧出破绽，原路折了回去，这才寻得了真爱。

结尾，冒名顶替的丑姑娘参加他们隆重的婚礼，可爱的小白鸽扑闪着翅膀飞来，一啄扯出她的眼球，欢快地唱道："你是罪有应得，你是罪有应得。"

惠珍心底猛地震了震。嘴中的糖块不急细咬，一口掉进去，像是喉咙里摸出根陌生的指头，一路戳下来。

落地窗外是一圈铁栏杆围的阳台，阳台下满坑满谷的叶影，成团成团的墨绿色的影子，在风中哗哗地摇撼着，绿一片，暗一片，仿佛黝黝飒飒的枝影下藏着群白鸽子，扑哧扑哧地拍着翅膀。哗哗的响声，铺天盖地，震得她耳朵发聋。

隐约见着霜白的露台上生出一道黑影，飘飘忽忽的，长长的影子。

落地窗外有人？

"谁？"她心中毛了起来，脱口而出。

"哈？胆小鬼，吓着你了？"那人不怀好意地咧嘴一笑，大摇大摆地从阴影里走出来，

她怔了下，怎么是沈志贤？三更半夜地跑她这做什么，偷偷摸摸地躲在姑娘家的闺房外，真是一点顾忌没有。

"你怎么上来的？"她近来有意避着他，一段时日未见，这下两人眼对眼地瞧着，都有点慌。

"想见你，就来了。"问题傻，答题的更是牛头不接马嘴。

他又道，"买了辆车，往后来这倒方便了许多。"

来？放着正门大道敞着他不走，偏生要这番攀墙附窗地爬进来。二层高的露台，一墙的窗沿，水管子，倒都是踩脚的地。

想到那烫金童话书里的故事，锁在阁楼里的长发姑娘，从万丈高塔里垂下金发

长辫，拉着情郎攀沿而上私会。她没有那头出众发辫，头发太短，即便留长了也拽不动半大活人，没想到竟也有人肯为她徒手上墙，虽然只有两层。

空气里漫着很微妙的气味，像是谁打破了罐蜂蜜坛子，甜味一点点溢出来。

他也不怎么客气，一屁股坐在她的软垫椅子上道："这两天怎么没见你来学校？舞蹈班也没上？"

"还不是功课紧，大考快到了，赶着在家念点书。"

"哦，"他应了声，短短的沉默，又道："海棠还想着你是不是病了。"

所以他就来了？

一提名字，屋里的那点甜气忽然淡了。翻墙越瓦，夜半相会的若是单身男子，便是传奇里的忠贞爱情，是罗密欧月下偷见朱丽叶，后花园张生悄会崔莺莺。倘若是个有女眷的破窗入室，那叫奸情，是贾琏勾搭尤二姐，西门庆翻上了潘金莲的床。

他也看出了她脸上的不快，正欲开口说什么，就听门响了。

"沈少爷，姑奶奶听着你来了，请你到她屋里一趟，有事相商。"是小翠的声音。

"她是怎么知道的？"他稀里糊涂地把门一开，倒不觉得有什么不妥。

那小翠站在门外嬉皮笑脸地道："姑奶奶老远见着少爷的车子停在大门外，就说不是来找她，便是来见表小姐。"

这下传出去，又让人瞧笑话了。惠珍有点难为情，偏要翻窗户进来，怎么解释得清楚。

两人才出去了两步，小翠忽然转过身，打兜里抄出一封信，对惠珍道："差点忘了，今天收了封小姐的信。"

信？她来陆家这么久，从没想过有人会写信给她。

回屋合上门，薄薄的一叠，撕开来，掉出几张铅灰色的碎纸片。

她愣了下，怎么是从报上剪下的新闻。一片片地捡起来，似曾相识，全是一则消息，她前几天读过的，无名女子沉尸湖底，烂得皮肉无存。

其中一片剪报，面上有人用笔写下了四个字"小心惠珍"。

沈太太的卧房落在二层的最左侧，紧挨着楼道口，沈志贤还没走到房门口，就听见门那边有人在与他母亲高声争辩。

"李管家，你这话是什么意思，公司账面上数目不符，自可让查账员笔笔相核，与我有什么关系？"

又听那李文忠低声下气地回道："姑奶奶误会了，早先这公账上不过几千元的亏空，连着这几月下来，这数目到了数万元之多，可账簿上又查不出一丁点痕迹。当初那几个账房先生多是姑奶奶引荐的，我这才想着或许能从姑奶奶这问出点眉目来。"

"眉目？"沈太太冷笑了声，道："扯来扯去，你不就是怀疑我挪用了公账上的钱吗，要知道，我哥的公司，我也是投了钱，占股份的，难不成我要私瞒克扣自己的钱吗？"听语气，再谈下去，就快撕破脸吵起来了。李管家本意不想因此得罪了沈太太，忙不迭找了个借口，从屋里退了出来。

沈志贤这才打帘子进去，低低地喊了声妈。沈太太的房间有三十来平大，正中铺了张黄道红心五彩花的波斯地毯，一侧堆着朱漆箱笼，另一侧摆着桌橱床椅，还有张乌梅色的小沙发榻，虽然一屋子的半中半洋，倒也铺设得齐齐整整。

"你来了？"此时她母亲余气未消，倚在油黄漆的藤条椅上，点了支烟，抬眼道："你父亲近来好吗？"

"他在南京这大半年，一直没时间回来，前几日来了封信。"沈志贤随身坐下道："年底国民政府改组，他刚选上行政院一个效率委员会的委员。"

"听着就像个没实权的闲差。倚他的为人，仕途上很难有什么大的发展。"沈太太吸了口烟道："报上说共军准备从陕北转向山西抗日，你父亲信里有什么这方面的消息吗？"

"那倒没有。"沈志贤有些讶异她母亲竟然关心政治时局，又道："不过大家都信政府会调兵堵截，近来严禁排日活动，上月北平高校的学生就被迫提前放假，说是担心他们再闹事游行。"

"那可就糟了。"他母亲拧了拧眉毛道："我就担心手头那批裁兵公债，跟着债市一路跌下来，已蚀了笔钱，若再打起仗来，估计市面更紧了，到时抛都抛不掉。"

她自顾在那自说自话，从公债谈到了股票，还有黄金，街头巷尾总传着政府要和日本人打起来，若真开战了，物价猛涨，什么债券票证，全是虚的，废纸一张，也只有黄金保值。

梳妆台上立着座双耳四角口的粉彩开窗瓷瓶，空荡荡的瓶口，一朵花没插，那些牡丹荷花全文在了瓶身上。沈志贤静静听着，心里有些懊悔怎么不在惠珍的房里多呆一阵子，他在学校的专业不是经济，沈太太那些投机的生意，听得不是很懂。

也不知惠珍现在在房里做什么。

"哎，你听见了吗？"沈太太有点急了道。

"你方才说什么来着？"他忙回过神来道。

"我说，"他母亲从椅子上站起身子，一手背在身后，道："你是读书人，见识比我广，我近来碰到点事，想问问你，你信……"

她的声音忽地沉了沉，用一种缓慢的声调，继续道："你信，这世上有鬼吗？"

"嗯？你说什么？"沈志贤以为自己听错了。

沈太太咽了口口水，两眼直直地望着他，又重复了一遍，"你信，这世上有鬼吗？"

他这才注意到他母亲的脸色变了，微微的苍白，忙道："你怎么了？"

这一问，似乎让沈太太回忆起什么，神色愈加慌忙了，连着抽了几口烟，茫然地瞪着窗外，好一会儿，才颤声道："前两天晚上，我房里出了件事。"

说着，她深吸了口气，这才将那夜陆太太的所见所闻从头到尾，原原本本地说了一遍。

那根香烟衔在手中，虚飘飘地烧着，幽幽的红光里升起一尾白烟，在冷冷的空气里如团鬼影般，诡异地弥散开来。

沈志贤打了个激灵，听得身子起了阵阵寒意，道："这全是你亲眼看见的？"

"不，这些是你伯母说的。"沈太太走到儿子面前，俯身望着他，声音更加轻了，彷徨道："倘若我说我眼中所见的经过与伯母的全然不同，你信吗？"

"不一样？"沈志贤迷惑了，"你见着了什么？"

"我从浴室里出来，就见你伯母面无血色地立在灯下。"沈太太惶恐地睁大了双眼，"喊了她几遍嫂子，她竟是没有听见，只是呆呆地站在那，一话不说，怀中正抱着那团血肉模糊的肉块。"

"什么？"

沈太太的黑影摇摇晃晃地落在她儿子的脸上，神色悚然，"那时只觉得，站在那的根本不是她，有什么东西躲在她的身子里，她张大嘴巴，发出婴孩般的哭声，那声调，实在太可怕了，全不是她的声音，阴森森的，像野猫叫又像孩子哭。"

手中的烟快烧光了，沈太太猛吸了最后一口，平了平心绪，继续道："我惊慌中推了她一把，那肉块摔到地上，她倒像清醒过来了，将那玩意踏了个稀烂。"

"我不明白。"沈志贤的双手插在裤子口袋里，却是阴凉凉的，心中涌起了股莫名的不安，"你和伯母怎么能？"

"我也想不通，"他母亲弯腰捻了捻烟头，梦呓般地说："如果她见到的是真的，我说的就是假的，如果我说的是真的，她的就是假的。"

"或许，是她疯了，或许，是我疯了。"沈太太起身，望着梳妆镜中的自己，立在这圈乌木雕花的镜框中，像在一个黑黝黝的山洞口，深不可测，"又或许，我们看到的都是真的。"

"沈少爷慢走。"由丫环送到了门口，洛可可式的西洋大门在沈志贤身后缓缓合上。脚下是一排石阶，在月光下绵延起伏。沈志贤的汽车就停在十几丈远的大铁门外，一圈乌油黑的桃尖栏杆在这片霜冷露重的夜里，隐隐若现。

他顺着斜坡往下走，脑子里不停想着他母亲的那句话，是在他临走时说的。

"这栋房子里有些不对劲。"

不对劲？沈志贤掉过身子瞧了眼那幢三层洋房。

迷蒙的薄雾里，屋顶立着尖形拱窗，一圈圈连绵的纹云装饰，连着墙垛上那片精巧的尖顶，雕琢的壁墩，满布着这幢哥特式的建筑，宛如一头覆盖着棱角的阴森巨兽，寂寂地蹲伏在森渊的暗中，睁着那几只巨眼似的玫瑰窗格，空洞洞地望着他。

只觉得背上一股凉飕飕的，他不禁起了个寒战，加紧步子，走到他的道奇小汽车旁，自口袋里摸出钥匙。

门没关？

他定是忙糊涂了，竟留着车门敞了一晚上。

微偻着背躲进车里，重重地关上门，不比户外的湿冷，靠在软皮的椅背上，暖融融的车内让冻着的脸颊渐渐热了起来，仿佛熏着口热气腾腾的炭烧锅，他甚至闻到了锅里羊肉的腥臊味。

不，沈志贤抽了抽鼻子，车子里真漫着股子朽烂的恶臭，是团腐肉的尸臭，正大片片地从车后座翻腾出来。

难道是什么东西死在后座了？车里没开灯，他抬眼瞅了眼后视镜，手脚瞬间又凉了回来，凉气直吹到了脑后根。

车后座上盘着团黑影，模模糊糊的东西，瞧不清醒，有点人形，可又比人大了一倍。颤悠悠的，那团东西悄无声息地动了下。

它是活的。

夜里，月亮悄悄爬上窗头，从雕着仙桃葫芦的窗棂照进来，像轮银白的餐盘，摔成片碎金乱银，七零八落地撒了一地。

床头的电话铃忽然响了起来，沈太太睡眼蒙眬地在暗中接起来。听筒的一边是个男人的声音，"淑芬？你睡了？"

她呆了会儿，忽地恼道："你还有脸面再打过来，璐璐全告诉我了，那笔钱早就赔了个精光，你竟然一直瞒着我。"

那头的声音寂然了一会儿，什么话都没说。

越是一言不发，她的火气越是腾腾地冒上来，"我那钱是从公账上挪的，你不是不知道。家里早有人起了疑心，我挡得了一时，也挡不了一世罢。"她滔滔不绝地嚷着，急得脸都红了，涨得脖子又热又痒，紧得难受。她恨他的沉默，为什么不解释？哪怕一个借口也好。这样算承认了吗？他一直在骗她？

"那笔钱，我会想办法还你的。"电话里的声音终于吐了句话，挂断了。余下她一个人静静地躺在这间屋子里。

耳边的听筒嘟嘟地响着，是一阵一阵的声浪，震得她翻江倒海，那个人，那些事，忽地涌上胸口，骨鲠在喉，却只能生生地咽下去。像荷叶的藕根，睡在夏湖的湖底，是终日见不得光的，待到年深日久了，让它坏掉，烂掉，一点点地沉下去，淹埋在湖底的淤泥里。

是一年多前的那个夜晚，在姚璐璐公寓的生日派对上。

她有阵子没参加这类的舞会，场子里笼漫着混沌沌的脂粉香，宝石蓝的灯光如水银般泄落在地上，红男绿女的光影踩着角落的黑焦唱盘轻轻浮动着。

桌上金熠剔透的玻璃杯，空气中廉价刺鼻的烟氲，大都会的落寞人都在纸醉金迷的小房间中寻到了安慰，虚饰的热闹的安慰，尽管这份热闹也是那一点点的寂寞堆砌而成的。

姚璐璐头发烫成鬐髻，迎面走向沈太太道："你怎么才来，刚和张太太说到你呢，给你见个新朋友。"

她本是歌厅的舞女，后来做了一位洋行经理的情人，那经理为她租了这间公寓，置了家具，圈养在这。沈太太也是因为哥哥的公司和洋行有些买卖上的往来，才不得不与这种女人攀上几分交情。

"查理。"姚璐璐挥舞着她的手臂，神情激烈而又夸张地叫起来，让那些不明就里的还道她是哪个上等人家的小姐，而不是舞场出来的小姐。

璐璐从江苏偏僻的乡镇来，又当了几年交际花，本是上不得台面的人。幸好大城市的摩登犹如圣诞节的糖果店，为她的低微出身裹上张彩色玻璃纸，雪青的电光绸晚礼服，熟络周到的交际应酬，不剥开糖衣来，哪个知道里面包的是颗货真价实的水果糖，还是块猪油糕。

沈太太拉住璐璐的衣袖，揶揄道："怎么，又瞧上了哪家才俊，这下要收罗了去？"

璐璐闪了闪她那双影沉沉的眼睛，故作神秘道："出过洋的本国货，你等下瞧了便知。"一个可以做父亲的人保障了她生活的安稳，可是那点聊顿的安稳是锁不住她的，她还太年轻，受不了这安逸的闷，她常和沈太太说，她是渴望些年轻的刺激的。

那"年轻的刺激"穿过舞群刚走近，璐璐便道："查理，我给你介绍，这是沈太太，她先生刚从市公署上调到了南京。城里赫赫有名的茂昌公司也是她哥哥陆老板开的。"

沈太太正待伸出手去，与那人两眼一望，那手轻轻抖索了下。

怎么是他？

反观那人先脱口而出："淑芬？"

璐璐见这阵势，眼珠子一转，笑道："哟，敢情你们认识的？"

她正出神，被问醒了，淡淡一笑道："我与他妹妹从前是同学，老相识的。"

这都多少年了？她也曾想过，和一个人错过了，在这世上，终有一天会在某个地方再碰上罢，只是不知会是在怎样的情境，自己到时又会是怎样的心绪。

时至今日，果真见到了，只恍惚觉得这些年的光景是一晃而过，心境远没有之前臆想的那般黯然神伤，竟是释然了，是碎花旗袍上的一块污渍，当时洗刷不去，却被流水般的光阴冲淡了，隐隐成了腰间的一抹花痕。

"好久不见了。"查理微笑着道。

"嗯。"沈太太也笑道，"什么时候回来的？"

"几年前就回来了，之前一直在上海。"他回答道。

两人沉默了一会儿，都是无话可说。

姚璐璐毕竟是情场老手，这里头的详细虽是不懂，却也猜到了几分。可惜查理是她近来好容易挑上眼的，这两天正苦心盘算着收了去，不想今日半路杀出个沈太太，看势要乱了她的精心排布，忙道："既都是相识，也不用客套了，查理，先随我来，这边还有几个朋友要给你介绍。"说罢，她拉住查理正要走，从身后快步出来位穿着长袖绒旗袍的女子，对她道："你还在这呢，万经理来了。"

　　璐璐脸色一变，自语道："我还以为他今夜有事不来了。"毕竟万经理才是她的正牌金主，远比眼前的查理看重得多，她暗地里权衡再三，只得忍痛暂把这头放下，先随这二人去罢。

　　她转过身，脸上赔着笑道："真不凑巧，我干爸爸来了，先失陪一下，你们慢聊吧。"便跟那妇人走了。

　　旋即那舞场里传来璐璐惊喜的笑声，众人轰的一声，自是更热闹了。

　　查理望着那拨人，不由地笑了笑："我从前是极厌恶这类聚会的，吵吵嚷嚷的，带着菜市般的俗气，出国那几年，反而有些怀念起来，这俗也品出俗中的妙来。"

　　沈太太听了，脸上没有表情："人都是善变的，再好的东西，腻在身边久了，天天见着也会生厌，那些不入眼的，晾在一旁长了，偶尔瞧上一次，多少会来些兴趣。"

　　他也听出里面那层意思，只觉沈太太仍对当年弃她而去有些耿耿于怀。半晌，倒了两杯威士忌，递了一杯给沈太太，默默无言地对饮了起来。

　　留声机里的音乐换上了首轻快的香格里拉，靡靡的音符在黄昏般的室内时缓时急地飘摇着，四周点满了各色各样的灯，荔枝红的高脚花架玻璃球灯，茶桌上粉彩六角镂空开光灯罩，紫棠色的搪瓷扣碗吊灯。客厅的正中，万老板轻搂着姚璐璐的细腰，摇摆的裙角，回旋的舞步，如睡梦中夜游一般，让人瞧着虚飘飘的。

　　又或许是她醉了，沈太太喝了一口威士忌，道："你变了许多。"她指的是相貌，十来年未见，他发福了，脸庞圆了不少，头发抹了层浓浓的发膏，油黑光亮，气色却憔悴了些，但人还是当年的那个人。

　　"额头怎么了？"她留意到他前额的刘海下有道铜钱大的伤疤，很是触目。

　　"哦，那个。"查理提手摸了摸那道疤，回忆道："四年前，日本人从租界进攻上海，逃难时撞上了日本兵与国军巷战，差点没被打死。"说着，将杯中之物一饮而尽："凌晨的时候，听见飞机轰炸的声音，和朋友跑上街口，粮油店楼下，米袋已经垒起了道防御，堆得小山似的高，子弹密密地打在上面，扑扑地响。"描绘得历历在目，是一辈子都忘不掉的场面。

"多亏当时逃得快，有个朋友迟了一步，住的民宅被日本人点着了，活活烧死在里面，日本兵拿枪堵在外头，想逃都逃不出来。"他有点讪讪地笑道。那时候听到朋友的死讯，头一个反应竟是庆幸，幸好自己还活着。所谓的劫后余生，大抵就是这样的感受。

这么惊险的经历，沈太太听了也是非常诧异。虽然一·二八的事也曾从姚璐璐口里说起过。她那时住在法租界，日本人不敢贸然进来。租界外面是一溜铁丝围的栅门。战区的难民浩浩荡荡地挤在铁网外面。

"哪有个逃难的样子。"姚璐璐每回讲起来，总是副好气又好笑的口吻，"大包小裹地背着，被褥箱笼，全挑在担上，一样都舍不得丢，还有人把红木橱子架在板车上一路推来的。"

偶尔一架日本飞机自头顶轰轰飞过，推推搡搡的难民，一阵黑潮般的骚动，惊慌失措地涌向铁栅栏。锈迹斑斑的网上悬勾着千万双手，密密麻麻的泥黄，想翻墙过去。哭声，叫唤声，疯狂的声浪此起彼伏地翻涌上来，有几个扑倒在地上，还未出声，便让骚乱的人群踩死了。生在这样喧闹的世界，连死亡都这么拥挤。

"租界的巡捕把门开了，进来的不少人就露宿在大街上。"她低下声道："整整半个月，西边的天都是乌沉沉的，日本人放火烧房子，黑烟熏的。在靠近战事的地方还能闻到风吹来的恶臭，都是废墟里的死尸，难闻死了。"

那一个多月，明星名角都逃难到外地去了，戏院停业，电影院里也没有新片放。唯独舞厅的生意好了起来，越是大难临头，越需要抓住些醉生梦死的消遣。"好的时候，一天能赚好几十块大洋，天天上馆子吃大菜。"璐璐提起战时的光景，神色很是得意，"舞厅赚了钱，还捐了笔给政府打仗，报纸上都说了，这叫舞女救国。"那是她人生中最光辉的一页，在兵荒马乱狼狈不堪的日子里，咸鱼翻身，皮肉钱来得名正言顺，既当婊子，也立了牌坊。

"还好，那场仗只打了两个多月就停了。"查理感慨道，又给自己倒了一杯威士忌，渗了小半杯的苏打水，"我这次回来，一边是帮父亲打理家里的产业，另一边是找人合伙在上海筹备一家私人银行。"

"哦？"沈太太望了他一眼，年初就听姚璐璐提过入股私人银行的事，原来说的就是他。这两年政府推行纸币改革，旧式的银两已经完全不通用，私人的小银行生意渐渐发达起来，买卖债券，拉点存放款业务，钱好赚得很，股东入股一年，年底就能拿到分红。

"沈先生不是在南京做事吗？你们对银行生意有没兴趣？"

现在的年头，银行生意没点官方背景是不行的，这道理她也懂，想必璐璐今日请他俩见面，打的便是这算盘。

"我很久没见到他了。"沈太太一口喝干威士忌，道："管不了他的事。"

查理有点吃惊地道："你没随他去南京吗？"

那时候，窗外一片被高楼霓虹灯烧红的浮云。她定睛瞧着，忽道："他床上早躺了个女人，我再爬进去，挤得很。"她想她定是醉了，竟说出这些淫邪的胡话来。

查理听到这，心头也是为之一震，她椭圆的脸型上，一双眼睁得圆圆的，烟视媚行，脸颊仿佛也被催熟了，泛着娇艳的樱桃红。

他在以前的几个女人脸上，也曾看过樱桃红，更多的是少女的羞涩，是装饰在奶白蛋糕上的红樱桃，纯洁得淡而无味。她的樱桃，是生在烟红粉绿的鸡尾酒杯上的，被杯中的酒气熏红了，醉得他心神荡漾。

他不经意地把手环在她的腰间，手指按在旗袍描金的花藤上，似被点燃了，自她身上沿藤攀枝轰轰地烧去，燃熏得她如坠落迷魂阵，浑浑地不知了方向。

是旧情的死灰复燃，还是酒精催情的功效？他没细想下去，只知道两人间都是有一些需要，有一些安慰的，况且与有夫之妇的肉体关系是件有利可图的事，宛如借开别人的汽车远行，享受主人的权利，却不用付出同等的义务，不仅上手快，免了新车的磨合，连车油钱都是省去的，万一出了点事，还可想方设法地赖在车主头上。

查理的公寓就在街对面的大楼里，两人一路踉踉跄跄来到他的家里，他没有开灯，进门一手抱住她，就吻了，她的头发有发精的味道，如层面纱，拢在他脸上，一丝一丝的瘙痒。她能感到他的手从腰间隔着衣料摩挲着，她假意地抗拒了几下，还是屈从了。

进了他的卧室，四周不自觉地黯淡下来，看不清醒，昏糜的圆床，成了个光影的小天地，黑的黑，亮的亮，薄薄的月光从摩天高楼的夹缝里照进来，仿佛一碗煮沸的牛奶，迎头灌脑地浇在他们身上，燥烘烘的，烫到心里去。

她回去的时候是深夜，凌晨的光景，可以听到夜鸟在林子里凄长地叫声。陆宅的厅堂竟点的一片敞亮，似乎出了什么大事。沈太太做贼心虚地进了屋，一点动静都在餐室里，仿佛什么人在高声叫骂。

转身走近些，只见她哥哥，嫂子分坐在两旁，脸色很不好看。新进门的姨太太在面前急得跳脚，耳根子红了，嚷道："桂芝在床底下找着的就是这个。老爷，这可得要你作主了，也不知这屋子里谁狠得下心，竟要这么咒死我！"

离姨太太脚边不远的地上，摔着个碎布缝的小布偶，胸口赫然扎着几根明晃晃的缝衣针。

"背后还贴了我的生辰八字，连扎了几根，摆明就要我的命，巴不得我暴毙而亡！"姨太太气得浑身作抖，打了个趔趄，斜坐水磨地上，撒泼打滚，忽地悲从中来，呜咽道："老爷，我死了算不了什么，不过贱命一条，席子一裹拖到荒郊野地埋了了事。可怜的是我肚里的那点骨血，老爷的骨肉，还未成人，就有杀千刀的要干这断子绝孙的事，欺人太甚，我化作了鬼，也咽不下这口气。"说着，眼角狠狠地瞟了眼陆太太，嚎啕大哭起来。

她嫂子的脸是一片灰白，僵僵地坐在椅子上，两眼低沉，自始至终一声不吭。陆老爷睁了睁眼，半晌，仰天重重地叹了口气，起身一甩手走了。几个下人这才见势上前，好说歹说地扶起地上的姨太太，劝回了房。

清官难断家务事，这热闹，沈太太竟瞧出点羡慕来，男人寻花问柳，饮酒宿娼，从来不叫事，大可明媒正娶地过门，三妻四妾。一夫多妻向来是中国人的传统美德，一把钥匙配多把锁。钥匙可以是万能钥匙，可锁只能是贞节锁。若是被旁人的钥匙撬开了，算什么？算偷，算奸，算贱？

她到底是个有身份，家室的女人，和查理的那点事，得好好地打算一下，小心翼翼，瞻前顾后，如行走钢索，两侧是万丈深渊，一失足便粉身碎骨，万劫不复。太危险，太刺激了。可越刺激，越快乐。那肮脏的快乐，湿湿热热的，从阴暗潮湿的沟壑里涓涓流出，泛滥成灾，是涨潮的海岸，乱石嶙峋里，一股一股地冲刷而上。

她逃不掉。

像大烟抽上了瘾，有了一回，就有二回，三回，罪恶感的满足。有时在他的家里，有时在街上的旅店的房间里，打杂的茶役好奇地瞧着，摸不清他们的路数。仿佛回到了十几年前，他们在一起追寻当年那段无疾而终的初恋，又重新约会了，上公园，也上电影院。如今有声电影当道，影片里的人都开口说话，个个带着话剧腔，每一句都抑扬起伏，一惊一乍的。她坐在暗中搂着他的手，瞧得哈哈笑起来。太开心，太甜蜜了，尽管是偷偷摸摸的。

得瞒着所有人，她的儿子，哥哥，嫂子，还有那个姨太太。她在深夜跐着脚尖回房，路过姨太太的新房，屋里亮着灯，门忽然开了，叫桂芝的丫环探出头来道："姑奶奶回来了？进屋坐会儿，姨太太找您商量点事。"

都这么晚了，能有什么事？沈太太犹犹豫豫地进了屋，姨太太正坐在嵌着大理石的红木圆凳上烫头发，火酒上烧着根铁扦子，这女人早几年唱戏的时候，结识了帮修道院里的嬷嬷，信了洋教。案桌上供着耶稣受苦像，墙上贴了耶稣诞生的画片，玛利亚在马槽上生下耶稣，四周绕着圈青花葫芦叶，油红的十字绣格子，颇有些古拙之风。

铁扦子烧热了，桂芝将它卷在姨太太的长发上，横卷竖撩，隐隐冒着股烧糊的焦味。"小心点。"姨太太责备了句，又亲亲热热地招呼沈太太坐下。

"我昨天在电影院外见着你了。"姨太太眼睛笑成了条缝，道："旁边那男的是谁？"

"一个朋友罢了。正巧撞上。"

"哦？"丹艳想了下，又不依不饶道："瞅着怪亲近的，我还道是沈先生回来了。"

沈太太脸颊微微抖动了下，便道，"若没别的事，我先回屋休息去了。"

"别急啊，"姨太太的头发烫了个大半，蓬蓬的卷发黑笼笼地盖住大半张脸，露出一张艳红的嘴，"再坐会儿，还有件事。"敛了敛容，作色道："想问问你这房子的事。"

"房子？房子有什么事？"

"我这几天晚上老睡不踏实，总听见墙里头有动静。"

"动静？闹耗子了罢。"沈太太不动声色，"夜里挖墙脚呢。"

一手拎起那黑团团的头发，丹艳露出一只眼，道："听着可不像耗子，没那么大的动静。"

"那是什么，是鬼？夜里顺着窗户爬进来？"

姨太太收了笑，正色道："姑奶奶是唬我呢，墙里有鬼我不怕，就怕躲着是人，大半夜的在墙道里溜达。"

话锋暗指的不就是大太太，先前在她床底下塞了个扎针的小人，这会儿又想出了什么新法子，这堵墙后面是不是有暗道？几个下人每晚躲在里面，闹得她睡不着觉，变着法的折腾她肚里的孩子？她得从沈太太嘴里问个明白。

"你说什么？"沈太太变了色，拿眼牢牢地瞪着她，道："你真听见墙里有人声了？"

"怎么了？"丹艳给她那双眼睛瞅得心里发了毛，那眼光太吓人了，有点恐惧，有点心慌。

"你过门的时候，我哥没告诉过你？"沈太太阴着脸道，"这块地从前埋过人，庙里的和尚，活埋死的。刚要建宅子的时候，就有风水先生说这地不吉利，阴气重，老爷不信，盖房子的那年就摔死了几个长工，后来搬进去，不到一年，又有个老妈子疯了。"

身上起了层鸡皮疙瘩，姨太太听着心神恍惚，憋闷得透不出气。怎么老爷一直瞒着她这些事？

"姑奶奶诈我呢？"她自以为明白过来了，笑道："好，好，我晓得姑奶奶的苦处，夹在两个太太中间，不好做人。"说着扭身，掏了柄木梳，对着镜子一下一下地理起了那头卷发。

沈太太刚想走，丹艳在背后又开口道："姑奶奶不说实话，还不是担心我嘴不严实，藏不住东西，放宽心，我嘴巴可牢了，账房那缺了几千块大洋钱的事，都没传到老爷耳朵里呢。"

她喉咙里吱了一声，一口气卡在嗓子眼差点没出来。这丹艳果真有两下子，这点把柄都被查到了，攥在手心里，也不急这一时，讹这姑奶奶，来日方长，好使得很呢。

挪的那点钱，沈太太自以为做得天衣无缝，那时候还不是为了查理。他说上海的银行筹备得差不多了，就差笔款子流动，几个股东凑了一份，再注进去点现钱就好办了。

所以就打她的主意，查理故作为难地努着嘴牢骚，沈太太看着他的眼睛，那是双明亮干净的眼睛，虽然上了年纪，经历了世故，也还是十来年前的眼睛，那么干净，是不会说谎的，不，就算是谎话，她也愿意相信。他的眼睛早把她撩着了，身不由己，成了扑火飞蛾，火过化灰，她也愿意。

拿钱的那天晚上，他特别高兴，抱着她压在床上，一头埋进胸里，没头没脑地拱着，身子热地烫坏了。她的手顺着他的脑后滑滑地摸到脊梁骨，汗淋淋的，像被扔进火炉子里烤着，周身的汁水全烧了出来，骨头里蹦出火苗子，烧得他们皮开肉裂，头晕脑涨。

烧昏了头，她心底的一块，反倒醒着，偷偷笑起来。笑他贱，钱债肉偿，那点钱轧姘头，做她的面首，吃软饭。她也贱，佳人献身又赠金，倒是全搭了进去。

她的头枕在查理的肩上，男人打了个哼哼，似睡着了，两只手紧紧地勾在她脖子上，透着温热的余韵。房里漆黑的，听得见自鸣钟滴嗒滴嗒的走字声。

窗对面的那栋公寓也早熄了灯，一扇扇格子窗户黑洞洞地排列着，没有人的声息，犹如战时荒废的高楼，阴沉沉的一片，隐约见到一座阳台上，有位妇人正提着桶晒衣服。

夜半三更在露台上晒洗着湿淋淋的衣服？沈太太躺在床上，只是看着，都觉得小腹一阵冰凉，朝被窝里看去，原来是查理的一只手不知什么时候滑落到她的腰间，寒飕飕地摸上来，麻得她肚皮起了一层鸡皮疙瘩。

忽然，她心里一震，又抬头看了眼四下。

查理的双手仍旧绕着她的脖颈。

爬在她小腹上的手，是另一个人的。

脑后凉飕飕的，嗦嗦地掀开被褥朝里望去。

那只手仿佛是从一汪死水中捞出来的，惨白地泛着几块青斑，粘乎乎地贴在她身上，手掌蜕了层皮，露出白得发胀的肉，五根手指像有意识的，如蜘蛛的触角般蠕动着，爬过她的乳，正朝她的脸伸过来。

沈太太挣扎着从噩梦中惊醒。

手摸摸索索地抚着起伏的胸口。

是个梦。

偌大的卧室空荡荡的，就她一个人。枕边的听筒仍在嘟嘟地叫着。至少查理那通电话不是梦，是真的。她什么时候睡着的？

摸下床，窗外升起轮盘大的月亮，两边卷着几缕软绸般的云头，乌灼灼地发亮，像水缸里沉沉的倒影，那点苍白的银光溅在身上，也是冰凉凉的。

月下一团模糊的黑影撞入眼帘。那不是志贤的车子？他怎么还没走？

第七章　割人头的疯子

那时候，月亮刚刚从乌云里露出脸来，车窗外树影婆娑，借着那点微弱的光线，后座上东西的轮廓一点点地露了出来。

沈志贤目不转睛地盯着，心脏怦怦直跳。

是两个人的影子，其中一人怀里抱着另一个，坐在车后头。

脑子瞬间乱成了团，一个又一个念头同时冒出来，他们爬进车里作什么？一直在等着他？劫财？要命？

一只黏乎乎的手搭在他的肩上，喘着气道："快，开车。"

"上哪儿？"他说着，借机扭头将那两人瞧了个清清楚楚。说话的是个男的，穿着身素灰袍子，烂得不成样，袍子里的棉絮东一块西一块地露出来。头发又脏又长，脸上满是血污泥灰，那男人低头对他怀里的人道："娘子，你说，上哪儿？"

女人的脸埋在男人的腿上，脑袋上打着条毛毛的粗油大辫，一身短袄也是破衣烂衫。她一动不动地趴着，那男人耳朵贴上去，仿佛她开口说了什么，边听边点头，两眼直直的，根本不是常人的眼神，临了一本正经地对沈志贤道："我娘子说，你尽管开便是，可别让那妖怪追上来。"

沈志贤这下明白了过来，头脑清醒了些，怪不得他瞅着那男人眼熟，不就是村子里出了名的傻子吗，平日里疯疯癫癫的，半夜上自己车里装神弄鬼来了。

"妖怪，哪来的妖怪？"他沉住气问道，心里琢磨着还是哪里不对劲，傻子腿上的姑娘是哪来的，死气沉沉的，一点动静没有，连张脸都见不到。

车外星光暗淡，风声敲打着窗户呼啸而过，湿乎乎的灌木林里，半人高的芦苇叶子悠悠地摇曳，像舞着片祭死人的幡杆。树丛里横生出一段粗硬的枯枝来，干硬的裂纹，骨节弯曲地扭着。

那傻子急了，一掌重重地拍在志贤的肩上，慌忙喊道："还不快开，那妖怪要来了，妖怪来了，一口咬下来，脑袋可找不着了。"

"你再敢动我试试！"他恼得一股火冒起来，狠狠地甩开傻子的手。傻子被那股力气硬生生地撞到后座，身上的姑娘迅速弹了起来，一把扑向前面，肩膀卡在椅子夹缝里。

毛茸茸的粗油大辫，扯着团东西，打她的脖子上，滚了两滚，咚咚响着落到志贤的身旁。

他浑身的骨头顿时僵住了，头皮一紧一紧的发麻。

辫子上连的是颗血污污的脑袋，翻白的眼珠子茫茫地睁着。肩膀上只剩着圈血肉模糊的腔子，作呕的酸臭味一股脑全涌了出来。

"你这疯子，杀人了？"沈志贤不由自主地朝车门退了退，骇然地望着他。

外面的树林子又响了起来，呜呜吼着，是松涛拍打的声音，还有树枝掉落在地的响声。仔细听，仿佛乱草丛的另一头，什么东西在蹑手蹑脚地匍匐前行。

傻子忽然紧紧地搂起无头女尸，躲进暗影里，嘘了声道："别说话，被那妖怪听见了，就和我娘子一样，脑袋两天都缝不上。"

车后盖砰地响了下，一串零碎的吱吱声一路响到天顶，是摩擦车板发出的声音，压抑诡谲的调子，唤醒一种沉晦的古怪，于黑暗中隐隐地晕散开，激起一层寒栗。

什么东西偷偷摸摸地爬上了车顶。

沈志贤的手伸向了门把，傻子惊悸地闭上眼，颤抖地低吼着："别开，别开门。"

车顶的响声戛然停了，黑沉沉的风卷着路旁的枯枝，哗哗打着车门。一根根赤裸而枯朽的枝条在窗外错杂偎依，活像骷髅干瘦的手骨。

吱吱声又骤然响了起来，落雨般密麻麻的，轻一下，重一下，又像是动物的爪子在头顶上刺耳地乱抓乱挠。

车里的空气好像凝结了，冥冥中一种令人战怵的压力攥住志贤跳跃的心口。

这响声太怪了，他弄不明白。那移步频率乱糟糟的，不是人的脚步声，也不像是四条腿的，是什么东西盘住车顶，拖曳着低沉的躯体，四面八方都在森森地响着。

那颗血迹斑斑的人头还颤悠悠地躺在他身边，一阵寒栗电击般地直透心肺，额角冒了层冷汗。有一点沈志贤才意识过来，爬上车顶的至多不过是狗，是鹿，可待在他身后的，却是个割了人头的疯子。

搭在门把上的手扭开了，脑袋还未探出车门，傻子的两手气势汹汹地扯过他的肩膀，癫狂地嚷着："别开门！别开门！"也不知谁的胳膊猛然撞到前面，压住了喇叭。

昏昏渺渺的夜雾里，汽车凄厉地鸣叫起来。

紧接着，是一声震耳欲聋的巨响，那东西从车顶上翻滚地摔在地上，压着路边的荒草沙沙直响。

微薄惨冷的月色下，沈志贤的视线被眼前的一幕惊得傻住了，黑郁郁的林子里，影影绰绰的草丛鬼爪般摇曳地敞开道大口子，似乎什么东西刚爬了进去。森绿的草叶子合上的刹那，现出几支胳膊粗的触手，又灰又硬的皮。晃了晃，瞬间被草丛吞没了。

身边的人头动了动，傻子一把拾起来，道："娘子，这下安全了。"

人头上是一副狰狞的表情，眼球暴突而出，嘴巴撕裂开着，可以见到一截黑红的舌头，仿佛死前遭受了极度的恐惧，惊恐莫名的瞬间被永远地定了形。

沈志贤认出了她。

是银凤，那个辞了工的丫头。

那天早晨，惠珍是被楼下的吵闹声惊醒的。掀开粉底桂花窗帘的一角，连绵的山峦才显出一线红黄的晨曦，天空还是片阴霾的鸭卵青。不远的铁门外头停着辆草灰色的吉普车，是附近警署的车。

灰幽幽的走廊里很有些寒意，回旋的楼梯口坐着几个丫环，正向下张望着。其中的小翠转头见到衣衫不整，心神不宁的惠珍，红着眼圈道："表小姐，银凤死了。"

"什么？"惠珍的脑子里嗡嗡响了下，摇摇晃晃地扶住湿冷光滑的桃木栏杆，螺旋形的流光一转直下。

层的厅堂满坑满谷地站满了人，亮着嗓门的是沈太太，打沙发椅上跳起身，正连哭带骂地叫："刘巡长，银凤是伺候了我多年的丫头，不明不白地让那畜牲要了性命，你可得替我们主持公道。"

高敞的墙上挂着几块古朴的木雕拉花牌匾，仿佛祠堂里供奉着的祖先牌位，墙下五花大绑着一个披头散发的男子，惠珍记得他，是常在附近疯闹的傻子。他垂着头，双眼呆滞，任凭沈太太在跟前咒骂着。

那刘巡长穿了身黑色警察制服，面前镶着排铜扣，上了些年纪，脑门微微谢顶，张口道："沈太太尽管放心，此事的详情，管家都与我交待清楚了，想是那疯子夜半撞见姑娘，一时起了歹意，才下此毒手。看样子已是死了好些时候。"

"这疯子，躲在车里装神弄鬼，吓掉志贤半条命不提！"沈太太踱步到傻子身边，恨恨地道，"还干了这种丧尽天良，禽兽不如的恶事！"气得挥起手，作势要打。

陆太太于心不忍，伸手拦住道："他不过一个疯子，姑奶奶与他计较做什么，真打下去，反要脏了姑奶奶的手。"

刘巡长面色一沉，也不多说什么，只吩咐两个年轻警员押这疯子上车。疯子浑身无力地被人拎了起来，口中念念有词，才行了两步怔住了。

一名瘦小的警员刚要张手带住，他猛地来了精神，使劲挣脱开来，盯着陆夫人，面色惶恐地叫道："人不是我杀的，我没有杀人，是园子里的妖怪，从井里爬出来，撕了娘子的头，啃骨啮肉！"

他一转身，蓬乱的头发下眼睛一大一小地瞪着，皱纹堆积在焦黄的脸上，嘴里还在死命嘶嚷着，像个奇异的漩涡，露出残存的几颗黑牙。"我没有杀人，杀人的是你，你在园子里杀过人。"他拿眼扫着屋里的众人，狰狞地笑了起来，"我躲在石柱子后面瞧见了，你杀了那女的，是你杀了那女的。"

壁炉上的石英钟指向了七点，空旷的屋子里，当当当地敲了起来，厅堂忽地一片鸦雀无声，阴恻恻的钟声如鬼魅般回荡着。古旧的钟面浮雕是早生贵子娃娃，头上顶着两圈发髻，咧开嘴笑着。干黄的阳光照在上面，精工雕琢的大红肚兜抹了层稀薄的橙光，娃娃的泡眼笑得鼓凸出来，黑得泛金，有些大得吓人，像在惊慌地瞪着，却发不出声来，喉咙堵住了，灌进了水。

众人都起了一身鸡皮疙瘩，几个胆小的丫头吓得低头倒退了几步。

沈太太脸色大变，气得手脚冰凉，喝道："反了，反了，在这胡言乱语！文忠还不把他拖出去！"

李文忠才回过神来，忙叫过警员，抓着疯子的肩膀就往后拽。疯子扭身挣扎了几下，头发全散开了，半遮着脸，越发显得骇人，口中仍叫嚷着："是妖怪，从井里爬出来啦！"直拖出宅子几丈远，那声音才渐渐隐去。

沈太太仰面环视楼道那几个凑热闹的下人，喉咙提高了一个调门，喝道："还傻站着做什么，戏唱完了，散了罢。"众人被方才的阵势吓蒙了，被这一喊缓过了神，纷纷回各自的房去。

转眼，那些浮动的人影子都走光了，宽阔的厅堂里，陆太太仍一动不动地坐在沙发椅上，扶手上铺着蕾丝白纱罩，手掌搭在上面，陷入模糊的网，丝丝缕缕，毛毛的扎人。

四周围的门全洞洞地开着，半遮半掩的窗里渗出点光，絮絮的灰尘升高回低地浮游在光柱里，有一种恍惚莫测之感。

那些佣人的脸色也有些不对劲了，心事重重的，斜着眼瞧着脚底板，手脚乱得无处可放。傻子走时扔出的那句话，所有人都听见了，宅子里有人杀过人，在后面的园子里。这鬼气森森的屋子已闹出了不少事，平白再添上那么一出，他们更要活得提心吊胆。肚子里的算盘拨得哗哗响，也不过是几块大洋的工钱，何苦来的。

晒衣服那天，王妈是头一个提出要辞工的。后院架着几根青黄的竹竿，滑溜溜地挂着绫罗绸缎，孔雀蓝的绸旗衫，红缎镶边的夹袄，月白绣花旗袍，排对排列着，像远古庙堂里金瓦花砖的墙道。金黄色的太阳底下，紫焰霞光，蒸得肥皂水的气味喷薄而出。

"辞工？你上哪儿找事去？"小翠架起一根竿子，瞪着眼问。

王妈笑嘻嘻地放下手里的活计，两手抹了抹围兜道，她早就想好了，现在城里的活好做得很，提着竹篮，摆张凳子就能在街边做缝补，凑点碎布线团给人补袜底，打补丁。生意兜得好，一月下来也有好些块钱。手艺细的话，还能上成衣铺做缝工。

"到时候，圆朴绸缎庄的学徒做满了，攒了钱，把生意盘下来，你也能在铺子里打打下手。"王妈先前就和媒婆讲定，她儿子和小翠的婚事，过些日子，就登门向陆太太提亲。

听到这，小翠心里高兴，转念又有些不安，"辞工是不是要和于妈讲？"

"怎么了？"

"没什么，就是怕和她说话。"她想了想，又罢了，有些事还是埋在心里，谁也别告诉的好。那是银凤出走后的一个晚上，她夜里尿急上茅房。

远远就见于妈擎着盏煤油灯，跟跟跄跄地进了厨房。这老太婆是小脚，从前缠过的，细小得简直没有脚掌，暗地里看，像是用脚脖子戳着地爬出来，十分骇人。

厨房早熄了灯，一片黑洞洞的。油灯座在凳几上，低低地照着，黑煤球叠成一堆，旁边砌着灰泥灶，红红地往外冒火星。于妈偻身坐着，怀里揣着包裹，一件一件地递进炉火里。

小翠当时就认出来了，她在烧银凤的衣服。

"哎。走神了？"王妈推了她一把，摸出张皱巴巴的信封，道："这有封表小姐的信，你记得交给她。"

"咦？又是她的信？"小翠接过一摸，挺厚的，怪道："这几天连着第三封了罢，谁寄来的？"

"我哪晓得，或许是情郎，寄情书来的。"

"看着不像，"小翠将信揣在怀里道："前天拿信给她的时候，脸都白了，哪有吓成那样的？"

"你一个黄花大闺女懂什么？"王妈窃笑道，"没见着表小姐最近成天往外跑，深夜才鬼鬼祟祟地溜回来，那是和情郎约会去了。"

正笑着，园子后面草丛里颤栗般地飒飒乱抖起来，成群的乌鸦张开着黝黑的翅膀，呼啦啦地盘旋在裸露的树巅上空，像团泼墨古画里的黑云，凄厉地噪个不停。

"喜鹊报喜乌鸦送终。不吉利，真不吉利。"王妈止了笑，黑着脸叹道。

那时候，秀儿在老爷的房里，隔着窗户也见到了。

一环黑点子悬在蓝灰的天上，嘎嘎地叫着，躲在房里隐隐听起来，像老人枯槁的笑声。

"叮叮"，桌角的电话响了起来，在安静的屋子里，有一种不安的急促。伸手接过黑色的听筒。

"喂？陆宅。"

电话那头是沙沙的响声，吐着沉重的鼻息，仿佛病人在暗暗地低泣。

"喂？喂？"

沙沙的声响骤转成一阵刺耳的鸣叫，背景里模糊传来音乐的旋律，一个女声低低地轻唱着。

　　"断无消息石榴殷红，
　　　却偏是昨夜，
　　　魂萦旧梦。"

沉晦的调子像架破败的老唱机，时而飞速凄厉地尖鸣，时而又颤悠悠地哼着，偶尔还被沙沙的杂音盖住了。

秀儿的肩膀僵住了，握住听筒的手微微颤了颤。

"怎么不说话？喂！"

那唱机跑了针，最后的唱词一遍一遍冰冷机械地重复着，波颤的音调如神秘的梵咒。

"魂萦旧梦，魂萦旧梦，魂萦……"

尾音卡住了，拖着长长的，变成了某种雄性动物的嚎叫，低沉凶猛，笼着耳朵，天昏地暗地搅动着，挤压着。

那令她无法忍受的刹那间，音调戛然止住，一个混浊的女声开口了，"老爷——帮我接老爷——"

"谁？"她的手如触电般抖了下，道，"你是哪位？"

"丹，丹艳——"女声气若游丝地道，"老爷——快让老爷听电话——"

"姨太太？"秀儿有些不敢相信，喉咙紧得哑住了，"是姨太太？"

电火花滋滋的声响从听筒里传来，姨太太的声音逐渐弱了下去，快消逝了。猛地提了个嗓子，仿佛用尽了全身的气力，惊慌道："救救我，快让老爷救救我！"

"哪儿？你现在人在哪儿？"

"我——我在宅子的——"话音未落，又是一串刺耳的嘈杂声，滋滋响了两响，电话突然断了。

学校放寒假，同学里要好的女伴相约星期六去了游戏场。冬季的湖蓝的天，淡白的云散成片雪亮的烟尘，如旷野般的荒凉。一望无际的白光底下浮着股人的热气，搭着五花八门的杂耍摊子，拉洋片，提线木偶，双簧，大鼓。也有卖糖果，洋货，汽水的浮摊。

几个女生围拢在套圈的摊头，面前横列着两张褪漆敝旧的长案桌，桌上陈列着劣质的钟表，瓷器，洋酒。一文钱一个铁圈，隔着几尺远的距离飞掷，套中即是奖品。

"什么套圈，就是圈套。"海棠花了好几文钱，手中的铁圈子却和她结了仇，全飞偏了。

惠珍捂嘴笑了笑，道："这若全中了，人家的生意做得下去吗，一文钱套瓶洋酒。

蚀本蚀大了。"

身后的两位同来的女生也是忙着赔笑，她们一个是米庄老板的女儿，另一个是开酒楼的。家业的肥水全流进了自己的肚子，发育得太好了，胸部灌得鼓鼓的，可惜脸蛋不争气，可能是自小跟着父母看店面，做买卖的缘故。枣红的方脸，生了股彪悍之气，结实得像进城的奶妈。

"莉莉今天怎么没来？"其中一个道。

"张先生求婚了，今天看婚纱去了。"另一个回答得咬牙切齿，她们两人在男生里很吃不开，一直谈不上男朋友，在一群女同学里很有失败者的挫折感。情场如战场，不仅是男女间相互攻城略地，同性间也是竞争的敌手，谁先攻破了城池，步步进逼；谁又溃不成军，退避三舍。眼下何莉莉好事将近，而她们却守着空空如也的城池，大开城门，盼着强敌长驱直入，熬成了出空城计也没人问津，更是又妒又气。

"你和唐医生什么时候？"海棠抬眼瞧了眼惠珍，借机问道。

"我，我们还不算那层关系罢。"惠珍腼腆地别过脸去，惊觉唐医生就站在稍远的地方。

海棠挽起她的手臂，朝唐子正行了两步，笑道："唐医生昨天一回城，我就通知了他，日后可别忘了好好谢我。"

"才几周不见，你怎么瘦了。"唐医生微笑着对惠珍道，他陪着她在挨挨挤挤的人流中走着，两人不过说说笑笑几句，惠珍就发现身边的女伴们早已若无其事地四散而去。倒像是故意给他们制造条件。

逛把戏的人多了，挤得水泄不通，海棠好不容易穿了出来，停在一个黑布帐子的小摊旁，歇了歇脚。沈志贤正在那等她。

隔着一大群人，还能见着惠珍与唐医生一同在摊子前挑货品。

沈志贤的脸青了，海棠笑了笑道："我就说了，惠珍不想来的，她昨天就约了唐医生，哪有空陪我们。"

他蹲坐在路边，眼袋灰灰地肿了一圈，脸色虚弱了不少，憔悴地笑道："不来也好，上监狱探监也不是郊游访友，只是苦了你还要陪我一同去。"

"没什么，反正我乐意。"海棠眨了眨眼，道，"我就是不明白，你怎么老对那傻子念念不忘，人是他杀的，铁板钉钉的事，你还要查什么。"

"不是这么简单。"他的手肘托着脖子，沉思了会儿，道："我昨天去了趟傻子的家，他一个人独居，可每月都有人供钱给附近的邻里，帮着照看他。那笔钱就是从陆家的账上支出来的。"

"陆家？为什么？"

"我打听了下，他母亲十几年前在陆家做事，一天夜里，忽然疯了，被人关了起来。从那以后，她家里人的生计都由陆家照顾了。"

对街的一棵柳树下跑出一位满面烟容的老人，穿着身臃肿的绿布罩袍，抓着粉笔在地上写了"文昭关"三个大字，便有模有样地叉着腰，扯着破嗓子唱了起来：

"一轮明月照窗前，愁人心中似箭穿。

实指望到吴国借兵回转，谁知昭关有阻拦。

幸遇那东皋公行方便，他将我隐藏在后花园。

一连几天我的眉不展，夜夜何曾得安眠。"

不三不四的野路子，吸引了不少人围观。喝倒彩的声音多了。他却唱得越发得意了起来，摇头晃脑，一意孤行地亮着咿呀呀的老生，于茫茫人海里，很有一种荡气回肠的悲凉。

眼见着唐医生与惠珍也随着人流瞧了过来，海棠急着拉起志贤上了他的车，她今天有意安排唐先生过来，就是要让沈志贤亲眼所见，从此断了对惠珍的那点念想，对她死心塌地。她不是傻子，惠珍与志贤间有股微妙的情愫，她未尝没看出来。不过顾忌一边是闺中好友，一边是男朋友，既不能撕破脸皮得罪，又不得不提防，处处留心。多年经营的男友爱上了别的女人，不过是惨不忍睹，若搞上的是自己最好的朋友，就有些惨无人道了，倘若两人上床的同时，还瞒着自己，玩一石二鸟，那简直是惨绝人寰。

一开车门，是一股山林野味，车后座堆着几块粘着黑泥的石墩子，雕满了模糊的图案花纹，都是从陆家后园里挖出来的。沈志贤费了好大的力气搬到车上，就是想着拿去学校问出石头的来历。

"这些石头是？"海棠抹掉了上面的一层灰土，现出几张怪异的人脸雕刻，均是凶悍狰狞的面容，一张脸上挂着人的头骨，另一副人脸的前额裂开条缝，露出第三只眼，最后一颗人头最为模糊，毛发周围伸出一圈阴森森舞动的触手。

她在哪儿见过？

"那傻子的话，你不会当真了吧，吃人的蜘蛛，块头有人那么大。"她嘻笑地开起了志贤的玩笑。

可他并没有笑，抬手擦了擦另一块石墩上的污泥，又是一张令人毛骨悚然的雕刻，裸身的孩童，被砍掉了脑袋。

她在沈志贤脸上从没见过如此严肃而又恐惧的表情。他深深吸了口气，道："或许他说的是真的。"

烟蓝色的水晶镯子，系着大红穗子，轻轻地被唐医生套在了手腕上。惠珍左瞧右看端详了半天，微笑道："真好看，一定很贵吧。"

"一点也不。"唐子正笑眯眯地望着她，道，"这几天有想到我吗？"

惠珍快步将他撇到了身后，另一手摩挲着腕上的水晶镯笑道："有，怎么没想，一吃完你送的那盒糖，就想了。"难道真是小别胜新婚，两人之前的关系还有些遮遮掩掩的，今日见面，那点感觉变了，暧昧了许多，竟能在大庭广众之下调情。

她有自己的打算，当初背井离乡，投奔到姨妈这儿，所为何来，还不是要一个安稳富贵的生活，她现在既能拿稳了他，往后何尝不会是生活上的依靠。她不过是想抓住自己所能抓住的一切。

一个黑布帐子的摊头涌着许多人，他们牵手进去。帐子里隐隐一个人影，先是听到一阵鸟叫虫鸣，刮来一阵风声，树影晃动的响声，接着是几个人的笑声。原来是口技，四周叫好声不绝，帐子里又传来几个方言对话的声音，两个人，三个人，四个人，交谈，争执，吵闹，惟妙惟肖，真像有几个人躲在里头同时说话一样。

"厉害，厉害。"唐子正不禁拍手道，"真不知他是怎么做到的？"

惠珍怔了怔，这句话仿佛是从她的嘴巴里出来的。

"真不知道那师傅是怎么做到的？"她兴奋地踮起脚尖，一手挽着叶太太，前面的路人太讨厌了，尽挡着她的视线。

叶太太大病初愈，细瘦的手骨握在手里，像根鸡爪子。

"你想知道他们是怎么做到的？"叶太太忽然笑了，骨瘦如柴的脸上，那点阴郁的笑容，将活人最后的那点生气也用光了，"我很小的时候，也有演口技的在庙会卖艺。他们这行当有个规矩，演戏的时候，那顶黑帐子是不能进的。可我那时不懂。"

"然后呢？"

"有一回，演口技的在帐子里表演，我偷偷摸摸地钻了进去。"叶太太讲话的声音很微弱，病瘦的缘故，身材蚀掉了大半，豆黄线呢夹袄穿在身上，飘忽忽的，全不见骨架子，"黑帐子暗得很，卖艺的一动不动地坐在椅子上，露出半个肩膀，正学着两个外地人说话，一个讲山东话，一个说四川话。他每学一次，肩膀总要上下哆嗦一回。我悄悄地绕到他背后，原来那肩上生着一块指头粗的肉疤。"

叶太太喘了口气，神神秘秘地道："那卖艺的突然把脸掉了过来，惊恐地瞪着我，拿山东话说，哎，跑进一个小姑娘来了。他的肩膀又抖了，那块肉疙瘩样的疤裂开道黑口子，用四川话回道，那不让她看见了？"

叶太太咯咯地笑了起来，两眼在凹陷的眼眶中放着寒光，道："那肉疙瘩里还长着几颗牙呢。"

"惠珍？惠珍？"看把戏的人散了，唐医生摇了摇她的肩膀，笑道，"想什么呢？"

黑帐子里晃悠悠地走出个年轻人，穿戴齐整，一把一把地数着地上的赏钱，倒不像个生有异相之人。

"没什么。"她笑着说。

唐医生的手伸过来，温热厚实的手掌，又道："上回说的陌生人，你后来有碰上吗？"

"谁？"她脑子里闪过那几封陌生来信，总是一叠叠灰色的剪报，标题惨淡的新闻，沉尸湖底的女子，于是结结巴巴地答道，"连个人影都没见着，你吓唬我呢。"

地上是叮叮当当的声响，演口技的年轻人正弓着腰，把零钱票子拢在一口竹篮子里，直起身的刹那，他的肩头抖了一抖。

越是害怕什么，越要找上门来。

"又有我的信？"惠珍回到家中，小翠递来了第四封信。

掩上门，躲在灯下，手指颤抖而粗笨地撕开，还是那叠子纸片，稀稀疏疏地掉了一地。

只是这一回，纸片上多写了几个字。

"惠珍死了。惠珍死了。"

脖子紧了下，那根陌生的指头又从喉咙里生出来，一下一下地戳进肉里。

呕吐的感觉涌了出来。

拧开浴室里的水龙头，自来水汩汩地喷着，白汪汪的瓷砖上生了簇惨绿的青苔，掬水胡乱擦了遍嘴脸，倒是没吐出来。

寂静中，自来水声仍在汩汩地流淌，水点子滴滴答答地打在温玉色的墙上，惊天动地的声音，仿佛屋外下起了倾盆大雨，又像开闸而泄的洪水，曾经的一切的一切，一齐朝她涌来。

临街黯旧的阁楼，窗外斜斜窄窄的巷道，斑驳的红砖高墙，阡陌纵横，乌瓦砌的马鞍脊与燕尾脊连成起伏的一片，如鳞甲兽的脊梁，横卧在夜色中。

整间房子雾腾腾的，弥漫着股茶叶混着茴香的呛鼻味。

她敲开门，叶太太躺在一张小烟榻上，提握着杆长长的烟枪。昏暗中点着一盏玻璃罩的烟灯，细小的火光，像碧青的玻璃球里长出一朵橙色的花。

"四喜，怎么是你回来了？小姐呢？"紫檀钻花的烟盘对着烟灯上方，叶太太一面烧着烟孔上的烟泡，一面吮吸着。

她脱下披在外面的玫瑰红棉套子，回道："行了半路，惠珍小姐饿乏了，在隔壁的捞面店吃肉丸子呢！"

袅袅的烟雾里，叶太太斜着身子，对着玉石烟嘴抽了两口烟，发出老鼠般吱吱的声响，才开口道："别替她装了，准是和哪个男的鬼混去了。"声音飘飘地浮在空中，一股气上来，继续道，"真是贱，一闻见男人的腥，骨头都松了，我怎么养出这么个东西来。睁大眼睛往后瞧罢，日后她有的是苦头吃。"

说着，吃了口烟，又道："若是有你半分机灵，倒也省心了。"这句却是实话，来叶家这几年，太太倒是挺器重她的，也喜欢她。

十二岁那年，母亲把她从乡下领进城里的荐头店找工。荐头拉住她的手在小城里穿街过巷，天上泼下倾盆大雨，劈头盖脸地打下来，被拎进叶家门的时候，上下牙齿冻得直打架。叶太太拍了拍她湿漉漉的后脑瓜子，取笑道："四喜这孩子看着倒机灵，行，就她罢。"

叶家是弄堂里两层的青砖洋房，前门有块不大的天井，栽着棵半枯的白玉兰树。叶先生在一所学校里做老师，雇了两个粗使的老妈子照顾太太和小姐。家里的累活不多，无非是些烧饭，洗衣的家务事。

迷迷糊糊地干了两个多月，一天，荐头寻上门来，说她母亲害了重病，眼见着是不行了。她风急火燎地赶了去，人早走了。东家是在政府里做事的，倒是个好人家，一打听她家里没什么人，自掏口袋找了副薄棺，托人在山上埋了，还多赔了几个月的工钱。

揣着死人钱回叶家的那天，又是场大雨，巷子里铺着青石板，雨水自深深浅浅的瓦顶檐角倾泻而下，瀑布般浇在身上，整个身子像浸到了深水里，死缓地挪着步子，没一处不是湿凉的。

回去头一天，就病倒了。一连在床上躺了半个多月，人瘦了一圈，倒愈发得清秀起来，话却愈发少了。叶太太心疼她，让她陪着惠珍小姐一同进学堂读书。教师的子女家属有优待，一律减免学费。

"其实也是要她看着点惠珍。"叶太太对丈夫道，"男孩子这么多，我不放心。"

因为夜里七八点的时候，常常有人朝叶家的窗户砸石子，惠珍小姐躲在桌子上扒饭，一听那动静，就忍不住嬉笑起来。

叶太太瞧出了点苗头，抓着她问："四喜，你和小姐上学，没见着她和男孩子鬼混吧。"

怎么没有？大清早的时候，天灰蒙蒙的亮，她们打着红灯笼出门，经过羊肠小道，拐角的胡同里，有个人影会一把拉住惠珍小姐，两人总要站在暗里搂个小半会儿才松手。

小姐事后贿赂她，几个铜板往手里一塞，道："你若不说，这几个钱都是你的，若说了，小心我将来撕烂你的嘴。"

她想了想，对叶太太摇了摇头，一副沉静的表情，"没见着什么人呀。"半个屁没问出来。

叶太太仍是放不下心，在丈夫跟前不住地唠叨，"才这点年纪，骨头就轻成这样，将来还了得，说难听点，就叫贱，也不知像谁？"最后一句有点扇了自己的嘴巴，还不是有点像她。叶太太自己也清楚，白嫩的瓜子脸，狭长的丹凤眼，生得太像了，女儿同她简直是一个模子刻出来的。不过叶太太年纪大了，人老珠黄不值钱。

那阵子九·一八东北沦陷，中央政府又对日妥协，叶先生是学校里的教师骨干，夜里开学习小组，印抗日传单，白天组织学生运动。城里三天两头是游行集会，军人、学生、市民涌上街头，遍地人头浮动，摇曳着五颜六色的横幅标语，似片繁繁密密的花潮，在抗日救国的声浪中，涌上来，又漫下去。偶尔也有几个不明所以的游民商贩，讪讪地跟在队伍后头，没走几步，自己先不好意思了起来，嬉皮笑脸的，倒添了几分踏青游园的性质。

又过了一年多，叶先生同几个朋友一同去了省会福州，一个多月了无音信。叶太太终于在报纸上读到了他的消息，"中华共和国人民革命政府于福州宣告成立"。她还记得她当时将报纸的头条一字一字地念给叶太太和惠珍小姐听。少数党国的脱党分子与十九路革命军创办了生产人民党，在福建发动政变，宣告中华共和国人民革命政府成立。叶先生的名字赫然列在新政府的委员名单里。

惠珍小姐没心没肺地拍手笑了起来，"爸爸造反了，要当大官了。"她没注意到母亲两脚一软，瘫坐在椅子上，人都傻了。报上说的都是什么？反蒋抗日，消灭南京政府？哪条不是死罪。

家里的一老妈子耳背，没听清，问另一个老妈子道："报上说先生怎么了？"

"先生加入革命军了，要革命建国了。"

"革命军？怎么革命军又来了？"那老妈子眯了眯黄浑的眼睛，有些不明白，二十来年前革命军不是来过了？把衙门上的红木招牌掀了，家家户户的男人在剃头挑子前排队剪辫子，蟠龙纹的银币换成了袁大头的银元。

不过这回的革命军是个短命鬼，中央政府调派了十万大军分路南下，不出一月的工夫就相继占领了古田、延平。待福州失守的时候，事变宣告失败，新政府的要员纷作鸟兽散，机灵些的，连夜潜逃去了香港。叶先生腿脚不利索，蒋介石部队进城的那天，被逮了个正着，扔进牢里正等着判刑。

叶太太从熟人那得到了消息，忙典当了家里的金珠细软，四处疏通奔走。叶先生的旧识中有位在警署供职的，很有些门路，让叶太太亲自上省会一趟，打点几个要人，保不准能把死罪免了。

上路那天，叶太太将小姐留在家里守着，却要四喜一路陪同，就因为她话少心细，脑子活，东西搁她手里错不了。

她们上福州的监狱探监，穿过曲线起伏的蛎壳白的马鞍墙，小广场铁网密布，架满机关枪的岗楼下，十来个囚字灰服的犯人懒洋洋地做着体操。看守所石灰墙上糊着几面青天白日满地红。那位旧识捶手顿脚地迎上来，痛心疾首地道："晚了一步，晚了一步！昨下半夜拉到刑场上，毙了。连个最后的面都没见着。"

没讲完，叶太太已是一头昏在地上，不省人事。那时候，死刑改作了枪决，几尺长的麻绳捆绑好，跪在监狱旁的红砖小院里，几颗子弹的事，倒也留了个全尸。带回厦门的时候，家里的那两个老妈子暗自都很庆幸，自以为逃过了一劫。谋朝篡位啊，这若搁在前朝是灭九族的罪，幸亏政府英明，只要了这不识好歹的老爷的命。

第八章　落难千金

自那以后，叶太太长病不起，她们从两层的洋房搬到了弄堂口的小阁楼上，两个老妈子也辞退了。她平日里随着惠珍小姐进进出出，附近的邻居瞧着这户新来的人家，都道她们是姐妹，不然怎么生得那么像。

她偶然听到了，也觉得不可思议，难道是打小住在一起的缘故？照照镜子，论长相，气质，她倒真没有半点下人的样子，打扮一番出去，哪点会输给大户人家的小姐。后来又看了些张恨水的小说，也曾幻想过她或许是个落难千金，她母亲是个商贾的下堂妾，被正房大奶奶逼得离家出走，流落在外。毕竟她母亲也识得几个字的，和那些普通的帮佣不一样。反正人早不在了，死无对证。

太太的病日重一日，家里那点值钱的皮袄首饰搜刮出来，典的典，当的当，仍是捉襟见肘。这时候，惠珍小姐的那点本事才算露了出来，学校里搭上的那些亲密男同学，趁机慷慨解囊巴结她。粮店少东家会派伙计隔三差五的捎点大米，白面过来。绸缎庄少爷给的料子、参茸店拿的干货，吃不了的，就去当，去卖，换了钱也能对付着过去。

可惜，这帮人里没有开药行的，弄不来治病的药，倒有个家里开土膏行的小子，姓梁，做的是烟土买卖，偷了些家中的鸦片烟给惠珍道："那药管什么用，抽点福寿膏，平肝导气，哪个病治不好。"

叶太太抽了阵子大烟，果然身子舒坦了不少，昏沉沉地躺在短榻上，脚下垫着小凳，吸进个烟泡，什么烦恼都没了。她这个心灵手巧的丫环，帮太太烧起烟泡也是一付好手，烟签挑着鸦片膏，就在火上，滋滋烧出了口黄泡。太太趁热沾在烟枪上呼呼吸进去，烟瘾大的时候，一次也能吸掉两三个烟泡。

抽完了，小姐从姓梁的手里又讨些回来，银锡纸的长条包，捏在手上，另一手捂着半边脸，轻手轻脚地进了屋。她迎面拉下惠珍小姐遮脸的手，惊道："眼睛怎么青了一块？"

"还不是被那姓梁的小子打了。"小姐红着眼圈，啐了口道，"怪我当时心急瞎了眼，上了这泼皮的臭当。让他讹上了。"

"讹，怎么讹你了？"姓梁的名叫梁复，在学校里的时候，就是个远近闻名的纨绔子弟，板寸头下，拖着毒烟熏的眼袋子，眼睛垮得像癞皮狗，行事肆无忌惮，也带着几分狗气。

他那天拿烟土给惠珍小姐的时候说，不能总这么白给下去。别看他家烟行做的是千担的生意，烟膏若不掺假，也赚不来钱。他爹妈夜半带着伙计下土窑，剥红枣，剔皮剁泥，收汤熬的枣膏掺进烟土里，赚得可也是血汗钱。要是让他们知道他这一根根的拿去送人，那非砍了他的腿不可。

那怎么办，小姐问他。

梁复讪讪地笑了笑道，你让我亲近亲近。

惠珍哼了声，道，亲近？亲近了，你爹妈就不剁你的腿了？

不。他厚着脸说，只要亲近了，为她掉脑袋都值。

小姐冷笑了起来，说，我就这么贱，给点东西，就随便让人亲近。那米店少爷捎来两袋米，参茸行的几包干货，我都要拿肉偿？

笑话！梁复急了，狠道，你也不上外面打听打听，现在的市道，大米什么价？烟膏什么价？比得了吗？那一条熬好的鸦片烟，可是真金白银的价钱！

"他真占你便宜了？"她瞪圆了眼睛，急着对小姐道。

"姓梁的哪有这能耐。"惠珍小姐别过脸去，道："吵了几句，还不是让我拿回来了。"

"那往后怎么办？"她忧心地瞟了眼熟睡的叶太太，心里明白得很，烟膏抽上了瘾，哪是说戒就戒的事，这回算对付了过去，那下回呢，又怎么办？

小姐淡淡地道，车到山前必有路，当前是顾不了以后的事了，只能边走边看罢。

又过了半个来月的功夫，还真应验了小姐的那句话，船到桥头自然行，在那根银锡纸包的烟膏抽完的前一天，叶太太病死了。

楼底下的铜盆烧起了成串的纸钱，她们两个姑娘穿着粗白布裁的孝服，扎上白孝巾，望着钱纸上黄灿灿的金箔在火盆中灰飞烟灭，滚滚而去，悲哀之余，竟是一种平静，都有点如释重负的解脱感。

小姐说，叶太太死前交待了，有位外地的姨妈，境况很是不错，有能力接济她们。信都已经寄来了，待买了车票，就收拾行李动身。

那姓梁的怎么办？她问惠珍，这无赖是彻底缠住她们了，三天两头地上门要烟钱。

"我今晚会约他出来谈。"惠珍小姐道，"到了姨妈那儿，总能想到筹钱还债的法子。这世上，能用钱解决的，都不算什么大事。"

两人约在了几里外的湖边见面，小姐傍晚出了门，夜里的时候，弄堂前的空地上搭好了一块戏台，唱高甲戏的，露天的棚顶上挂着大支光的电灯泡，蓬蓬地亮着，她隔着窗户望去，仿佛戏台上浮着橙黄的小太阳。

台上摆着两把粉艳桃花的椅子，背景挂着面湖蓝色的帐幔，灰布大褂的乐师立在一侧，"叮叮"地摇起了双铃。花旦穿着身水红绸子的夹袄，外套一件宝蓝色的纺绸小褂，踩着点，活泼泼地上了舞台。是当地大受欢迎的宋江戏、宋江杀惜。

宋江夜宿阎家，误将晁盖的信落在了阎婆惜的床边，此刻正要回身去取。宋江是文老生，头戴黑呢员外帽，绣着团寿字的对襟长袍。配乐换作了沉稳的南鼓，乐师的脚后跟踏在鼓面上，鼓点时缓时急。宋江来到阎婆惜面前，委身央求情妇将那封信与金条还与他。

响盏如水声般清脆地响了两响，阎婆惜妖媚地转过身，反要挟宋江先将晁盖的百两黄金全数托出，不然见官，可是掉头的死罪。宋江与她商谈数句，一时按捺不住，终是一场恶斗。两人手里拉扯着那封反贼的信，扭着身段，半真半假地推推挡挡。

大黄的电灯光前满是重重的人影，纷纷起身击掌叫好。看客里多是些附近的老幼妇孺，大都带些良善的模样，竟然会喜欢这么凶险的戏，有奸情，有恐吓，还有谋杀。瞧得他们津津有味，伸长脖子，就盼着宋江如何一刀宰了这个风骚的花旦。

她在阁楼的窗户前目不转睛地瞧着，心里猛地一抽。

老生袖里的那把短刀抽了出来，阎婆惜见势舞起身子，口中喊着黑三郎杀人行凶。那宋江剑拔弩张，倒真起了杀心，一手按住花旦，另一手执刀，伴着小锣的声点，恶狠狠地往情妇的颈子一划。

众望所归之下，那花旦溜溜转了两圈，想是终于让人瞧够了，心满意足地倒地身亡。霎时间鼓乐齐鸣，大小锣，唢呐卖力地吹打起来，黑三郎持刀凌然地立在中央，台上台下一片欢腾喜庆，庆祝得轰轰烈烈，是新年的气象。

那点不安的预感从她心底的一角，渐渐遍布全身，眼皮也跟着跳个不停。

都这个钟点了，怎么小姐还没有回来？她和梁复见面的地儿，离这也不算太远。

惠珍小姐临走时说，就约在那湖边，汉白玉石拱桥。

那时候，夜深了，看戏的也散了场，她出门找惠珍小姐，一路寻到湖边，空无一人的石拱桥上，灯火沉沉地亮着，看不见月亮，四周黑黝黝地一片，静得能听见湖水幽幽的拍打声。

岸边忽忽地漂着一艘暗绿色的木船，船上隐约地站着个人。

她比那人先认出了对方，"姓梁的，我们家小姐呢？"

船上的人偻着背，浑身打了个颤子，低声说："四喜，你怎么来了？"他的面部紧张得微微痉挛，那双狗样的眼睛，从来没有这么精神过，在暗中亮得发光。

"我们家小姐呢？"她定了定神，又问了遍，就觉得哪里不对劲。

暗夜里，小船悠悠地向她飘来，梁复手里拎着块硬木船桨，桨的一头沾着团黑稠的河泥，正一点一点地滴着。

"她在船上呢，你过来。"梁复的语气冰冷得像咬着腮帮子说的，却掩饰不住那一丝癫狂。

如果她那时候没有再往前探一步，如果她那时候没有再瞟一眼黑洞洞的船头。

她就不会发现惠珍那双裸露的，苍白的脚踝，直挺挺地横在暗黑的河中。她也就不会明白船桨上的那团河泥，其实是小姐被梁复拍打而出的，血红的脑浆子。

"你，你把小姐怎么了？"

在梁复还来不及开口以前，她已经明白了一切。

小姐竟然死了，被这狗眼睛的男人杀了。

空气里似乎都能闻得见血水的腥味，沉甸甸，稠烘烘的味道，一股一股地钻进她的鼻腔里。

"四喜！"梁复杀红了眼，恶狠狠地叫了声，猛地一下从小船跃到了岸上。在梁复双脚及地的一刹那，四喜已经掉过身子，没命地狂奔了起来。

她从来不知道自己能跑得如此飞快，她要在这片黑暗里跑过了无人烟的芦苇丛，再穿街过巷，要把那杀红了眼的梁复狠狠地甩在后头，因为她在和自己的性命赛跑，脚程再慢一步，被身后人赶上了，或许就是杀人灭口，两具直登登的女尸了。

就在跑得上气不接下气，气喘吁吁的时候，她已经回到了开着凤凰花的巷子口，她想敲开每家每户的房门，涕泪交加地让每个街坊知道出人命了，小姐被人害了，她要报官，要报警。

可她没有这么做。

梁家的烟土行是当地衙门的特许经营，有钱有势，出点人命官司几乎就不算事。有时几个伙计偷了店里的烟膏私售，被打断了腿，打死了，也不过拉到荒山草草埋了了事。

她们家的老爷是个谋朝篡位的反贼，才杀了头，留下孤儿寡女，正是失势的时候。这样一个封闭的城镇，生意人与地方官上下勾结，她一个丫环出身，公堂之上，口说无凭，又有哪个人会信她。或许梁家这时候，早派了些家丁，赶往湖边毁尸灭迹，将来倒打一耙，她岂不是有嘴说不清。

不知谁家的狗吠了几声，弄子里的穿堂风哗啦啦地卷着落叶。松脆的声响，一声声地扫在她的心上，她的牙齿在夜里冻得上下打磕，也是因为恐惧。家门前的木板楼梯，黑洞洞地敞在她的眼前，一线没入鸽笼似的阁楼里。

每踏一步上去，震得身子松松软软的酥麻，可心底却有一种惊骇的冷静，小姐既然死了，梁家的人又随时会找上门来。她不得不替自己作个万全的打算。

黄布帐子里摆着她和小姐打包好的柳条箱，五角橱的抽屉里散着十来块的零散钱币，和两张第二天清晨的火车票。两天两夜的火车，开往小姐姨母家的大城市。倘若一切顺意，到了姨母的家，二人衣食有靠，惠珍小姐继续做她的官家小姐，她也还是当她的使唤丫头，年复一年，日复一日，缝补烧洗，从丫环熬成老妈子，再勾搭个府里的粗壮长工，生养的儿女，想来也是下人的命，就是人的一生了。

人生总是这么充满着意外，倘若——

她猛然被自己脑袋里的一个念头吓了一跳。柳条箱里装满了小姐的身份证件，小姐的姨母也与她们从未谋过面，倘若小姐遇害的事情传不出去，倘若她神不知鬼不觉地偷梁换柱，又会怎么样。

那时候的清晨，冻白的天蒙蒙亮，火车站的月台现出渺渺的黄光，栅栏外一个包着红布格子头巾的村妇熟练地叫卖着一篮熟鸡蛋。火车的汽笛仓皇地叫着，像种命运的哀嚎，挣扎在空漠的寒风中，也不知有多少人都是被这样的声音所吸引。

她空荡荡地立在一旁，手里紧紧搂着柳条箱阴凉的手柄，寂静了许久。她不知这是哪来的胆量，使自己成了个赌徒，在人生的十字路上，拿着自己的将来作筹码，斩断后路，孤注一掷。若赢了，便是她的翻身之日，得来的是堂上一呼，阶前百诺的锦绣前程。

若输了呢？

火车车轮轰隆隆地转了起来，震耳欲聋的声浪，一朵紧着一朵地涌到身上。

也不打紧，这就是个无本的买卖，她早就是个一无所有，两手空空的人了。

屈指一算，自那日起，她来陆家也大半年了。这几月的光景，她低眉顺目，曲意逢迎，寸步留心，将陆家的上上下下，里里外外，招呼得滴水不漏。再有那唐医生若即若离地牵在手中，眼看着就快到了她的出头之日，偏偏在这个节骨眼上——

那封信牢牢地抓在手里，顺着指缝间一点点地向下沉去，似有千金重，一点点地拽着她，拉着她，扯着她。

一留神，那一地的剪报里还手写着几个字。

"周日下午三时，淮山南路 23 号见。"

到底是要来了。

胃里一团冰凉凉地翻搅，这个寄信的匿名者，无论是谁，既知道她是个冒牌货，又未在陆家人面前揭露出来，这样三番两次地来信要挟，该是另有所图。

可又图什么，也只有见了面才知道。

窗玻璃外是一片蒙蒙的黑，反照着她的脸。粉黛不施的面庞，清苍地透着点病容。这么样的年轻，这样好的一张脸面，真是连些大户人家的小姐都比不上的。哪怕惠珍小姐还活在世上，也不过生得这样一张脸。

不，不对，她的手指头轻轻地摩挲着脸庞，微微地抖了抖。

现在这世上，她就是惠珍小姐，惠珍小姐就是她。再没有叫作四喜的这样一个人了。

低身拾起那几页的剪报，扔到脚边的痰盂里。她想了想，扭身又从抽屉里抽出一张藏了许久的照片，该是几年前的，泛黄卷边。两个姑娘喜气洋洋地站在一起，一个是惠珍，一个是四喜，脸红得乡气。

擦了根洋火，将照片的一角点着了，火苗红红地烧着，相片上的人长出了黑黑点点的尸斑，扩大了，渐大成了黑洞，将人一圈圈地卷进去，生生吞了。丢进小红洋瓷痰盂，是一道火光，掀着黑烟，照亮了她的半边脸，另一半隐没在暗中，看不清楚。

同一个时候，天还没亮，厚沉的乌云如团缎面般横在天上，月的清光自云缝间一丝丝溢出来。冷冷的月光下，王妈独自抄过小树林子，正赶着去陆家生火做饭。

她平日起得要早，昨夜是和村里媒婆商量提亲的事，睡晚了，这才挑了后山的近路，脚程快点，还能撞上生灶的时候。

南方初春的清晨，又湿又冷，阴寒的薄雾里，能见着树丛荒凉的轮廓，隐隐听见村子里的鸡鸣，飘飘渺渺的，也是远得很。

她今天打定了主意，要向太太提亲，把小翠许给她们家的圆朴。这桩婚事，可不能再拖了。几月前，王妈就打绸缎庄老板那听说了，店里的几个伙计，合着她儿子，夜里上外喝花酒、赌牌，总是到个天光才回来。也难怪这一年多，没向家里贴过现钱。

才这样的年纪，就这么胡来，搞这么多花头，要骂要打，未必听得进去。照王妈的阅历，还是找一房媳妇，安稳下来，人自然就本分了。天底下做父母的大抵都是这样的心思，瘌头儿子也是自己的好，就算再如何不可救药，总相信会有回头是岸的那天。

况且王妈老觉着也不全怪她的儿子。如今的世道与从前是大不一样了，舞厅、赌场、百货公司，她十来岁的时候，哪来这般多的花样，逢年过节，村里祠堂能请几个班子搭台唱戏，就算顶热闹的事了。

有时候，戏唱得晚了，她匆匆忙忙地抄过后山回家，也是这样阴薄的夜色，树林子深处闪着星星灯火。几十年前，那里还不是陆家的宅子，是一座废弃了数十年的庙堂。也不知什么时候，几个外地流浪的黑脸僧人搬进了寺里，将庙宇修葺一新，供养了几尊神佛，焚香礼拜。

日子久了，村里人都觉得这庙中的黑脸僧有几分古怪，不仅模样生得异于常人，连说出的话也听不懂。偶尔几个好事的婆娘上寺里探上几眼，更是吓得屁滚尿流地奔回来，直嚷那庙里住的是妖僧。他们光着膀子，在一座青面獠牙的神像前跳舞。

王妈还记得，那年她十来岁，看戏回来，穿过绿郁郁的树丛，瞧见几点庙堂香火的时候，就听见庙里萧瑟的磬钹金鸣，如声波般，一圈一圈地漫过蛮荒的夜里，冥冥中化作条无穷无尽的音河，细细杂着古怪的梵音，更让她有一种诡谲阴凄的感觉。

待她回过神的时候，竟是不由自主地走到了庙堂口。铁红漆的大门半掩着，门上密密挂着片石榴大小的铜铃。赭黄色的寺顶雕满了一层层奇形怪状，色彩鲜丽的小人。

她从没见过如此诡异的矮小的侏儒群像。体态丰腴的女像扎着金银绣边，油绿宝蓝的长裙，男像半裸着丰腴的或青或蓝或金色的肉身，浑身缠满了银饰。昂首耸腰地临空立着，如一场太古祭祀的群舞，肉身叠搭而成的宝塔，渗着淫逸而沉重的气氛。

暗沉沉的大殿里，竖了一根根莲花石柱，柱身上吊着具人形雕塑，头顶高髻，披着滚金边的薄纱，玄红，灰蓝，混沌的色彩，如河水般涛涛地流过身上。泥金严妆的面庞，微微撅起的嘴角，是抹古老而阴柔的表情。

细看之下，才惊觉有两枚翘出嘴边的森森白牙，连那根缠绕于身，飘忽欲飞的软缎也不是真的，是条刻得活灵活现的青花大蟒，冰冷冷地盘卷着人像的身躯。

桃心雕花的壁龛里，香烛缭绕，盏盏灯盘闪着碎金般的红火。十七岁的她蹑脚摸到了寺门旁。

大理石镂空的梁架下，两名半身裸体，裹着湖白布的黑面僧，提盏酥油灯，捧着金钵，正一座接一座地礼拜着庙堂里的神佛。那一排排隐在洞窟里的苍劲雕像，神色各异，仿佛来到了阴曹地府阎罗殿。

这一下她总算明白为何那些村妇要称这庙里奉着邪神了。那全然是排毫无生气的，阴森得令人恐惧的泥塑。狮面人身塑像，象头人身的石雕，身长羽翼的佛像，就这样浴在庙火的红光中。

伴着黑面僧祝拜的姿态，叮叮的磬铃声在角落惶惶地拉着，在魔怪般的佛像间震荡回响。忽紧忽缓的鸣声憋闷得人透不过气来。

忽然间，黑面僧停住了脚步，十来名同样肤色的外乡人正跪拜在他们跟前，上穿立领绸衫，下搭窄脚布裤，几分商人的打扮，朝向佛雕念念有词地埋头祷告。

她认出了这种长相，他们是南洋人，在附近的省城里经营些绸缎、薯粉和香料的生意。一个大点的城镇，通常也就一两个这样的生意人。今日在这座落荒的小庙里，竟能凭空冒出这许多来。

其中一名僧侣打了个手势，嘈杂的人声霍地停了。

万籁俱静的一刻，年纪较长的一位白发黑面僧走下了神坛，口中颂着喃喃的经文，手掌自金钵里轻轻一沾，抹向了一名南洋人的额头。

一团血红黏稠的液体顺着他的前额，一路流到了嘴角。

瞧着像血，可一时又看不清楚。她之前就听过不少关于南洋人的传闻，一些懂妖术的，时常将尸油、人血、内脏搜集于坛罐中修法，不仅能驭鬼，还能害命。

难不成她是无意撞上南洋人施法了？

心里乱糟糟的，恐惧地向后退了一步，只听得啪啪两响，竟踩到了一小堆洒在地上的花圈。

庙堂里寂静的可怕，十来名南洋人同时掉转过头，灯影里一排玄金色的脸孔，正拿眼牢牢地盯住了她。

再后来，她是如何魂飞魄散地一溜奔回家中，几日后的那场无名大火又是如何自古庙烧至村里，都已经是很久很久以前的事了，成了脑海里一片昏暗翻腾的灰影。

唯一能记得的，是鸭蛋黄的月影下，树林中接踵摩肩的枯槁枝杈，如万千根垂垂老叟的手臂，满山满野肆意地生长着。

就好像今天。

王妈行了半路，怔了怔，自己一定是魔住了。

尽顾着抄近路，怎么踏进了陆家后院那块荒废的园子。

当初那座金翠辉煌的古刹，如今是片断壁残垣，淹没在一大簇杂乱凶猛的青草蔓须中，只余下几根白惨惨的石柱，于虚幻的月雾下隐隐若现。不远就是一口麻石堆砌的老井，井上架着一座铁辘轳，粗长的井绳绕着辘轳打上厚厚的几层圈，被风吹过，嘎吱嘎吱地响，像奄奄一息的病人躲在暗夜中哀哭。又像丛林里有无数赤裸手臂履着石青色的皮肤，也随着风声，僵硬地四处延伸。

她的心忽地往下一沉，有些不对，铁辘轳有几十来斤沉，不能是风吹得动的，那嘎吱声分明是铁辘轳摇动汲水的动静。

黑森森的辘轳一侧，生着根小腿似的木把手，竟是自顾自地转了起来。盘在辘轳上的井绳，有婴儿的胳膊粗细，一寸一寸地伸进深邃的井口。

井水早些年便干了，空茫茫的井道里一阵咣咣咚咚，传来吊桶撞击石壁的回响。

深渊般的井底，隐隐有东西擦过龟裂的壁石，溅起碎屑一路稀稀拉拉地滚落。

她倏地回过神来，是井里躲着什么，正拽着辘轳的粗绳子，一点一点地向井口爬上来。

四周巨树横斜，荫叶相连，满着鸦青的叶片，扁扁的像人嘴，那一片片油绿乌亮的唇，堆堆挤挤，掀起窸窸窣窣的细响，宛如唇齿摩擦的声音。

她的腿僵住了，一只脚像陷入了冰窟窿里，又凉又麻。

井壁的磨响声愈发大了，自慑人的地底颤颤悠悠地飘上来——什么东西正从亘古的黑暗深处渐渐爬近井口。

王妈绷着脚试着往后退几步，怎料周身绵绵一软，霎时栽倒在地上。

一扭头，竟是吓得毛发悚然，口里发不出声响。

幽森的井边赫然现出一根苍黑的影子，手臂般大小，倒挂在井沿上。

又一根阴栗的黑影伸了出来，垂在井沿的另一侧。

接着，是第三根，第四根，贴着斑斑的井石微微蠕动。

惊悸的寒意飕飕涌上头顶，她试着半直起身子，却被恐惧攫得连这点气力都没了。

一团泡囊般的巨大身影伴着那几根狰狞细长的肢节，缓缓地爬出了井口。

黑郁郁的树影里浸着一股月光的蓝雾，淡淡地弥漫开来。巨大的野蒿叶下，缠绕的蔓草一团堆着一团，像一颗颗黑乎乎的人头，在肃杀的风中哗啦哗啦地滚来滚去。

那一叶叶青苍苍的薄薄的唇，密匝匝的，又再度幽邃地细响而开，遥遥听着，如庙堂僧侣的窃窃耳语，低沉沉的一片，虚茫吟诵着上古的经文。

嗡嗡嗡的一片响。

震得陆太太慌忙回过神来。

原来是裁缝的吹口喷壶烧开了，坐在裁缝铺的红炉子上，急忙忙地叫着。

一般像陆太太这样的大户人家，制定新衣，是难得亲自上裁缝铺量尺寸的。还不是赵太太许久没见着她了，近来又新购了款藏蓝碎花软缎的料子，这才约在了

"祥瑞成衣店"碰面。

"捏在手里揉揉。"赵太太穿了身柠檬黄的偏襟旗袍，挤眉笑着，像捡了个大便宜，"绵软的很，不掉色，若不是十分的好货，我女儿也不敢送我。"

成衣店窗外白雾沼沼的，一个十来岁的白衫学徒在生熨斗。熨斗的大铜勺中盛了红炭条。小学徒努起嘴，对着铜勺的炭火，一口口地吹起来。晨风中，缕缕白烟，吹出了妖冶的精灵，扭动起婀娜身段，袅袅地腾空而去。

明敞的试衣镜前，裁缝的一管黄尺大大咧咧地自陆太太辽阔的前胸淌过。裁缝是苏州人，一身酱黄马褂，戴着玳瑁眼镜赔笑道："赵太太好福气的，女儿又孝顺。这么上好的料子，还是拿到我们铺子里做放心。我们可是量身定制，一针一线的真功夫。"

自古同行是冤家，他又牢骚道："不像那批沪帮的裁缝，只晓得踏洋机，缝个领子，几分钟就好了，换我们做，是十来道的做工，领子要挺，针脚要密，他们哪有我们这么考究的。"

刚说至兴起，赵太太就插嘴打趣道："天下乌鸦一般黑，你也别尽顾着数落同道。你们苏帮裁缝就不见得手脚干净。上回我女儿的缎子拿你店里剪裁下料，不也让你偷下了点布料子去。"

"赵太太就别难为他了。"陆太太回身，挨着赵太太的椅子坐下，解围道："老话不总说，厨子藏肉，裁缝藏料。这种小本买卖，偷拿点材料钱也是应该，若只赚手艺，哪够他维持下来。"

说着，她们两人互相笑了笑。陆太太又轻言悄语道："说起你们家姑娘，倒是有阵子没见着了。"

"唉，提起她这档子事，我就心烦。"赵太太横眉怨道："这两年澳门的外贸生意不好做，她在家又是一向大手大脚惯了的，过日子没算计，委实走投无路了，才将孩子丢在我这寄养。"

赵太太做妇女会长的这几年，囫囵吞枣地接触了不少新思潮。女界里时兴妇女解放，争当自尊独立的职业妇女。她年轻时吃够了包办婚姻的亏，成了男权社会的受害者，如今幡然悔悟，自以为是《傀儡之家》里的娜拉。可惜年岁太大了，朱门酒肉地吃出了身富贵病，又裹过几年小脚，是个不能出走的娜拉。这才将全部的希望寄放在女儿身上，花了大把银子供上香港的大学，只盼着不让亲生女走自己的老路，赶做个觉醒自立的新女性。

怎想女儿青春期来得早，奶子长得比脑子快，肉体的觉醒赶在了思想觉醒前头。来香港没两年，便搭上一位家境殷实的葡萄牙少爷，自此长居澳门，嫁人生子，开枝散叶。出走的娜拉兜兜转转了一圈，也还是回来了。

澳门一直是葡萄牙的殖民地。赵太太的葡萄牙女婿来自这个混杂融合的种族，皮肤黑，体毛重，像个未进化成人的猴子。他们葡萄牙人被奴役侵犯的一千年中，血统里掺入了罗马人，日耳曼人，甚至阿拉伯人的血液，如今再掺进赵太太一家中国人的血脉，生出的孩子更是名副其实的混血品种。

这时候，奶妈怀抱着小童，自门外三步并作两步地来到赵太太身旁道："才抱出去几分钟，小少爷便哭闹个没完，该是想着太太了。"

那小童不过一岁大的年纪，外套一件对襟的针织毛衫，口中"阿伊哦"的嚷个不停，沉沉的黑玉色的眼珠子，倒是比平常的中国孩子来的大而有神。

陆太太有些吃惊，她总觉得几岁大的儿童，只晓得吃喝拉撒，酣睡度日，并不算真正的人。这样一个杂种小孩，头顶一圈淡红色的毛发，就更不是人了，像兽，是一种无知的，依赖他人哺育的幼兽。

"哎，他嘴巴里叽里呱啦的说什么呢？"陆太太又笑着问道。

赵太太一把接过孩子，搂到怀里，攒眉道："还不是那些葡萄牙鬼话。来这儿也不少日子了，到现在还是一句人话不会。"说着，心疼地扯了扯孩子的衣领，又嗟叹道，"我也是前世欠下这些冤家的债，这辈子一个女儿折腾我不够，如今再来一个。到底是骨肉血亲，哪怕累得我一身酸痛，若当下真要我把孩子还回去，也是舍不得。"

说着眼圈一红，倒有些哽住了。

陆太太收了笑，没有接口。

两人同时都沉默了一阵。

赵太太顿了顿，有点懊悔，真是油纸糊了心，同她说道这些作什么。谁不知道陆太太是个膝下无儿无女的石女。这样一种身世的女人，又如何明白儿女情长的感情是怎么一回事。就算真懂得，未必体验过，听着也是闹心。

她此时的心思，陆太太隐隐也感受到了，下巴颚一低，若无其事地偏过头去。正对上赵太太孙儿的脸，唇红齿白的，粉嫩的脸蛋，无知无畏地痴笑着，是一具没有注入灵魂的瓷娃娃。待有一天魂魄好容易齐全了，这身皮囊也早变得衰败不堪。

世上从来没有两全其美的好事。

不过还好。

陆太太心底的一个声音，自言自语地道。

只要桂芝将肚子里的孩子生下来，一切都会好起来的。

恍恍惚惚地回到陆宅，一进门，就听见沈太太骂骂咧咧地在客厅里道："你说，姓王的那一家究竟给了你多少好处，这么赶着贴着替他们说情，连人都放进来了。你今日若讲不清楚，看我不一棒撵你离开门户！"

迎面只见那小翠趔趄着脚，哭哭啼啼地应道："姑奶奶饶命，要不是王家那小子三番两次地上门苦苦求情，我又念着王妈走得实在蹊跷，这才想着放他进来，与姑奶奶谈上一谈。"

沈太太斜依在沙发躺椅上，朝地上啐了一口，厉声道："他们家不明不白地跑丢了口人，反倒向我们这拿人，天底下有这般的道理吗？哪个晓得王妈上哪去了。保不准是勾搭上了旧相好，轧姘头，私奔去了，我们管得着吗！"

原来几日前烧饭的王妈不见了，既不在府中，也没有回家，就这么无缘无故地失了踪影。只因先前银凤那番骚动还未平息，眼下又冒出这些枝节来，陆府上下委实忌讳得很，盼着大事化小，小事化了。王家人几回寻上门来，两位太太均是闭门不见，派李管家出面搪塞推托。

适才那王妈的儿子王圆朴找上了小翠，央求着能见上太太一面。小翠一时心软，抵不过那小子软磨硬泡，领着他见过沈太太。怎知那圆朴安的也不是什么好心，在外滥赌欠了一身的债，明着是向沈太太要人，实则要挟陆家拿钱封口，破财消灾。不然他必定闹得满城风雨，人尽皆知。

沈太太哪肯认账，两人一时言语冲撞，推推搡搡，险些动起手来。若不是李文忠带着家丁及时拦下，将那圆朴死活硬拉出去，天知道还会闹出什么乱子来。

思来想去，沈太太更是又恨又气，挫了挫牙，对着小翠继续数落道："还有你个不识好歹，恩将仇报的东西！我们这白米白面地养着你，绫罗绸缎，好吃好喝，几时亏待过了你！胳膊肘往外拐，倒帮起外人来了！你当王妈儿子瞧上了你，你就有指望了。那狗崽子是个什么货，你今天也算见识了。天生的一个无赖泼皮，够人受的，劝你还是早早死了心罢！"

小翠一听直愣了半晌，便一把坐在地上，跺脚嚎哭了起来。

陆太太做惯了和事佬，这才上前扶起那丫头，好言相劝了几句。就见那于妈风急火急地打楼上钻下来，神色慌乱地通报道："不好了，不好了！大事不好了！"

"急什么！"沈太太仍在气头上，此时盘腿而坐，恶声恶气道，"我还没气死呢。能出什么大事！"

于妈自不理她，扭过头向陆太太结结巴巴地道："老，老爷的床空了！老，老爷不见了！"

第九章　姨太太来电

话音未落，沈太太已跳起身来，抬手抓住陆太太的衣领子，悲呛一声道："嫂子，你，你……"

陆太太亦是慌得手足无措，顺势退了两步，面色如土道："我，我什么都没干哪。"

沈太太瞪眼望了她半晌，寻不出什么端倪来，这才敛了容，转身对厅堂里的下人怒喝："都傻站着做什么，还不快给我找去！活要见人，死要见尸！我就不信，光天化日，这么个大活人还能凭空没了！"

不消一盏茶的功夫，陆府上下已是闹得人仰马翻鸡飞狗跳。众人浩浩荡荡地寻遍了里外厅堂、阁楼、书房，果然是踪迹全无。急得管家李文忠直是跳脚，陆老爷重病缠身，行走不便，难不成真是被什么贼人掳了去？

正是一筹莫展之际，粗使丫头小霜一拍脑门，忽道："哎，我真是急忘了，年初的时候，太太拨了厨房的暗间供王妈熏肉，隐蔽得很，怎么独漏掉了这间。"说着，与李管家二人擎着盏油灯，径直下了厨房。

那暗房建在厨房的一角，幽幽半掩着毛糙的木门，年深日久，结了点蛛网尘丝。里头黑着灯，天顶是一片片腌好的猪腿肉，铜钩弯弯地吊着，像肉铺的屠房，窜着油沉沉的肉腥气。

隐约听见一种咀嚼的声响，仿佛动物啃食的响动。

煤油灯悬在手上晃晃荡荡，灯火忽明忽暗，唰地一个影子从灯前一闪而过。

"谁？"李文忠倒吸了口冷气。

躲在身后的小霜心中胆寒，不觉道："老鼠，好大的一只老鼠。"

油灯远远地照过去，剃过毛的猪大腿稀稀落落地悬在暗处，白油油的如剁好的人下肢，微微摆了几摆。

小霜的一只手紧紧地兜上了李文忠的肩膀，哆哆嗦嗦道："有东西，躲在那条腿后头。"

定睛细看，一块猪腿肉背后果真戳着个人形，枯槁消瘦，着了身灰白宽大的睡袍，窸窸窣窣地撕咬着肉块。

"是谁？"李文忠又喊了一句，脊梁的寒毛竖了起来。

晕黄的灯影下，那人影抬起头来，浮出一张蜡黄皱瘪的面容，憔悴的眼睛如狼眼般，在黑暗中闪着阴绿的光。

"老，老爷？"

"我，我饿了。"陆应元咕哝了一声，又低头，龇牙啃下一块腿肉，嚼了嚼，生生吞了下去。

春和记的馆子盖在岔出的里弄最底头，对门新开张一家小旅店。几辆橡皮包车花团锦簇地挤在门外，三轮车夫的踩踏声，汽车的皮喇叭呱呱地叫声，正是喧闹的时候。烟馆的红油门面挂了排翠黄竹帘子，上糊着张枣红方纸，写着"代售戒烟胶丸"。

红纸下面蹲了几个跑堂的，裸露着胳膊，套了件螺布短衫，忙着摸骨牌作耍。其间一位抬眼，瞥见一位身穿花簇珠灰洋裙的小姐，驻足在石阶前踌躇徘徊了好一阵，便道："来的是叶小姐？"

惠珍微微吃了一惊，道："此处可是淮山南路23号？"

那小厮并不接口，挑开帘栊，自顾道："先生让我在这恭候多时了，请随我来。"

两手抄在衣兜里，惠珍犹犹豫豫地尾随小厮身后，不免格外生疑，此人几回来信骚扰她，最终竟拣了个人多口杂的烟馆碰面，又或许是为了提防她也未知。

二人过了穿堂，径直入了天井。只见院中郁苍苍的绿萝古松横斜，左右两个厢房雕梁画栋，云雾缭绕，灯火荧荧间，不时一股暗香浮动，颇有一番神仙洞府的意境。

再见那半开的房门中，几个茶房跶着拖鞋，沏茶水，倒痰盂，忙得出出入入。屋里陈设了一排无帐短榻，不少烟民横躺在上面，昏昏沉地抽着烟筒，醉在这鸦片烟熏的仙境中，腾云驾雾，羽化登仙去了。

转到一间偏房，独门独户，那小厮停住了脚，敲了敲房门道："先生，我将叶小姐与你带来了。"

门开了，一个熟悉的声音懒洋洋回应："请她进来罢。"

一颗心咯噔跳了下，没见着面，她已经认了出来。

还能有谁！

烟铺上一位穿着阴丹士林布长袍的男子，半欠着身子，籁籁地吞了口烟，方道："四喜，好久没见了。"

"梁，梁少爷？"她的喉咙僵住了，"你怎么来了？"

"唉，真是三十年河东，三十年河西呀。"梁复神色潦倒，长叹了一句，也不知是哭是笑："现如今你一身荣华富贵，倒还念得我这位故人。"

原来这年中央政府"剿共"不利，军费开支浩繁，眼见着财力吃紧，竟将敛财的脑筋动到了烟膏身上。借着禁烟的幌子，改烟土私售为公家统收统售，官方垄断，进而从中谋利，弥补军耗。

梁家占着地方官员包庇怂恿，颇有势力，本是有恃无恐。怎想因此得罪了特派来的禁烟专员，支罗上走私烟土的罪名，查封了烟土行，当家的大爷也做了第一批枪决示众的烟贩。

他梁复是命大福大，查抄梁家的前天，听到点风声，当下卷了笔款子连夜潜逃。这么沿途北上，一路颠簸辗转。流落此地时，已把周身的盘缠耗尽。也该他命中吉星高照，正是他山穷水尽走投无路的时候，就如此机缘凑巧地撞上了本地富甲一方的陆家小姐，叶惠珍。

"或者，"他挺了挺腰，下床笑道："还是称你作四喜好些。"

床头三只月白的小圆瓷缸，装鸦片烟土用，喂得肥肥饱饱的，置于雪亮的电灯光下，清澄得能见着她的倒影，那是关在另一个世界的女人，隔着层瓷罩子，有着仓惶的表情。

她定了定神，款款坐在张旧藤椅上，高朗着嗓子道："你来得也是正好，我倒要问问你，小姐当初究竟是怎么死的？"

"唉，我也是悔不当初啊。"梁复打铜盆里捞起张热巾子，绞了绞，胡乱揩擦一番，道："那天夜里，我赴约前空腹多吃了几斤酒，酒酣耳热，恰在兴头上，偏生你们家小姐又是个火暴脾气，才说了句话，不知怎的，竟动起了手来，对着我是又抓又挠。我一时怒火陡增，乱了心智，方才——"

说罢，懊悔一声道："方才铸下这弥天大错。"

"说得倒轻巧。"她哼了声道："杀人偿命，你犯的是死罪，岂是两句托词便可匆匆带过。还有小姐的尸首，你最终又是怎么处置的？"

梁复回身，斜靠着床榻，伸伸腿道："我寄与你的简报上已是讲得十分详细了，缚于船底的无名女尸。我那时将她的尸首捆绑于船上，又凿沉了船底，没于湖中，本以为是神不知鬼不觉，想不到，这么快就被发现了。"

正说着，茶房推开门，踢踢踏踏地送茶进来。摆上一把紫檀茶壶，满满斟了一杯，递到惠珍手里。梁复顺势接过茶壶，就着壶嘴呷了一口，那双狗模样的眼睛闪了闪，道："话说到这，姑娘还欠我一个谢呢，若不是这前因后果，你又怎会有此番可观的境遇呢。"

"你！"惠珍眉心一拧，待那茶房退了，才清了清喉咙，道："你究竟想怎么样？"

"哈，姑娘果然是明白人。"梁复一手拍在裤腿上，假惺惺地道："我今天之所以在姑娘跟前将此事和盘托出，就是要你知道我梁复不是个无情无义之人。不然先前见到了姑娘，我只需向陆家人当面点破此事即可，又何必煞费苦心地寄信给你呢？"

"哦，照你这么说，你这一月来三番五次地来信要挟，反是为我着想了？"

"未尝不是呢。"他斜睨了惠珍一眼，露出两排渍黄的牙齿，"我既对你坦诚相待，只希望姑娘能念在故人的情分上，帮我一个小忙。"

"什么忙？"

梁复嘿嘿笑了两声，甩甩长袍的下摆，浮油发黄，都是鸦片烟灯熏的，"我现在的处境，姑娘也见到了，实在是求告无门，为势所迫，就盼着姑娘能接济接济，度过难关。"

惠珍也笑了，应道："接济？我倒有个更妙的主意，不如我们这就去报警见官，将你投入大狱，一了百了，岂不更好？"

"唉呀，姑娘怎么又揣着明白装糊涂了。"他伸手抓起一个扁状烟斗，套在指间把玩道："你我如今是拴在一条绳上的蚂蚱，我要进了大牢，可就难保姑娘的事不会败露。"说着，又冷笑道："今时不同往日，我是家破人亡，贱命一条，早与那死人没什么分别。只可惜了姑娘，这遍体绮罗，锦绣前程，好容易争来的，偏得白白赔了去。"

她心里陡然一惊，背过身去，几根手指紧紧地扯着裙头的葱红滚边，是前几日陆太太的麻将搭子送给她的。真是块好料子，这么撕扯也还破不了。这样的世道，富人家的衣衫都生着富人的命，结实着呢。

眼睛望到窗外，偶然听见天井里的人声，穿堂中小厮叫卖着时令蔬果，烟客聊天说笑，有人点了碗馄饨呼噜着吃，都是可亲的人气。

颤着声音问道："你要多少？"

"好说，好说。"梁复兴奋地坐起身来，道："旁人不好说，可对姑娘，绝对是笔小数目，不过区区八千块钱！"

"八千块！你疯了，我上哪给你弄这些钱去！"她急得打藤椅跳起身道。

"姑娘是讲笑呢，陆家财大势大，你现成了陆太太的亲外甥女，这点钱，不过九牛一毛。"梁复头枕在榻上，抄起根曲钩，一手通着烟斗，慢悠悠地道："四喜，话已讲到这个份上了，自己好好盘算盘算。"

说着，将那曲钩放回烟盘上。黑漆螺钿的烟盘里，摊子似的摆着玛瑙玉烟嘴，镂空金花的烟枪，白铜钻花烟台，薄黄铜的双狮烟盒，滚烟泡的小铜扇，还有根尖细的黑铁通条，清烟枪用的，通通揩得锃光瓦亮，目眩得如排杀人凶器。这一锥子插进喉咙，没叫出声，人定是先死了。

她自己吓了一跳，怔了怔，如自言自语地道："这钱你什么时候要？"

"你看着办罢。"梁复眯眼划了根火柴，重又燃起烟灯，道："最迟也就半个多月。"

未讲完，那房门吱地一转，人已跨过门槛，走了出去。

"姑娘走好，不远送了。"他得意地笑起来。

肩旁的烟灯罩着块高细的清水厚玻璃，顶头横着根烟签子，忽地烧着了，像点了个小炮仗，乱糟糟地炸起点点火星，烟红四射。那团流星的花影里，升出个渐行渐远的身形，噗地一响，又黯了。

整只的乌骨鸡砰砰斩开几段，扔进了紫砂锅里。于妈操着把刀剁了姜蒜，粗声使唤着小翠将那点干菇递进来。自从烧饭的王妈消失了以后，她身兼数职，一面要替陆家预备饭菜，一面又得抽身伺候陆太太，忙得头昏脑涨一脸油汗，脾气愈加坏了许多。

"小翠！"恶声恶气地又嚷了一句，也不晓得这丫头死到哪里去了。今天老爷不知怎的，大病自愈。陆太太心下欢喜，忙吩咐她熬一碗乌鸡汤来，一则是补补身子，二来是本地的老规矩了，喝碗鸡汤，压压惊，祛阴气。

秀儿捧了小碗党参、麦冬，打厅堂进来道："小翠又闹脾气了，沈太太不准她和那姓王的婚事，该是藏到什么地方淌泪抹眼去了。"

于妈见着她，有点急道："你怎么下来了，还不上楼陪老爷去。"

"不急，不急。"秀儿凑到灶前，闲闲地道："老爷这会儿，正躲在床上吃点心呢。这场病汤汤水水地灌了大半年，忽然间这么好了，如今复了元气，简直是饿死鬼投生。过节收的那点茶礼、枣糕、酥饼什么的，都给他吃了个干净，你是没见着他那副狼吞虎咽的吃相。"说着，挑根筷子将碗里的食材一股脑拨进锅中，扫了眼，声调一低，道："委实怪得很。"

紫砂锅中的汤烧开了，沸腾的滚水里，时厚时薄的一大片黄沫子，浮浮沉沉，丝丝白气升腾出来，叫人想起山间白茫茫的云海，云蒸雾涌，若隐若现地露出乌油油的鸡排肉，浮沫翻涌间，不断地回升下坠。又仿佛《搜神记》里的那口金鼎，莫邪之子与杀父仇人燕王的两颗人头，煮在沸水中，相互撕咬乱滚，直至皮消肉烂。

秀儿突地倒吸了口凉气。

那团浑黄的油沫里睁出一只浑浊的眼睛，怔怔地盯着她。

是那只剁下的鸡头，死不瞑目地看上人间最后一眼，又沉回汤底。

她似乎记起了什么，忐忑不安地问道："于妈，这宅里，共有几架电话机？"

"几架？"于妈掏手在围襟布上擦了番，道："你怎么糊涂了，三架，一架沈太太用，一架在厅堂里，还有一架，"顿了顿，道："在那姨太太的空房里。"

"哦。"秀儿想起几日前那个神神秘秘的电话，孱弱诡怖的声音，听起来该是姨太太打来的，没有错。

可这大半年来，姨太太是怎么藏身府中的，又碰上了什么险境？前后思量，也只有去那个地方一探究竟了。

那间姨太太的空屋子。

手摸摸索索地捻开门旁的灯，秀儿腰间的那串铜黄钥匙叮当作响，是编了个谎从于妈那要来的。大白灯泡罩着块红茶色的流苏印花布罩子，上面绣了细碎圆圆的粉桃色花瓣，一圈暗的光自花蕊的阴影里绽放出来，浮光掠影地映闪在墙上。整间屋子像裹了张嫣红的灯笼纸。

姨太太的画框冷清清地悬在墙上，半带笑的神情，涸在这蒙蒙的气蕴里，煞白的脸颊似突然抹了层水粉胭脂，阴潮的血光，气色好得如棺材里还魂的女尸。

秀儿一阵莫名的心慌，不自觉地抓紧了腰间的钥匙，阴凉凉的。

高脚案桌上静静卧着一部乌黑的电话机，像幼兽的影，蜷伏在这红雾里，冷不防铃铃尖叫起来。

慌张张地伸手举起话筒，心如悬旌，扑扑跳个不停，似乎这样就捂住了那只幼兽的口。

"谁？"颤颤地问了句，话筒贴在脸上，也是冰凉凉的，有股子灰尘的呛味。

电话那头是一阵凄厉的杂音，乱哄哄地闹着，又是那个微弱模糊的声音。

"喂，喂，有人吗，有人吗？救，救命。"

她身子猛地一收缩，屏住了呼吸，怎么会这么巧。

"姨太太？是姨太太？"

"帮帮我，快叫老爷，让他来救我。"

屋子里一片空洞死寂，隐隐传来姨太太痛苦的呜咽声，听起来像某种嘈杂刺耳的电流。

秀儿抖了抖嘴唇，问道："你在哪？救？怎么救你？"

电流的噪音愈发大了，如耳鸣般焦躁地嘶叫，将姨太太的哀哭吞没而去，瞬间又吐了出来。

"箱子，箱子。"声音渐渐微弱下去。

"什么？什么箱子？"

"箱子，帮我拿到箱子。"电话那头的声音，挣了挣，杂声有些小了，"在我的房里，挂衣柜里头，有个暗门。"

她立即回过身，半截身子一凉，胸口紧得快崩裂开来。

房间的一角，森森立着口黑漆漆的海派挂衣柜，中间一块水磨厚玻璃，如涂了层黄膏油，灯影里昏昏的亮着。

"挂衣柜的暗门，找到箱子。"

听筒骤然挂了。

周围似乎泛起了股诡谲的寒意，那点寒栗长了脚，自身下一点点地蹿上来。

她壮着胆子几步上前，猛地拉开硬冷的衣柜门。

狭窄的橱间里空荡荡的，几根衣架子孤零零地挂在顶上，透着阵腐朽的霉味。红褐木纹的橱壁上列了几道细长的刮痕，像有人用指甲死命抠出来的。

"暗门？"秀儿下意识地推了推橱壁，嘎吱嘎吱地响了两声，却是纹丝不动。

是个拉门？伸手将那毛糙糙的橱板左右移了移，竟微微地朝左移开了几寸。橱壁的正中裂开一道幽深的缝隙，原来这半边的橱壁竟是一道密室的暗门。她作势使力一推，半扇橱板哗啦啦地滚进了墙缝里。

眼前现出一条黑糊糊的甬道，如张狰狞的巨口，阴凄凄地开着，隐隐见着暗道顺着墙体的地势左折右拐，不知通向何处。

那点昏红的余光照进来，她不禁倒吸了口凉气。

就在这暗道里几步远的地方，赫然竖着一座镶铁的墨绿色大皮箱。

冰冷的空气自甬道口一阵阵地涌进来，伸长了舌尖，凉丝丝地舔着她的发梢。

就感到一阵激灵爬上背脊，恍惚在冬夜的梦中一般，竟是身不由己地上前，将半人高的皮箱连推带拉，一步一磕地弄出了衣橱。

迷离的灯光下，她的灰影子细细长长地搭拉着，静得能听见大皮箱子吱吱地磨着地板，两道黑皮带勒得紧绷绷的，不明白里头塞了些什么，貌似有百来斤的沉，竟藏在这样隐秘的地方。

窗棂吊着排西洋窗帘布，紫红地绣金丝牡丹花，簇拥着黄绿色的小叶子，蓬蓬地飘了起来，高高地撑着，此起彼伏，仿佛躲了个孩子在后头，轻手轻脚地来回乱窜。

稍不留神，砰地一声，镶铁的大皮箱倒扣在地上，激起一团刺鼻烟尘。

带子绷断了，又听得啪哒一响，皮箱的盖子一弹，已是开了。

让人作呕的腐臭味瞬间自笨重的箱子里溢出来。

她的手如触电般地牢牢捂住自己的嘴巴，被眼下的一幕惊悸得动弹不得，心胆俱裂。

一具瘦小腐化的尸骸，蜷缩成一团，默默地团在墨绿色的牛皮箱子里。脱水的身形以一种恐怖佝偻的姿态扭曲着，皱裂的皮肤包着骨架子，眼眶黑洞洞的，里头的眼珠子早化作了团黏稠的黑水，余下一副阴惨狰狞的面目，干瘪的嘴空茫茫地张着。

尸身套的一件暗红乔其纱旗袍，生了片乌黑的霉斑。碎碎烂烂的几片，也还能辨识得出来，是画像里姨太太的衣服。

箱子里藏着姨太太的尸首。

她只觉得脑袋轰轰得一响，浑身如电击般不住地颤栗起来，借的最后那点气力，移步奔向门口。

才到门边，又是砰的一声，房门开了，眼前豁然开朗，于妈面无表情地伫立在廊道里。秀儿慌忙冲上前去，紧紧抓住她的双臂，惊慌地喊道："姨太太，是姨太太。"

未待说完，已是一团热气涌进心口，双目一黑，昏死了过去。

等醒来的时候，天已是黑了，墙上的自鸣钟嘀嗒嘀嗒地走着，如张灰蒙蒙的剪影。床头的白粉墙上糊了张老旧的美女年画，古色的红砖格子栏杆，高高地砌着，条纹樱桃红旗袍的摩登女子怀抱着宝蓝袄的孩童，小脚上拴了戴珠的毛绒球，咧嘴笑着，这大约是她的儿子，与母亲一模一样的脸孔，露着成年人的神色，有一种怪异的意味，仿佛那女子搂着个大头侏儒。

于妈坐在床沿边，端详了好一阵，道："好些了吗？"

"电话。"秀儿的手自棉被里掏出来，房间里冻得像冰窖一般，她白着脸喃喃道："姨太太打了电话来，嘱咐我将那口皮箱子找出来，那口装了她尸首的皮箱子。"

"你疯了！犯什么糊涂？"于妈瞪大了眼睛道。

"是真的，得告诉大太太，姨太太死了，给人害死了！"

"你方才说什么来着？"于妈一把跳起身来，满面惊惶地望着她，道："再说一次。"

她也是吓坏了，将那团紫桃花布被褥子紧紧地兜在胸前，颤声道："得告诉大太太，姨太太让人害死了。"

于妈并不接话，索索乱抖地立在床边，一言不发，竟是魔住了，仿佛见了鬼，有些认不出她来。

秀儿伸手摇了摇她，急道："怎么了，于妈，于妈，我是秀儿！"

"秀儿，秀儿，姨太太，姨太太。"于妈的背低低地偻着，一身鬼阴阴的绿纺绸袍子，自言自语了好一会儿，方如梦初醒般，毫无血色道："老爷大病初愈，太太好容易宽了些心，这事暂且搁着，先不声张。"说着将秀儿扶回床上："你暂时歇下，待老爷的那点事忙完了，我自有打算。"

顿了顿，又沉着脸对她道："那皮箱子，已搬回了原处。记住，这件事，我没开口前，谁也不能知道。"说罢，便推开房门，蹬蹬蹬地上楼伺候老爷去了。

再说这陆老爷的病症也确实古怪，当初手脚麻痹，口歪眼斜地躺在床上近一年，陆太太千方百计地寻医问药，中西汤药试了个遍，忙得人仰马翻，愣是没有一丝好转的迹象。仅因月前房里失手打碎了那罐高价求得的药酒，这么断医断药了些时日，病症反是日渐平复，真可谓踏破铁鞋无觅处，得来全不费工夫。

也是念及于此，陆太太叮嘱那帮姨娘大姐，更需将老爷服侍得小心翼翼，万般周全。惟恐他再出了什么长短。清醒过来的陆应元便又饱食安睡，好生静养了数日，气色日益红润，腿脚更是麻利了许多。

恰巧没过几日正赶上他六十岁的寿辰，陆沈两位太太合计一番，预备在城里的万龙饭店大摆寿宴，请了一班往来的官商绅董，热闹热闹。

设筵那天，饭店的大包房里灯烛辉煌，两侧赤金的墙上挂了几块藏蓝凤凰元寿字的寿帐，五彩织花红心的寿帘，上书"寿比南山"、"贵寿无极"的古语。中墙的条案两端各自放了些寿面、寿桃、黄钱、元宝。三桌筵席品字式的摆放包房正中，一干宾客衣着富丽，待那酒菜上桌，纷纷入席。

那陆应元身穿银朱绉纱棉马褂，外套一件玄狐皮袄，陆沈两位太太左右陪扶着，酒桌上首尚未坐定，一旁的万龙饭店老板万经理，已自跑堂手里接过酒壶，替在座的宾客满满地倒了酒水，举杯迎道："今日事逢陆老板大寿，鄙人不才，代表本地商团公会同仁，恭祝陆老板河山齐寿，日月双辉！"

说罢，将那酒水一饮而尽。另一位孙先生身着宽袍大袖，是当地银行的董事，也斟了小半杯，眉飞色舞道："陆老板是我们商团公会会董，抱恙数月，公会可是群龙无首。如今休养归来，重持大局，真是本地商界之福。"

同席的绅董、太太们纷纷点头称是。不料沈太太哼了一声，浅浅地呷了口酒，朗声道："孙老板说得好，这公会会董可不是个闲差，调配粮资，支应地方，哪怕过年开个粥厂布施，都离不了同业的支持，特别是孙先生银行业的帮忙。"

只因先前陆家的公账上失了一大笔现钱，公司周转不灵，而孙先生的太太素是陆沈两位太太的麻将搭子，陆太太情急之下，本指望能从孙家的银行里贷一笔款子救急。那孙先生原是前朝的官宦出身，大革命以后，变卖了祖产，借着南北两京官场的那点人脉，搞了些投机生意，才发的家。几年下来，手势虽大，骨子里却仍是个趋炎附势之徒。他那时以为陆应元大限将至，陆家声势渐微，对陆太太的出口相求很是不以为意，百般推诿。如今情势一变，他即刻变换了副嘴脸。这点世态炎凉，沈太太现在想起，难免有些恨恨不已。

孙老板先是一愣，记起了这一层嫌隙，随即假笑道："好说，好说，陆老板这里，若有什么需要我孙某人效劳的地方，必定鞍前马后，在所不辞。"

二人这边话锋相对，陆应元在那里竟是不闻不问，兀自埋头呼呼地喝酒吃菜，这边一块红烧狮子头滑下肚肠，那边嘴里又塞了口清炖黄鱼，顷刻间肉汁鱼汤顺着衣襟横流一身，吃相如乳臭小儿一般，委实令人尴尬。

孙太太趁势起身，为众人斟了圈酒，替丈夫圆场道："在座的都不是外人，一些生意上的事，按理我也不该瞒着诸位。若在早先，我们这小银行每月进账确是不少。要怪就怪我那年财迷心窍，禁不住几个同行撺掇，筹借了笔款子，在东北增设了家分行。前几年东北沦陷，一夜之间，日本人不但查封了银行，连那点压箱底的金条现款也被收入满洲中央银行，白白占了去。"

讲到这，竟有些不能自持，含着两眶眼泪，打怀里掏出一条粉巾，拂拭一番后道："别瞧我们外面风光，其实为了弥补亏空，如今也是捉襟见肘，勉强度日。"

孙先生也是个要面子的人，见太太自揭家丑，在一班宾客前失了身份，又气又恼，只得举箸夹了口菜，重重地压在太太的碗里，低声埋怨道："你看你，无端端地提这些扫兴的事做什么！"

对面坐着妇女会的赵太太，与孙太太素来交好，见状忙是一转话锋，解围道："谈起日本人，各位还记得上周的报纸？"

"赵会长说的可是日本军人政变那件事？"万经理吃了杯酒，笑道："坊间都传日本人借了满洲国之名，谋划着从东北一路侵占下来，我看出不了东北，他们自己人倒要先打上一仗。"

数周前，日本军界的皇道派与统治派反目。长期屈于下风的皇道派军官，于大雪之日，以尊皇讨奸之名发起政变。一帮气血方干的青年军官闯入政界高官的府中，提着军刀先将那大臣活活乱剑砍死，再一叩首，毕恭毕敬地对着尸首的家眷致歉。

"万经理这就不懂了，"同席的赵先生身为本地教育局的局长，又兼了几所私校的校董，自认对政局时事见解独到，忙道："日本国的这帮乱党贼子，明为造反政变，实乃军界的派系之争，可决无一点犯上作乱的心思。"

"哦？"陆太太听了也是惊愕，道："这年头还有人革命，不是为了当皇帝的？"这么多年，这样的事，她也是头次耳闻。日本人到底是岛国小民，竟还信奉着君臣愚忠的这一套。

不过早几十年的时候，中国人也信的，八国联军进京，洋枪洋炮打进来，义和团的拳民自愿做了慈禧太后的先锋，赤手空拳，以百人的肉墙御敌。再早一些，《水浒》里落草的宋江，为招安忠君，赔掉梁山近百人的性命，替宋徽宗征辽，平方腊。其实全是些帝王之术，效忠完了，该赐毒酒的仍是赐毒酒，要绞杀的拳民还得绞杀。

"那这场仗，眼见着是打不成了？"沈太太一心念着手头的那批裁兵公债，道："战事一缓，那债市可就复兴有望了。"

"难讲，难讲，"赵先生舀了口甜汤，道："日本人又没有换皇帝，该打的仗还是会打，况且外国人不打进来，国内的时局，什么时候又消停过了？"

"可不是，前些时日，共军东渡黄河，挺进山西抗日，先与阎军大战，后有中央军围追堵截。"席上另一人接道："待日本人再掺和进来。那更是道名副其实的东北菜，乱炖了。"

众人随着苦笑了数声，不知谁又叹道："若战事打到这里来，拖家带口，辗转外地避祸，还得另租房屋，一路颠簸，也是够受。"

"家业大点的，还得先分了家产才好走。"

"怕就怕哪里都不太平，到时候中华之大，却连个容身之所都没了。"

宴桌顿时寂然了下来。饭店的楼上是个摩登大舞场，隐隐听见天花板舞步踩踏的震动，砰砰啪啪，一片空闷轻碎的声音，仿佛裹上棉麻布的弹声炮响，隔了很远，叫人想起战时的空袭，远处的城市沐浴在隆隆炮火中，不知什么时候炸弹就落到自己脑袋上。偶尔传来悠扬轻快的萨克斯小调，还是部配了爵士乐的战争电影，荒诞又恐怖。

这一大帮人，多多少少经历过前朝。现今向屋里四下望去，白瓷咖啡壶，西服马褂，大支光电灯套上洋红的苏绣棉罩，已然是另一朝世界，可还是个乱世。那莫名不可知，天翻地覆的将来，守株待兔的，正居心叵测地等在这灯红酒绿的光景外面。前途茫茫，难免都有一种身世之感。

主桌那一席吃得寂寂无声，惠珍这一席围坐的皆是本地的青年才俊，文武双全，亦是群热心时局之辈。众人针砭时弊，高谈阔论，借着政治下酒，倒比那行酒令还助兴，觥筹交错，你来我往，几瓶黄汤下肚，直喝得昏天黑地，好不热闹。

　　她一介女流之辈，这等场合一时也插不进话，只得忝陪末坐，兀自吃了点菜。身旁另有一人也是默默地对灯独饮，呷了几口闷酒。不是别人，正是沈太太的儿子沈志贤。

　　惠珍倒是有些时日没见过他了。上一次见面，还是闹出傻子杀人那事的时候。她从二楼的桃木栏杆间望下去，他蔫着脑袋斜躺在厅堂的沙发椅上，人已是痴了。这回相见，惠珍稍稍吃了一惊，他怎么憔悴了许多。

　　尽管海棠在几天前的电话里也同她讲过，前阵子沈志贤想替那狱里的傻子脱罪，忙得两头奔走，正好无暇顾及学校里那帮爱国抗日同学会。而月前城里的国民党部设了个调查处，专职围捕了批共党嫌疑分子。

　　"他那批学生会里不少师生都被抓去审问了，怀疑有共党安插的奸细。"海棠在听筒里轻声道，"幸好他那时忙，逃过了这一劫。"又自顾笑起来，道："真抓了也不怕，有他老子在南京坐镇，这城里哪个敢动他，走走过场罢了。"

　　"只会一逞口舌之快。"沈志贤不屑地扫了那帮人一眼，将手中的空酒杯撂在桌上，红了眼，粗起嗓子对惠珍道："国家危难，空谈时事，有什么助益？"

　　他大概是醉了。惠珍想着，方道："听说你几个同学给带走了，可有什么消息？"

　　"没用，没用。"他呆呆地盯着桌面，自怨自艾道："以为能找我父亲设法，打电话到了南京，老家伙二话没说就挂了。到了半夜，又打回来，将我臭骂了一顿，还劝我少管闲事。"说罢，紧紧握了拳头，又气又急道："没用，真是没用！"

　　"这种学生闹事，一般关上几周就好了。"惠珍伸手拉了拉他的衣袖，劝慰道："你既已尽力了，也不用自责。"死罪免了，活罪怕是难逃，关在牢里，免不了要挨上一顿毒打，刺指甲，压杠子，鼻青脸肿地放出来，落下几道革命的伤疤，也算为国尽忠，留个纪念。

第十章　月宫里的桂花树

　　宴席顶上挂着银熠熠的法式水晶灯，环着圈高高低低的水钻吊坠。沈志贤侧身坐在她的身旁，银色的灯光下，一身挺括的棉黑西服，里头一件黄白格子的羊毛绒衫，五官俊俏得仿若美术课本里的希腊雕像，是站在山泉边恋上自己倒影的纳西瑟斯。

　　她瞧着入了迷，闻到他身上的味道。是一种藏香混着茴香的气味，又甜又痒，也是希腊神话的味道。

　　"何况，那傻子转进疯人院，保住一条性命，不也是你帮的忙吗？"她又想起了这件事，之前沈志贤总说那傻子是冤枉的，害死银凤的另有其人。沈太太不理他，海棠也不信，连惠珍自己也觉得是疯话。不是那疯子，还能有谁，难不成后园里还真躲了只妖怪？

　　"那事较容易，他本身是个疯子，就罪不至死，我不过花了点小钱，疏通一番。"他讲到这，心绪好了些，面色一缓，颇有点得意道："这年头，什么都有个价码，价出得高了，有了钱，哪件事摆平不了。"

　　她却忽然沉默了，眼角微垂，心事重重地偏过头去。

　　"你怎么了？"

　　问了小半天，也是不答。好一会儿，惠珍方才抬起眼，仿佛下了什么重大的决定，鼓足勇气，望着他，神情肃穆地道："我若求你件事，你肯不肯帮我。"

　　志贤知道她一向是个认真的人，可这般严肃的神色却是头回见到，未免心慌，支支吾吾道："什么事？"

　　惠珍又思索片刻，朝四下探了探，这才放心，凑近他的耳边，低声道："你借我些钱，急用。"

"钱？你要多少？"

她咬了咬上嘴唇，睁眼道："八千块。"

沈志贤吃了一惊，身子往后一靠，眼睛睁得比她还大，道："八千？你要这么一大笔钱做什么？"

"城里有个跑单帮的小同乡，手头一时周转不来。"惠珍的两手叉在腰前，绞来绞去，攒眉道，"本钱是借了高利贷来的，几番利滚利下来，实在吃不消了，这才找我想想法子，我也是瞧她可怜。"

跑堂地端了盘热气腾腾的炸肉丸子上来，滋滋地滴着黄油。她警惕地闭了口，先不说了。周围碰杯劝酒的喧哗声，呜咽咽的，像古画里头影沉沉的庞大的布景，烟雨蒙蒙地舒展开，一点点白，一点点灰，全是淡去的颜色。

他默不做声地夹了块丸子，衔进嘴里反复嚼了嚼，这才咂嘴咂舌地道："惠珍，你的阅历还浅，有些社会上的人事并不十分清楚，现在的世道，人心是这样的坏，别提是同乡，就是些骨肉至亲间的勾当，我讲出来，你也是闻所未闻。"

说着，饮了口酒，正襟危坐，老气横秋道："好比你这位同乡，他说的可是实情？你就全信了？天津、上海跑单帮的人，我也认识不少，哪个要八千块，这么大的本钱。你可要仔细，别被人卖了，还帮着数钱。"

惠珍霎时急了，高声辩解道："我同她熟络得很，知根知底的，她不能骗我。"

声音大得连席上的人都听见了，纷纷停了下来，静静地拿眼瞅着他们。沈志贤很有些尴尬，顿了顿，待四处的人声再度响起，方低声道："你先别急，好好好，就算是真的，八千块可不是笔小数目，我也不过一个学生，日常开销还靠着父亲从南京汇钱过来，叫我一下子凑出这一大笔来……"眼睛闪了闪，又微笑着道："这种别人的事，我还真帮不上忙，若是你的麻烦，哪怕天大，我也在所不辞。"

"如果我说，借钱的就是我呢。"她的脸白了起来，恳求地回望着他，一只手哆哆嗦嗦地摸了过去，仓皇地抓住了他的手，他的手细长单薄，是读书人的手，有些凉，可还是带着些暖意。死死地握在手里不松开，似乎这么捂着就能捂出点热来。

沈志贤也有些受宠若惊，这样主动的姿态，竟是他们头一回。他边轻轻地摸了两下，边大笑起来道："你？惠珍，你一定是找我寻开心呢，你要这么多钱做什么？虽说物价猛涨，胭脂水粉也没到这个价。你就会开玩笑。"

那几根冰冷的瘦长的手指头，自她手里抽了出来，空荡荡的。沈志贤举壶为他自己满满地斟了酒，又道："何况，不还有你姨妈呢，她那样疼你，又是长辈，金钱上的事，怎么着也得先问问她，由她作主定夺为好。"

再往后，沈志贤的声音渐渐小了起来，咕咕哝哝地讲起了些别的事。他说那傻子的事可没完，里面大有文章，傻子的母亲早年在陆家干活，不知怎地关进了疯人院。奇的是就在一年半前，一名女子将那老太太从疯人院里接了出来，转进家西洋教会医院疗养。那女人不是别人，正是失踪已久的姨太太。

他的嘴巴仍在张合个不停，生怕一停下来，就冷了场。谈钱是最伤感情的事，要进出成串成串的句子，亲热的，玩闹的话，将那八千块钱不经意地敷衍过去。

话语声越来越细，模糊了起来，听在她耳里，竟淡成了嗡嗡的虫蝇之响。低下来，沉下来，翳入那片悠长庞大的布景里，是只苍蝇落到了淡墨的古画上，一个手指头捏烂，成了泼墨山水间一撇淋漓的黑渍。

世界忽然清静了。

他竟然不知道，仍自顾唠唠叨叨地侃侃而谈，现出一张油头浪子的市侩面孔来。两道油汪汪的红嘴，像厨子切下的两片粉肠，在灯下亮得十分触目，由于蘸了炸肉丸子的油腥。

她惊诧地望着，脸上的表情没了。她的纳西瑟斯不过是课本里的一页皱纸，还是册油污破败的国语课本，黄页折边，冒着烟火气。卷起来，是姨太太麻将桌下的垫脚石，点燃了，是老妈子灶膛里的引火纸。

可他就是这么个为人。她也不是头回明白，豪门大院出来的少爷公子，若不想寄心学业，总是要搞点花头打发时间。抽大烟，妍舞女，买股票。他的嗜好更摩登些，组织学会，街头抗日，抵抗那些印在报纸上的白纸黑字的日本人，尽管他连真人的影都没见过。如今还多了个躲在后园的妖怪，仍是个看不见摸不着的靶子。真到了要帮忙的时候，结果却如此凉薄。

心下又是一片惨淡。

"还记得你们后园林子里的那几块石盘雕画？我带了几个回去，查了很久，竟不像是什么中华文化，真是怪得很。我准备约位校内精通异域文化的老师，择日细细研议。"

沈志贤话说一半，才发觉惠珍已经起身离了座，默默无声地出了包房。

楼下的大厅铺着大理石，大堂的墙面嵌着玻璃彩窗，天顶的琉璃灯打下来，金碧辉煌。她推开厚重的红绒门帘，先一步出来，从坐堂的侍应手里要过电话听筒。

幸好她早留了几条后备之计。

明知道男人靠不住，就更不能一棵树上吊死。得广撒网，多捕鱼，一条不行，还有第二条，第三条，大海茫茫，总有愿者上钩。

轻轻地拨了几个号码，又小心地环顾四下，楼上楼下人来人往的地方，也是提防见着熟人。但到底比陆家安全，那里人多嘴杂。

电话通了，另一头是个低沉的嗓子，才说了声喂。

"唐先生？"她的脸上旋即堆起了浓浓的笑，尽管听筒那边的人根本看不见，"今天怎么没来吃饭？"

唐医生略微咳嗽了声道："受了点风寒，实在来不了，怎么，想我了？"

"你，你这人。"她娇滴滴地笑了起来，身子顺势扭了扭，斜靠在柜台上，语气挑拨地道："有时候，就没个正经。"

柜台后面的侍应是个白面小生，狐疑地瞟来一眼，想来是把她当作了顶楼舞场的舞女，在拉老主顾的生意。

她咽了口口水，道："想求你件事，帮个忙。"

"什么事？"

大厅的落地窗玻璃乌闪闪的，窗外隔街是一长排凹凸起伏的店铺，东华书局，钟表店，水烟行，女鞋店，五金杂货店，全覆了层黑糊糊的铁栅栏，沉沉地睡在夜里。

"城里有个跑单帮的，"她顿了顿，将方才的那篇说词又滴水不漏地讲了一遍。谎话说到第二遍，渐渐成真了起来。为什么要帮她？因为是个远房表亲。怎么要那么一大笔钱？表亲的家人生了重病，本想着借了高利贷，跑单帮还债。连她自己都有点糊涂了，信以为真。

一鼓气说完，低头吐了口气。电话那头反而不做声了，长长的沉默。

一秒钟，两秒钟。

她也在等待。

对街黑洞洞的巷口，溜出一名叫火烛的人来，手里拎着盏油纸糊的白灯笼，灯笼纸上写了青黑的"火"字，高声嚷道："天干日燥，火烛小心。"另一手敲打着竹筒，嘡，嘡，木然的调子，凄凄长长的。

一下，两下。

"这笔钱，你什么时候要？"

唐医生答应了。

那天后半夜的时候，天气骤然凉了下来，屋顶的一排瓦楞上落了层蒙蒙的白霜，似粉若尘，仿佛哪户人家晒的床被破了，鹅白的棉絮跑了出来，轻薄的，洋洋洒洒，在冷冽的夜空里，飞扬地四处皆是。

屋顶的阁楼没亮灯，小翠臂弯下夹了床大红大绿的被褥子，举着座宝蓝玻璃的煤油灯，轻轻敲开了漆黑的房门。

高长的茶色灯罩里，跳着朵猩红的火苗子，凑到铁床前。床上的桂芝给照醒了，露出一张梦眼惺忪的脸。

"天冷了。"小翠是让于妈半夜弄醒的，也是睡意正浓，没好气地道："太太怕你受凉，让我拿床褥子来。"

估摸下日子，离临盆也不远了。这段时间，桂芝倒是老实了，不像以前那么闹腾。成天卧在床上吃睡，人颠颠地胖了一圈，松弛的身上挂着又涨又饱的乳。

"你瞧，还是唐先生开的药好使。"小翠摊开被面，对着床上昏昏欲睡的桂芝道："吃了那药，疯病好了，你不折腾我们，自己也少受点罪。"

正将褥子的边角裹进床垫下边，一只手横空搭在了她的腕子上，小翠心底一惊，抬头，就撞上了桂芝的眼睛。

"唐医生？"桂芝怔怔地望过来，人仿佛一个激灵醒了，道："哪个唐医生？"

"你怎么忘了？那位总给我们这瞧病的唐医生啊。"小翠道，"当初，姨太太得病，不也是请的他吗？"

"唐医生，唐医生。"桂芝将那名字反复念了几遍，还是记不起这么个人。

又使劲地想了想，脑袋里破碎交织的记忆，如片苍白铅色的海，粼粼的波光里浮起一扇烟黄色的门——她那时正站在门外头，门的另一侧，传来几个人的争吵声。

"孩子，你们把那孩子拿走了！"

"丹艳，你别这样闹，唐医生不是给你瞧过了，那就不是害喜，你肚子里本来就没有孩子。"

"胡说，那唐医生就是你们一伙的！我那时瞎了眼，请他过来，他给我扎了几针，我的孩子！就这样，就这样生生没有了！"

门里头，转着架留声机，在激烈的空气里，倦着嗓子，温吞吞地唱着：

"花落水流春去无踪，

只剩下遍地醉人东风，

桃花时节露滴梧桐，

那正是深闺话长情浓。"

第三个声音插了进来，是沈太太，"丹艳，你不信我们也就罢了，唐医生可是这有名望的一个人，有头有脸的，难不成也会作势骗你？"

"哼。"姨太太冷笑了声，"有头有脸？亏你说得出口，他那些见不得人的勾当，我可是清楚得很！"

"你是真糊涂了，丹艳。"头一个声音是大太太的，不缓不慢道："你的心思，我也懂的。既然进了我们陆家，想着替老爷生一房儿女，尽女人的本分，亦是人之常情。但你要明白，有的事，是强求不得的。"

"呸！"姨太太啐了口，锐声道，"老不要脸的，你的肚皮不顶用，就巴不得全天下的女人都不行。这一切，从头到尾，就是你在捣鬼！"

说着，叮呤当啷的一阵乱响，像是什么物件摔碎了。

"反了，反了！"沈太太又气又恼地道："这里是什么地界！你当是在戏园子、窑子？容你这样撒泼！还没王法了！"

"王法？"丹艳长长地惨笑了一声，调子高得令人毛骨悚然，哑着嗓道："好，我倒要看看王法怎么治你们，我们这就去见官，验身子。让那些官老爷仔细瞧瞧，我肚里的孩子是怎么被你们生生挖去的！我那惨死的孩子！"

说罢，里面拍手拍脚高声哭了起来，又是哗啦啦地脆响。

沈太太急冲冲地骂道："贱人！摔得好！你继续闹！动静可别小了，闹大声些，我还不信治不了你么！"

房门开了，一个妇人浑声作抖，走了出来，瞥了她一眼，顺手砰地拉上门，匆匆下了楼。

屋里的动静奇异地小了许多，余下的另一个人口不做声，就听到姨太太呜咽咽地哭着。还有那架留声机，伴着凄愁的哭声，愈发地欢快了起来，旁若无人地自顾唱着：

> "青春一去永不重逢，
> 海角天涯无影无踪，
> 燕飞蝶舞各分西东，
> 满眼是春色酥人心胸。"

啪的一声，留声机给人关了。活泼的歌声迅速蔫了下来。

四周一片安静。

眼睛忽地一睁，桂芝有些明白了过来。

一道寒丝丝的夜风刮进来，阁楼的窗户没关上，摇得砰砰响。

小翠移步窗前，伸手去摸窗沿，手搁在窗户上，外面湿冷的空气溜溜地钻进袖子里。

打阁楼的窗子望下去，黑茫茫的苍穹间弥散着粉莹色的霜露，若烟般白溶溶的。正对着宅子大门，是株苍天的梧桐，落尽了叶子，光秃秃的枝枝权权，满缀着琥珀色的霜，在夜色中横枝竖桠地舒展开，淡淡的光晕，宛如嫦娥月宫里的桂花树，玉凿冰雕。

她呆了呆，窗子砰地一响，拉上了。背后的桂芝忽然害怕了，大声喊叫道："别开门！他们在外面捶门！别开！"

"嘘，小点声，可别把老爷、太太吵醒了！"小翠慌忙上前捂住她的嘴，吓唬道："没人打门，是我关窗子呢。你别闹，再闹大了，小心管家又得来绑你了。"

一提到李管家，桂芝怔了下，身子猛地一缩，圆滚滚的眼珠子来回转了圈，道："他们在外边捶门，让我把门打开，我没开。"

"他们？他们是谁？"小翠问道。

"是大太太，还有沈太太。我躲在屋里告诉他们，我什么都没看见，什么也不知道。"

她的眼神自小翠的身上移开了，失神地瞪着床边的油灯，继续道："他们就开始砸门，砰砰地砸门。实在怕得要命，没办法了，屋里有个大衣柜子，姨太太告诉过我，里面藏着个暗门，便躲了进去。"

"暗门？"

"那里头黑极了，像个山洞，湿答答的，听见滴水声。然后我弯着身子，拼命爬呀，爬呀。"

煤油灯里的火苗子一下小了很多，像颗红豆子。她的目光呆滞起来，讷讷道："也不晓得爬了多久，前边的路没了，只有一个斜斜的洞口。脚一滑，从洞里滚了进去。"

"然后呢？"小翠直直地望着她，有点恐惧，这宅里什么时候跑出条暗道来？是疯子在胡言乱语，还是确有其事？

"洞底下是个好大好大的房间。"桂芝的呼吸急促了起来，眼神飘了很远，自语道："像个庙堂，点了根香烛，四周都是佛像，像蜘蛛妖怪一样的泥像，烧得破破烂烂的。"

"突然，"她的脸色在暗中狰狞了起来，蓦地瞪大了眼睛，惊恐地张嘴道："那蜘蛛妖怪泥像动了，活了过来。"

屋子里的空气瞬间凝滞了，仿佛陷入了阴森无际的深渊中。小翠的一只手臂兀自地哆嗦着，道："你又说什么疯话呢，泥像，什么泥像？"

远远听见房顶的瓦楞爬过只野猫子，尖着喉咙在暗中凄厉地叫起来，嗷嗷的长腔，像初生婴孩的哭声，仿佛野猫生了一副人嗓子，让人惊怖得头皮发麻。

"你听，"桂芝的脸白了，见了鬼似的，索索掀开上身的白缎睡袍，露出一块硕大隆起的肚子，薄薄的皮肤胀得发白，底下隐隐现出几根青丝的血管，像颗柔软下沉的大蛋囊，一捅就破，"这孩子又叫了，这个鬼孩子。"

小翠也听到了，隔着一层薄薄的肚子，是那野猫子般恐怖的哭声。

"这，这是？"小翠还未说完，脑门上已密密地出了层冷汗，两腿早如烂泥般，软绵绵地坐在地上。

床上的桂芝猛地跳起身来，手里抢过那盏宝蓝色的油灯，厉声道："这孩子是个鬼，太太知道，这孩子是个鬼，她要我把孩子生下来，她要我把孩子生下来！"

油灯稀薄的红火将她的影子放大地照在白粉墙上，是个宏大如山的跳跃黑影，仿若远古庙宇里可怖的神像。

小翠吓得愣住了，一眨眼，那巨大的影子从墙上消失了。

阁楼的门空洞洞地开着。

猛然回过神来，桂芝逃跑了！

她更慌了，紧着身子追出门外，沿着阁楼的楼梯间快步赶下来，亦顾不得夜深人静，扯着喉咙喊起来，"来人，快来人！桂芝逃了，桂芝逃出来了！"

三楼的走道里黑魆魆的，穿堂风凉飕飕地朝脸上窜过来，一排暗沉沉的房门底下，灯光逐个亮了，隔着老远是座悬空的露天阳台，一盏摇曳的灯火晃晃悠悠地飘过去。

是桂芝。她手里掌了灯，挺着肥硕的身子，迈开双腿，没命地跑着，幽静的廊道里，踩得木板咔咔作响。黑暗中，圆滚滚的腹部高高地顶着肿大的白袍子，迎风鼓起来，颤抖得左右乱晃，仿佛再一用劲，就能甩出团模糊的血肉来。

一个人影闪了出来，挡住了前路，高声喝道："你这是做什么？"是沈太太，她散着头发，一脸倦容，被小翠的呼喊搅醒了。后面的楼梯口，满是急蹬蹬的步子，惠珍也上楼了。

桂芝忙一个转身，背后的小翠已气喘吁吁地追了上来，一间房门吱呀一开，陆太太也让这动静闹醒了。

眨眼间，四面皆围了人，渐渐地，小心翼翼地朝桂芝靠近来。微弱的月色下，是一张挤着一张的苍白脸孔，像排诡异的人皮面具，泛起各色各样的神态，恐惧的，吃惊的，不安的。

桂芝发了怔，竟是哪里都去不了了。心里空荡荡的，人仿佛悬在了半空中，连个落脚地都没有。身子僵住了，绝望地往那阳台的方向缓缓退着步子。

人群里的于妈急了，忙道："文忠，还不赶紧拦着她！"

"别动！"她三步并作两步地奔到了阳台边上，半截身子靠着瓶式水泥栏杆，粗糙冷硬地石头磨着她的背。手上的油灯高高地举了起来，神情恍惚地道："谁再靠过来，我就一脑袋扎下去，摔死！"

那几个人的手脚立刻停住了。

她的咽喉似被什么堵住了，发不出声音，吃力地一张嘴，竟然呜呜咽咽地哭了，对着那群人惨然道："你们拿走了姨太太的孩子，害死了姨太太，还不够？非得要我死了，才甘心吗？"

惠珍此时站在陆太太的身旁，看了于心不忍，正要开口规劝几句，竟被沈太太抬手拦住了。

"桂芝，你这傻孩子。"沈太太敛了敛色，上前柔声道："有我在这替你作主，谁敢害你，听姑奶奶的话，快点下来，别着凉了。"

头顶上露出一片铅灰色的天光，沉沉地笼罩下来。桂芝的抽噎声逐渐小了，两边肩膀不自然地先后抽动着，竟是笑了起来，惨淡地笑道："你们就不怕报应吗？就不怕姨太太化作了厉鬼来找你们吗？"

说罢，一根指头哆嗦地伸了出来，盯着眼前的一个人道："她若变作了鬼，第一个便要来找你了！"

四下的几双眼睛齐刷刷地扎到了那人的身上。

"我？"秀儿愣住了，给那桂芝的眼睛瞪得毛了起来，一手不自在地摸上了胸口，期期艾艾地道，"怎么是我，这与我有什么干系？"

桂芝并不理她，侧过身子，眼角一低，隔空望下去。悬空的阳台下面是一片荒凉广阔的夜雾，那株光秃秃的梧桐由底下横生而出，虬曲的枝干盘绕，落满了霜露，如一根瘦骨嶙峋的巨掌，银亮苍白，朝她的方向腾空遥遥伸上来，近一点，又近了一点。

她忽然震了一下，倒吸了口冷气，被那个念头吓住了。

沈太太趁机飞了个眼色，对李管家喊道："文忠，还不快抓住。"

话音未落，就听见一声哗啦的脆响。那盏玻璃油灯，被桂芝重重地摔向了脚边，跌了个粉碎，一身长袍淌满了湿腻的煤油。宝蓝色滢滢的碎渣里闪起一道青蓝色的火苗，沿着那滩滑溜溜的乌油，吐出几股金色的火蛇来，汹汹地扭着腰肢，将她重重缠住。

所有的人都惊住了，热辣辣的火光蜿蜒着爬过她的大腿，她的前胸。空气里弥散着股皮肉焦灼的温臭味，桂芝扯紧了喉咙，没命地叫唤着。一转眼，她的整个身子没在了赤金的火球里，余下一截头顶尖的黑发突兀出来，又被啪啪的火舌头卷了进去。

跳荡的火球跌跌撞向了水泥栏杆，一翻身，从夜空中高高地落了下去，直直摔到梧桐树的枝杈里。黄烘烘的焰火挂在树冠间，一跳一跳地燃着，是幅瑰丽而恐怖的景象，银装素裹的枯木间绽出了朵巨大的金红花苞。

怒放的花瓣将错致零星的枝叉点着了，银玉色的枝桠，劈劈啪啪地烧开一粒粒赤红的嫩芽，月宫的桂花树燃烧起来了。

如火树银花一般。

惠珍惊愕地捂住了自己的嘴，阳台下面灰悠悠地蹿起一蓬蓬的浓烟，沈太太慌得手足无措，胡乱推了几个人后背一把，嚷嚷着："傻站着做什么，还不去救火，还不去救人！"

陆太太呆呆地立在她身后，蜡黄的脸孔冻住了，仰头眯缝着眼睛，半晌，嗓子里嗷嗷翻出两声，一头栽倒地上，咕咚一声，昏死了过去。

一周后，环山的柏油马路上晒满了太阳。笃笃跑过一辆黄包车，惠珍坐在里头，顶上兜了块油布蓬，随着车轮声颤颤作响，远望去如同座荒废的神龛，罩得她阴沉沉的看不真切。

车夫在一幢三层灰瓦的老式洋房前停住了，那里是学校的教工宿舍。海棠翘着脚坐在房前的一片树荫子底下，看见惠珍从车里下来，迎上前怨道："见你一面真是比见菩萨还难，这么半天的工夫。"

"究竟什么事，催得这么急。"惠珍生气似的努了嘴，顷刻两人又都笑了。海棠牵过她的手，边朝洋房走去边道："知道你最近操劳，你姨妈身体不舒服，得常陪在旁边。若不是志贤催促，我也不愿你这么老远地跑一趟。"

"其实没什么，我姨妈现在好多了。"这让惠珍再次想起几天前那可怕的夜晚，桂芝的尸体挂在梧桐树上烧了起来，冲天的火光。陆太太大概受得刺激太大了，当场昏倒地上。醒来的时候，一听见桂芝的事，便淌眼抹泪个不停，人死了，肚里的孩子也没保住。她抓着惠珍的胳膊，只是难受地唠叨着，孩子，我那孩子。

伤心成这个样子，惠珍倒有点糊涂了，那疯丫环肚子里的孩子，和陆太太有什么关系？虽然这件事已经在城里那班官太太嘴里传开了，沸沸扬扬的，毕竟烧死了个人，有点闹大了，堵不住旁人的口。人们背地里都猜测怀的是陆老爷的种，陆太太好容易逼走了一个姨太太，眼见着又一个丫环得势，便设毒计害死了她，一尸两命。

谣言的后半段显然是无端的推测，惠珍自然不信。这么恶毒的手腕，倒像是沈太太的为人。依她的了解，陆太太菩萨心肠，却是万般做不来的。况且那姨太太也未必是出走了，桂芝临死前的几句话，说得很清楚，姨太太是被人害死的，这倒与那日傻子留下的话不谋而合。有人在这宅里被杀了。

"怎么了，我提到志贤，你有点不开心。"海棠瞧她沉默了一阵，轻声试探道。

"他？"惠珍突然听到这个名字，有点警惕了起来。不晓得沈志贤有没告诉海棠借钱的事？她那时候也是情急，顾不得细想。现如今钱筹到了，往后怎么还，万一陆家人知道了，又该如何解释？埋下这无穷的后患，想起来，也是心乱如麻，忐忑不安。

她如今是泥菩萨过江，自身难保，如何顾得了其他，只得假笑道："说句实在话，他这人油滑得很，我一向不很瞧得起他，你也不是不知道。"

"哦？"海棠故作诧异地瞅着她，笑道："有阵子看你们走得挺近，还道你们亲密了些。"

"那还不是为了你，你和他的关系，总不好让你难堪。何况又攀了他母亲这么层远亲的关系，总得做做样子才好。"她不屑地答道，似乎是一点感情也没有了，撇得干干净净。

两个女人间的对话，字里行间，难免真真假假。再添了个男人到话里，更有点虚虚实实，刀光剑影了。

走进阴凉的楼梯间，海棠突然长长地舒了口气，眼皮搭下来道："那就好，前段时日，我还真当你被他给迷住了。"这是真话。

"真的？我怎么不知道。"她回道，却是句假话。又顿了顿道："他是个什么样的人，你我都明白，这么个人，对于我是忍受不了的，你能接受他，便是真心喜欢他了。"这句大概是真话了，肺腑之言。

海棠不说话了，走到一间宿舍的门口，一排乌铁栏杆外依山遍地站着高高低低的竹林，地势比洋房略高一点，细长翠绿的叶子，在阳光里斑驳地摇来摇去，都有些心事重重的。

惠珍这才想起来道："这里不是那张先生的宿舍吗？我们来这做什么？"张先生是她们同学何莉莉的未婚夫，两人谈朋友的时候，她曾陪何莉莉拜访过几次。

"志贤闹的呗，从你们陆家后院搬了几块破石头出来，给那张先生一瞧，倒成了宝贝了，稀罕得不行。说你是陆家的人，非得让你过来看看。"没讲完，门自己开了，是何莉莉开的。她穿了件桃灰闪光缎的袄子，内里露出件月白色的内衣，鬓发蓬松，人还没嫁过来，已是一副少妇的打扮了，来这过夜，倒是没点忌讳，也不避人。

见着她们俩，忙一副不耐烦的口气道："来得正好，快把你们家的沈志贤领走吧，和张先生从深夜聊到现在，整夜整宿的，这日子还让不让人过了。"后一句是扭头冲着客厅里的男人讲的，嘴边一丝埋怨的神气，像戏文里守活寡的正房太太。

张家的客厅背光，下午的太阳移去了另一头，昏黄的屋子里站着几座森森的书架子，使人想起老旧的图书馆，架子前面堆了几块泥垢的石块，一叠子黄扑扑的英文书如破衣烂衫般散落一地。张先生是个小个子，身穿淡黄色长衫，戴着副眼镜一头埋在其中，兴奋地如被人下了蛊，嘴里呃着舌头喃喃道："湿婆，湿婆！"

"他在说什么？"海棠很不自然地望向何莉莉。

"他说的是湿婆。"沈志贤打内屋里出来，手上几张翻译好的中文手稿，对惠珍道，"真是个大发现，你们陆家后院的那几块石刻，竟被张先生认出来了。"

"那些可是印度教神庙里的石雕。"张先生直起身子，已是迫不及待地插口道，"史书记载，自唐宋两代，就有不少印度教的庙宇修在了国内，如今能有实物的发现，实在是难得的很。"

印度商人，惠珍她们倒是见过的，单在这城里就有不少，前朝以来，这些印度人便成群结队地到中国，做些绸缎香料生意。她想象中的印度，是终年赤热的日光，蛮荒的恒河平原，波光绵延的两岸遍布着葱茏的蔓藤杂草。金红色的田野星罗棋布，几丈高的土丘长堤上，印度妇人头顶水罐，赤脚踏在滚烫的沙土上，一身粉蓝金绿的纱丽，在热风里袅娜飘逸。不远处是高高的乔叶大树，枝干上贴晒着乌黄的牛粪饼。

但张先生所讲的印度教，却是更加古老而原始的宗教。那是释迦牟尼佛在菩提树下圆寂之前，几十亿年前，洪荒无涯的宇宙之海，守护神毗湿奴自混沌中醒来，肚脐间开出一株莲花，诞生了创造神梵天。四面四臂的梵天，手持莲花、拂尘，开创了世间万物。直到宇宙的末期，毁灭之神湿婆，用他第三只眼的神火将天地间众神与人畜毁灭。这样的宇宙不断历经创造、运行与毁灭的循环，无穷无尽，生生不息。

"你瞧，"张先生说着，伸手拨露一面石刻，上头浮雕着两张苍黑的人头像，凶恶的面孔底下围着串人头骨锁链，另一张人面的额头狰狞地露出第三只眼孔，黑洞洞的。相互间长得有几分相近，仿佛是同一个人物的不同形态。"这些便是湿婆神的化身了，婆罗门教中的湿婆不仅是毁灭之神，能以恐怖相、三面相等奇诡相貌示人，更是生殖之神的化身。"

"生殖之神？"惠珍禁不住怪道，"那是什么？"

第十一章　后院枯井

"张先生当年留学英国，带回本印度教的书。"沈志贤摊开一本英文插画书，上面圈圈叉叉地被他标了几个中国字，"这书上说得真有意思，婆罗门教中的湿婆，只因周身盘曲着长蛇，不仅做了蛇王，也因此成了印度教中男性性力的象征，印度人自古便盛行崇拜湿婆的阳器，到了湿婆节的时候，湿婆教的信徒更会到庙里膜拜在额头上点上血红的染料。"

海棠听得不耐烦了，一屁股朝沙发椅坐下道："我还当出了什么大不了的事了。闹了半天，你们不过发现陆家原本盖了座印度人的怪庙。也好意思大清早地把我们叫来，没羞没臊的。"

"不。"惠珍想起了什么，打断道，"听你们这么一讲，我倒真记起了一件事。"说着，忙上前指着一块石雕画，对张先生道："你知道这幅画是什么意思吗？"

众人好奇地咦了一声，那是一块面目模糊的人脸石刻，面盘的四周伸出一圈弯曲的触手。

"人头蜘蛛？"沈志贤抢着道。

"不对。"张先生扶了扶厚圆眼镜，仔细端详了一番，道："你们瞧这石刻的底部，这只是块浮雕画的上半部分，下半部想来是摔碎了。我若没有猜错的话，这画上雕的是湿婆的另一个面貌——三面六臂像。"说着，手指描过那几根触手道："六臂像的湿婆，手臂皆是从背部生出，自脑后向六方伸长。"

"等等，"海棠仿佛也记起了什么，心里咯噔一下，怪道："惠珍，我们是不是在什么地方见过这画？"

"你想起来了。"惠珍转过头望向她，神秘地道："那个日记本里，姨太太在自己的日记本里画了幅极像这个的画。"

难道是种巧合？失踪的姨太太，遗弃多年的印度古庙，桂芝肚里烧死的孩子，还有那尊执掌生育的南洋神，再联想到陆太太摧心捣肺的哭声，这一切的一切就像条断了线的珍珠项链，哗啦啦地敲在地上，零零落落的，却找不回那根牵引的线。

直觉在告诉她，陆家背后一定隐藏着某个不可告人的秘密。或许比她自身的秘密更加可怖。按目前的光景，再长住下去也只是权宜之计，可现在离开陆家，她又有什么地方可以去呢？

回到陆宅的时候，刚走向楼梯口，就见小翠打楼上下来，道："表小姐回来了，唐医生来了，在楼上等你好半天了。"

她几个步子才到二楼，却听见沈太太房里吵闹的声音，一个人怒气冲冲地摔了房门从沈太太屋子里出来，正是唐医生。

他没料到能与惠珍碰个正着，脸色略变，又马上缓和了下来，笑道："你来得正巧，我还道自己要等到半夜呢。"

惠珍心里也清楚他是为何而来，也笑道："进屋再说吧，这里不方便。"

这还是唐医生头一次进她的卧室，他大概也有些受宠若惊，毕恭毕敬地坐下来。她小心翼翼地关好门，回身端坐在梳妆台前，拾起一柄木梳子，假装梳头，边隔着镜子看他，边道："刚刚怎么跑去沈太太房里了，好像还吵起来了。"

"这个女人，"唐医生提起她，倒还是有一肚子气，终究不好发作，强忍道，"无理狡三分，真是不提也罢。"顿了顿，手摸到西服的怀里，又微微笑道："答应你的钱，我带来了。"

说着，站起身，走到她身后，将摞黄纸包扔在桌上，道："整整八千元的法币，不多不少，你数数看。"

是包中药材的蜡黄纸，拆开来，一股子扑鼻的药草味，里头是薄薄的一叠法币，她这辈子还是第一次见过这么多的钱，一百元，五百元，簇新得令她有点心花缭乱，妖红，草绿，万紫千红里绽露出国父肃穆的头像。伟人再伟大，也只有印在钞票上方令人肃然起敬。

她的胸口跳了起来，怦怦的，有点快乐，有点紧张。将那叠钱匆匆捆好，塞进抽屉。唐先生的一只手已经爬上了她的肩膀，嘴巴靠近她的耳边，不怀好意地笑道："你要这笔钱究竟是做什么？"

"不早说了。"她错愕道，"跑单帮的小同乡，急着还债，我也是心软。"

"不对，你撒谎。"他口里的热气呵到脸颊上，都是烟草味，"你有这么位同乡，怎么陆家的人都不知道？"

"来往的朋友，何必每一个都要让家里人知道。"她倒不显慌乱，久骗成精，镇定地回过头道："都这么大的人了。"

目光意味深长地停在她脸上，半晌，他又道："可不是，年纪是不小了。"

"今天碰见一位同岁的朋友，都快成亲了。"她不露声色地转了个话锋。

"哦？那你怎么不结婚？"

"我？"惠珍低眉笑道，"找谁？"

"可以问问我。"唐医生的手从她肩上放开了，口气倒不像开玩笑，道："就怕我年纪大你不少。"

她也有点吃惊，这样便算求婚吗？倒是和那西方罗曼蒂克的小说不大一样。总以为得是个有月亮的晚上，高高的树荫，跪倒在石榴裙下。可她的故事更有一丝恐怖的意味，冒名顶替的富家小姐，抽屉里放着叠遭人勒索的钱票。若真是戏文里的落难千金倒也好，遇上哪家贵公子出手相救，以身相许，至少还能收了作妾。

要走的时候，他又挡住了房门口，对她道："我刚才那句不是玩笑话。"

原来是真的，仿佛溺水之人抓住了根救命稻草，荒漠旅人寻见海市蜃楼的甘泉。涌起一层微微的喜悦，在她胸口烧灼了起来。尽管她仍没有爱上他，却已经是她当前最好的出路，是没别的选择，从来没有选择。

屋里点亮了灯，薄金色的电灯光低低地射下来，床上铺了层红地织金花的褥子，映着窗头两块粉彩桂花色的帘布，整个人仿佛沐浴在了金红的余晖里，是《出埃及记》中的摩西，带领以色列人劈开红海，天地间翻滚着滔天赤浪，身后埃及追兵的千军万马，浩劫余生的喜悦。

只要那梁复识趣，只要他保证拿了这笔款子，再也不会出现。

她突然又不安了起来，总预感着事情不会那么如愿。

桃花木的梳妆抽屉里，那块黄纸包仍静静地躺着，像只囚困中的野兽，随时会挣逃而出。

她控制不了。

清明节的时候，雨水似乎特别的足，邻村的几位乡绅，刚从上海回来，照例总会先上陆家拜会一番。现在世面上谣言很多，沪上民众不时抵制日货，不少日本商人怀恨在心。都传日本人又要占上海了，一·二八那样的沪战还得再来一次。再添上物价飞涨，房租日贵，闹得人心惶惶，有点家业的都盘算着迁往内地避祸。这几位乡绅便是听了流言逃难回乡的，顺道给陆家送上几盒外地的土产，是沪上协昌糕团店的点心圆子，乌木描红漆的酥盒，四角勾画着红蝙蝠。陆太太吃了几块，很是受用，前段日子倒真没什么能让她开怀的事，就吩咐秀儿拿盘子装好，也带上楼给老爷尝尝。

秀儿端着白瓷托盘打厨房出来，远远就听到沈太太和于妈在饭堂的拐角谈话，声音虽然压得低低的，但还是能听见点只言片语。

"她真这么说了？"

"可不，听得清清楚楚的，我也是拿不定主意，才找姑奶奶设法。"

"先查看几日，再说罢，或许是一时气急，乱说的胡话。"

"秀儿，秀儿。"

沈太太嘴里喃喃念了几句，竟然是她的名字。心口不由得惴惴然起来，想起桂芝烧死那天，手指着她道，姨太太若化作了鬼，第一个要找的人，便是她了。

和她有什么关系？她不过是个伺候人的底下人，扪心自问，从没招惹过什么人的。可她确实见到了姨太太的尸首，还有那几通电话。她不明白，既然姨太太死了，这电话又是哪里来的，莫非真是有鬼？

心不在焉地进了老爷的房间，大白天的屋里却亮着灯，瓷罩子盖的电灯，简直像块银盘悬在她的头上。几扇窗户闭得紧紧的，窗棂上积满了灰尘，蒙得让人透不过气来。

都说老爷的病好了，却很少见他出过门，成天待在这间屋里，一坐便是一天，吃喝拉撒，也没讲过几句话。

红木高柱床的帐子放了下来，湖布色后面隐隐一个横坐的人影，是陆老爷，如座土偶般一动不动的。

她忽然有种恐怖的预感，或许老爷早就疯了，大家心里都明白，只是没人敢说出口。

轻轻地掀开帐子，床上的人正拿眼痴痴地瞧着她，瘦骨如柴的脸庞，蜡黄的眼皮底下埋着双毫无生气的眼睛。

"老爷，太太让我送些点心上来。"手中的托盘微微动了起来，她不免大吃一惊。

床上的人像个托生的饿鬼，徒手抓起那几块糕团便急忙忙地塞进嘴里，大口咀嚼。兴许是吃得急了，点心的内馅流了一手，倒也不浪费，伸出舌头有滋有味地吮吸起来。

她还没来得及笑出声，又差点跳了起来。老爷的舌头，不晓得什么时候，已经舔上了她的手背。潮湿温热的舌，像只肉色的蜗牛，背上驮了颗人头形的壳，蜡黄色的，伏在她雪白的手臂，一点一点地地蠕动而上。

"老爷，别，你别。"秀儿挣地扭了扭身子，吓得脸都白了，托盘打翻在地上。忙抽出一只手想抵住陆老爷，却反倒让他紧紧地扣住了。整个人咕咚一声，跌到了床上。

惊惶中，青莲绣白花的衣领子给扯开了。"老爷，老爷。"她苦苦地哀求道，脖子上浮出道晶亮湿滑的唾液。肉红的蜗牛爬了上来，背壳上那对人眼睛兴奋地张开了，吐着粗重的喘息声。

床角的四根红木柱子吱呀吱呀地晃了起来，刺耳激烈的声响，灰尘震得落了下来，仿佛天摇地动。灰瓷罩的电灯也随着左摇右摆，扎眼的黄光零乱地扫过床上，一圈暗，一圈亮，又是一圈暗。

朦胧中听见老爷在她耳边吐了几个字。

"太太，太太。"

她只顾低声啜泣着。陆老爷瘦削的身子沉沉地压在她身上，像烧着堆干柴，枝枝桠桠戳进肉里，热得脑袋发胀。她终于不挣扎了，强忍着偏过头去，忽然，眼睛的余光被什么抓住了。

床头是座鹅蛋形的半身镜，明晃晃的，映着老爷那排肉色的脊梁，身子底下横躺着位披头散发妖冶女子，她全身掠过一股恶寒。

那镜中人并不是她。

是另外一女人。

是姨太太。

"惠珍，"海棠在电话筒里大声地问她道，"唐医生真这样说了？"

"你当我骗你吗？"惠珍笑道，"这种事哪好乱开玩笑的。"她打电话给海棠的时候，已经是唐医生求婚几天以后的事了。

"你答应了？"

"我什么都没说，"惠珍道，"总觉得是要问问姨妈的意见才好。"

"你姨妈一定会同意的。"电话那边笃定地道，"就看你的意思了。"

"我？"她笑道，"姨妈同意就是同意了。"

两人心里的石头同时落了地。电话里一度沉默之后，双方觉得有些别扭了起来，大凡再怎样要好的朋友，只要生过一层间隙，难免都会生疏一些，要再回复当年的情谊，怕是很难了。

"那我一定要作女傧相。"话筒里的声音突然兴奋了起来，"婚礼那天帮新娘子拉纱。"现在时兴文明结婚，新郎新娘都要穿西式礼服，作女傧相，不但提花篮拉纱，还可以穿白软缎的礼服短裙，神气得像画报里的西洋小姐。

"哎，真到了那时候，也不知该剪个什么式样的头发才好。听说莉莉出嫁前连浴衣、鞋子都置备好了。"这一年是学校里的最后一年，许多女同学都赶着结婚了，一般女孩子被父母送进学堂，其实求知是假，嫁人才是真，哪怕在学校里找不着对象，女学生的身份在媒人的眼里也很是吃得开的。

偶尔，几个要办喜酒的同学也会在惠珍面前抱怨两句，毕竟是新时代的女性，受了这些年的教育，如今归于平淡，重新做回家庭妇女，未免有些不甘。"哪怕进公司里做几年文员也是好的。"她听到这样的话，也不觉得有什么不对。

虽然她总相信平淡生活也会有平淡生活的欢喜，比如从前叶太太还在世的时候，每次叶先生回来晚了，太太与她一起坐在黑瓦白粉墙的天井里，一手描花样搓线，谈起年轻时的事。

"哎，太太是和老爷私奔出来的？"

"可不，十八九岁的年纪，就是容易犯浑，脑子一热，什么都不管不顾，偷了包首饰，就跟着他从家里逃出来了。"叶太太眯眼瞧她，道："因为这，娘家那里闹地天翻地覆，也断了联系。"埋怨的嘴角挂着点得意，真是青春年少无限好，年轻时种下鲜血淋淋的错，老了也是个拿来炫耀的伤口。

闽南初春的晚上，夜风习习，满树粉白的白玉兰花，仿佛落满了雪，清淡馥郁的香味。天井的青石门槛外微微地涌着夜市的车声人语，遥遥听见一只高亮的嗓子，悠悠长长，在哼唱电影的宣传歌。

"夜无伴守灯下 清风对面吹，

十七八岁未出嫁 遇到少年家，

果然标致面肉白 谁家人子弟。

想要问伊惊歹势 心内弹琵琶，

想要郎君做夫婿 意爱在心内。"

想到这，她竟不自觉地哼了起来，也不知道海棠什么时候挂断了电话。

"等待何时君来采 青春花当开，

听见外面有人来 开门甲看觅，

月亮笑阮是戆大呆 乎风骗不知。"

后面的歌词有些《西厢记》里的味道，"隔墙花影动，疑是玉人来"，终归是姑娘十八的待嫁心事，清风孤灯，花窗外淌过寂寂而逝的流年。

于妈敲开房门，进来通报道："楼下来了位先生，说是表小姐的旧识，正在客厅里等着。"

"哪个先生？"

"说是姓梁，是表小姐的老乡。"于妈低着脑袋，没抬眼看她。

心头骤然一紧，早不来晚不来的，竟挑了这个时候。也是凑巧，沈太太出门应酬去了，陆太太带着老爷上城里看文明戏，清装连本的《啼笑因缘》，舞台打着五彩电光，天津来的剧团，唱皮簧也唱梆子，在戏院里连演三天，连李管家也同去瞧热闹了。

"你带那位梁先生上来罢。"她想了想道。趁这没人的空当，顺势将他打发了，倒也不坏，至少能了却桩心事。

那梁复进门的时候，穿了身藏青色的袍子，绣着一团团杯口大的金线绒花，下身一条朱灰色的夹裤，大摇大摆地走进来，在她的屋子里是一大块突兀艳丽的色彩，大红大绿，仿佛文明戏里的演员登错了台。

"把门带上，"她坐在床边，不拿正眼瞧他，怨道："不都说好了吗，筹到了钱，我自会找你，何必不请自来呢？"

梁复讪讪地笑道："不是我信不过小姐，只怕时间拖得太长了，惟恐生了什么变故，顺道过来瞧瞧。"

"你放心，我早备好了，就在桌上，整整八千元。"她不动声色地指了指那裹油黄纸包，心底下敲起了鼓点，砰砰砰砰，像戏台子上敲打洋皮鼓，震得她手足无措。他既然拿了钱，是不是就没事了？

纸包打开了，他啐了口唾沫在指头间，流利地数了起来，一张张，啪啪地纸响，幽静的屋里听着异常刺耳。她疑心是心头的鼓响跑了出来，砰砰砰砰，越敲越急。

"不错，数目刚刚好。小姐果然言而有信。"梁复心满意足地将纸包揣进怀里，走到她身边，慢条斯理地道："真是劳烦小姐了，梁某人今日先回去了，往后若还有什么麻烦，可要小姐多多关照了。"

"你等等，"她差点跳了起来，瞪大了眼睛道，"什么是往后？"

"咦，小姐怎么又装糊涂了。"男人的那双狗眼睛眯成了条缝，冷笑道："你不会想着这点钱，就能把我打发走吧。"

她当然明白，这种泼皮无赖，哪会这么容易放过她。是她自己傻，总抱着那点希望不放，想着大事化小，步步退让，可有些人就是不肯放过她，推着她，逼着她，明知道她是走投无路了。

"我也清楚你打得什么算盘，"她挫了挫牙，道："你以为我这钱来得容易！东拉西凑，一回还好说，再要一回，我是真没法子了！"说着，说着，不免怒从心头起，捏紧了拳头，又急又气："姓梁的，把我逼急了，是鱼死网破。你我都别活了！"

"你看你，怎么急起来了？"梁复自顾笑着，她急得一抹胭红爬上了脸庞，白底的皮肤闪起了红晕。

松垮垮的狗眼睛不说话了，直直地盯在她身上，一手捏过她的指头，涎着脸道："别的法子也有，就看你答不答应了。"

还没来得及反应过来，惠珍已经被他碰的一把摔到了床上。梁复横着身子压上来，扯住她的胳膊，气喘吁吁地贴着她耳朵道："你让我亲近亲近，什么都好讲，我也是好一阵子没碰过女人了。"

她徒手挣扎了两下，刚要张嘴嚷嚷，被一只大手死命捂住了，她抬脚用尽全力地一蹬踢到了梁复的肚子上。

面前的一对狗眼睛放起了绿光，整个身子发狠地压在她腿上，粗声粗气地要挟道："你给我喊，大声喊，把全宅子的人都喊进来，瞧瞧你这冒牌货。死丫头，给脸不要脸，叫你两声小姐，还真拿自己是个人物了！"

手掌下的那张脸仍在呜呜地叫着，兴许是哭了，淌了一脸的泪，泪水把胭脂冲花了，糊作了一道道深深浅浅的红渍，血淋淋的。

下身的衣物给扯掉了，两条腿赤裸裸地暴露在空气里，寒风像条冰凉蜿蜒的长蛇，顺着大腿根部窜进来。她紧紧地闭上眼睛，不忍心朝下看去，两片薄薄的嘴唇止不住地颤抖起来。他是个疯子，是个畜牲，是她当初猪油蒙了心，竟想着和畜牲打交道。

"对，这就对了。"梁复发觉她不动弹了，伸手急忙忙地解开衣襟子，"你不闹了，咱俩都能松快松快。"

她的眼睛已是痴了，呆呆地凝望着床檐的两弯大银勾一摆一摆地磕向围檐。耳边血潮翻涌，那架铁皮鼓又敲上了，砰砰砰砰，劈头盖脸地响，却原来是床边的云母石英钟正滴嗒滴嗒地走着针。

她的手从床边伸了出来，苍白细嫩的手臂，沿着床头窸窸窣窣摸向那口云母座钟，吃力地举起来，沉甸甸的，高高地举过头顶，对着那人的后脑勺，狠命地砸了下来。

"你！"身上的人猝不及防，猛地被那一下砸蒙了，眼睛鼓得如对牛泡眼，第二个字没来得及蹦出来，她的另一只手也伸了上去，两手死死地抓着那口云母钟，使了吃奶地劲，又是重重的第二下。

第三下。

第四下。

她仓皇地爬起身，气喘吁吁地砸着，头发乱糟糟地盖在脸上，那两只手似乎已不是她的了。

男人的四肢像过了电，一抖一抖地抽动起来。脑后乌红的血水喷涌出来，仿佛一枝柔嫩的梅花，自浓黑的发间破土而出。一瓣瓣胭脂红的花瓣，绚烂地四散而伸，渐渐地蔓延盛放。

几滴粘稠的花瓣溅到了脸上，温热热的，像人的体温。惠珍打了个激灵，突然回过神来。

昏沉沉得像是身在梦中。

她杀人了。

梁复给她砸死了，埋着头，一动不动地趴在那里。身上，床上，乌红红的一大片，斑斑点点，都是血。

她连爬带滚从床上扑下来，满屋子漫着铁锈的腥味，是血腥气，酣热温柔地包着她的身体。她从未发觉屋里的灯光这么晃眼，如悬着颗小小的赤金的太阳，照得她通体雪亮，坦荡荡的，什么也藏不住。

心脏在胸口怦怦地跳着，又是那阵鼓声，时急时缓的调子，成了高甲折子戏里的南鼓，朝她的耳膜里钻了个口，抑扬顿挫的杂声放大了数倍，简直快聋了。

脑子恍恍惚惚的，她一定是魔住了，衣服上一道道血痕，像披着件水红夹袄。隐约听见远方一阵笙箫琴瑟，锣鼓齐鸣，渺渺茫茫的，似在奏着戏文里的古调。

是那出宋江杀惜的戏文。

不过这一回却是宋江死了，砸烂了脑袋，死在她的床上。该轮到阎婆惜落草上山了。

她深深地抽了口气，滚在地上，呜呜呜，眼泪啪啪地掉下来，又哭了。

"小姐，小姐。"屋里动静太响，把于妈闹上了楼，她在门外敲了敲道，"没什么事吧？"

"没，没事。"这句话把她拉了回来，抹了抹泪，结结巴巴地道，"同梁先生许久没见了，又是同乡，聊起从前的事，不免有些伤心。"

"哦，"于妈不放心，又道："要不我备些茶点上来给梁先生。"

"不！不用了！"她赶忙道，一颗心悬到了嗓子眼，"不忙，梁先生再坐一会儿便要走了。"

于妈不相信她，在门外又小站了几分钟，听着屋里静悄悄的，才缓缓挪动开步子。这位梁先生流里流气的，虽然衣着华丽，却委实不像个好出身，表小姐怎么和他扯上关系的？两个人躲在屋子里，又是哭又是闹，大晚上的，也不怕底下人传闲话，这里头定是大有文章，保不准是从前的旧相好。太太当初就不该把这么个来历不明的女人弄进府里来，好吃好喝地伺候着，不过徒增了许多是非。

她一路寻思着下了楼，楼梯间的蓝玻璃窗户映出一片荒凉而黝暗的天色，稀稀疏疏的星光。

等那轮淡淡的月亮升起的时候，星光就更黯淡了。那片蓝白的月光，如湍急的河水，翻墙越瓦，淌过红地棕边的窗棂，照进后院的树林里。

满山歪歪斜斜的枝藤蔓草，月光一斑斑地筛进来，洒在地上，像亮起了零零落落的蓝萤火。微微晃的蓝火上一片脚步响，惠珍吃力地拖过一件半人高的柳条箱，磕磕碰碰地在密林间向前走去。那口箱子还是她初到陆家时捎上的，不想这大半年过去了，如今又派上了用场——梁复的尸首正静静地塞在里面。

那时候，她扭开浴室的水龙头，捞起一块浸湿的大毛巾，跪在地上，一把一把地抹起床沿的血迹时，就想起了这口箱子。

也不知换了几桶的水，浴室里的水管浅浅地覆了层青苔，扑通扑通，长长地激荡着，像喉咙深处发出的低咽声，仿佛跑进了某种生物的器官里。

两条手臂泡浸透亮清凉的水里久了，人也跟着清醒了不少。这梁复为非作歹，是死有余辜。她千辛万苦，费尽心血地熬到了现在，不过是求个自保，犯不着为了这么个人，将自己给葬送了。况且他在此地无亲无故，只要她能神不知鬼不觉地处理掉尸首，宅子里没人知道，这世上还有谁能捅出去。

她想起后院林子里那口老井，趁着老爷太太们没有回来，屋里不过几个下人，扔进那口深井里，活不见人死不见尸。不过尸体太沉，装在箱子里从楼道走，动静太大，只能打二楼的阳台那儿递出去。

拆了几块白床单，拧成一段长绳，一头系在床架上，另一端绑着箱子，贴着阳台细细的乌铁栏杆，手掌拽着绳条，小心翼翼，悄无声息地从半空降到后院的草坪里。也许是恐惧的缘故，她头回发现自己有这么大的气力。

当时，如果有人从后院的窗户望出去，一定会看见一幅诡异的场景，后院里森森立着一口蕉黄的柳条箱，惠珍小姐蹑手蹑脚地打前门窜出来，拉过这口箱子，一个步子一个步子地向林子里走去。

挨挨挤挤的灌木林里，潮气四散，无数枝叶花草，蜿蜒环绕，淹没在冷白的月影里，成了银灰色重重叠叠的斑驳浮影，背后是一大抹荒茫幽深的山色，起起伏伏的墨蓝色，有海潮的影子。

忽然身后一阵碰碎的响声，她吓了一跳，是柳条箱子绊过了土坷垃。吵声打破了热带丛林庞大的死寂，深处遥遥传来尖锐而骇人的长鸣，是不知名的夜鸟在叫唤。

惠珍撑在一棵树旁，不禁停住了，有点毛骨悚然，疑心那凄长痛苦的声音是从手下的箱子里发出的，也许那梁复还没死，蜷缩着身子，在无力地呻吟。

身后的黑暗潜伏着一种洪荒的恐怖，如影随形，伺机澎湃地向她汹涌而来。

可时间这么紧，已经没有功夫再胡思乱想了。她定了定神，朝着麻木冰凉的手指头呵了呵气，重新拖起那口大箱子，继续朝前走去。

阴寒的丛莽里终于现出一条迂回曲折的小路，路的尽头是一块凹陷下的园子，周围高高地矗立着一根一根残破的石柱。一道月光，雾蒙蒙地照着正中的麻石老井。

简直像近在眼前，她努力地推着那口笨重的箱子，先前的力气好像使尽了，手臂又痛又酸。几个步子的距离，跨过了天涯海角。

惠珍异常吃力地把柳条箱子抬到了井口，阴凉的井石贴着她手背，眼见焦黄的箱面渗出一层红印，里面还在流血。

底下是一面近圆形的井眼，黑黝黝的，无穷尽的深渊。她头一次见到这口井时，是多久以前？那时候沈志贤还在井边捉弄她。当时的她穿了身簇新的月白纱裳。

怎么觉得是沧海桑田的事了。她咬紧牙根，肩膀无力地斜靠在箱子上推着，不知不觉，心里一片凄惶，眼泪又掉了下来。她不明白哪里走错了，把自己害到了这步田地。

咕咚咚的一声闷响，装着梁复的柳条箱，直直地坠入深渊，让黑暗吞噬了。

冥冥中，她心口的一块血肉，也随着那口带血的箱子，沉沉地落下去，掉入暗无天日的渊洞里，连回声都没了。

凉凉的夜风吹得她一阵晕眩。惠珍半个身子依靠在井边，不禁抬起头。头顶是一片广袤高远的蓝黑色的天，无限伸展着，朝向四面八方，柔软地覆盖而下，如座巨大荒凉的琉璃灯罩。一轮青蓝的月亮高远地挂在灯罩中央，近似圆的形状，是十四夜的月亮。

耳边忽然响起唐医生曾经说过的一句话。

"十四夜的月是不同，只因再等上一夜，就是它圆满的时候。这行之将圆的月色，才有憧憬，才有期盼。"

想到这里，淡青的月光微微亮了起来，在无尽的虚空里如白昼般微微亮了起来。

惠珍两手轻轻地抱住了自己，竟于凄惶的恐惧中感到一丝安慰，无论发生了什么，无论有多么无可挽回，只要活着，只要还有明天，总是有希望的。

于是她不哭了，擦了擦脸上的泪水，微微地拉起颈边的衣领，鼓起勇气，缓缓地朝回走去。

第十二章　陆家庆是谁

皇冠大戏院是城里最大的一栋英式建筑，黄粉漆的墙面，顶上覆了层金铜瓦楞。戏院台顶雕刻着摩登的欧式花纹，正中凸起一块贝壳式样的徽章，两侧连了一串泥金的西洋爬藤，枝叶间镶着几朵嫣红的陶瓷挖花装饰。

底层的观众席上坐满了人，浩浩荡荡的人声。三面的墙上零零落落地亮着淡黄的雕花壁灯。但舞台上的灯火更强一些，一只贴了五色玻璃纸的洋铁桶，照着偌大的台子愈加空旷。背景是幕彩画的北方四合院子，湖白的天底下，蓝瓦灰砖墙，作得很假。两三个演员在走过场，正演着连本的《啼笑因缘》，已经是第三天了。

沈太太独自坐在二楼的包间里，棕红色绒毯贴着墙面，离得舞台又高又远，热烈的人气沉淀在下面，有一种不食人间烟火的气氛，像神龛里的一尊观音在俯视芸芸众生。四四方方的座位格子如片赤铜田畦，半埋着一颗颗晃动的人头。

明明是民初的戏，舞台上的角色却还是番清末的打扮。额头上贴了圈黑亮的圆片子，细嫩的腰肢套了件深紫绣桃花的袄子，是唱大鼓的沈凤喜，她为了初恋情人樊家树，被迫嫁给刘大帅作妾，经历了很多的事，也受了很多的苦，却仍对家树念念不忘。

真傻，沈太太跷起一条腿。此时身后包房的大红帐幔掀开了，夹脚走近一位虾红旗袍的女子，开口笑道："果然是你，我在对面远远就瞧见了。"

是交际花姚璐璐，她新做了头发，栗色的电烫小波浪，一张脸蛋让胭脂扑得红红白白的。沈太太一时没认出来，笑道："你也来了。"

姚璐璐下巴朝外努了下，怕被别人听见，道："陪毕先生来的，你也见过。"

前阵子，南京的时局更坏了，股市债市一落千丈。璐璐的金主万经理吃进了不少投机债券。证券行那里内幕消息铺天盖地，又找不到一个市情灵通的心腹。手中捻着那批债券股票寻不到时机脱手，有跌无涨，蚀了大本。最终资不抵债，贱卖了手头的那几间产业，告老还乡。想不到这交际花倒有点手腕子，乱世浮沉，总饿不死她。才没几天的工夫，又挑上了位新金主。

"我也只能在你这小坐一会儿，在外边，毕先生不让我乱走动的。"姚璐璐悄声道。这毕先生据说是政府机要部门里的要员，暗地里和日本人也有点联系，平日走动都神神秘秘的。沈太太总疑心他是政府的间谍。

"查理把钱还我了。"姚璐璐又道，"他把那银行的股份转给别人了，套了现钱，来得也真是时候，我最近手头紧得很。"

"我知道的。"沈太太不动声色地道，"他那天上我家，也把钱还给我了，连本带利。"

"听他说是要结婚了。"姚璐璐叹了口气道，"说是想过阵子安稳日子，为了那间银行累得两地奔走，现在收了心，只想着将家传的那间医院打理好。"

"哦。"沈太太有点吃惊，本想问问新娘的名字，又放弃了，耷拉着眼皮道，"还是做男人好，趁年轻时搞些花花草草的事，年纪大了，还总能娶房娇妻，含饴弄孙，尽享天伦呢。"

明显是话中有话，惹得姚璐璐十分不快。查理和璐璐之间的事情，沈太太也是后来才发觉的。

那还是桂芝变疯以后的一个晚上。陆太太慌慌张张地敲开她的房门，红着脸道："你最好叫唐医生过来看看，于妈觉得桂芝的身子不对劲，怕是有了。"

"怎么，真有了？会是谁的？"

"你说呢？"陆太太神色暧昧地微微笑起来。

她那时也是太诧异了，连个电话也没打，坐了车就直奔唐医生的家。午夜的车子开往公寓楼的方向，车头两道歪歪斜斜的黄光，如海港的探照灯，轰隆轰隆地扫过绵延的街道，扫过枯萎的洋梧桐，扫过公寓楼前相拥的人影。

车子猛然停住了，她想自己是瞧错了，隔着窗户往公寓楼那又看了一遍。没有错，偎在电线杆子旁的是查理，怀里搂着位年轻女人，是那个交际花。

两个影子在黑暗里纠缠，似乎在接吻，渐渐缝成了块大阴影，挣扎扭动了一会儿，又难分难舍地剖成了两半。

她茫然地望着，耳边轰隆一响，天上刮起了急雨。豆大的雨水，噼噼啪啪地撒在车玻璃上，像呼啸的枪林弹雨，密密麻麻的，细白的流光，朝她的车子沙沙射来。

真傻，她隔在玻璃窗后面的世界里，什么都碰不到她，什么都打不到她。

怪她自己太认真，他们之间的关系兜兜转转，永远只能偷偷摸摸的，是见不得人的。他也明白，两个人太寂寞了，不过是相互消遣，逢场作戏。可她演得太久了，自己也分不清。为了他，不仅挪了公账上的钱，还干了那么一件蠢事。

雨水把相拥的两人打散了，姚璐璐匆匆忙忙地跑上了自己的车。查理没走，仍站在原地，独自摸着下巴，很有回味地笑了笑，终于转身看见了她。

他错愕地张了张嘴，想说点什么，可一时间什么借口都没讲出来。

她点了支烟，打角落的阴影里踢踢踏踏地走出来，仰着脸，心不在焉地道："唐医生，你现在上车，再帮我一个忙，家里有个丫环似乎害喜了。"微红的烟光一闪一闪的，像枚小小的红星。

之后他们又见了几次面，不过聊的都是公事，主要是陆太太，十分记挂桂芝肚里的孩子，千叮万嘱地要唐子正好生照料。过了一阵府里又有下人谣传，夜半能听见桂芝的孩子在腹中啼哭，吓得她和陆太太出了一身的冷汗。也幸亏有他，帮着问了几位中医，才诊出那病症叫胎哭，是孕妇胎热气虚所致。

可他们之间发生的那些事，他们谁都没有再提，好像从来没有发生过一样。

她有时还会想起十几岁的时候和他一起上电车，半空中密密层层的电线。过了十几年，她再遇见他的时候，脸枕在他的臂膀里，喃喃地唤着他的名字，子正，子正。

他吻了她的脖子，低声道："叫我查理，查理，我和从前不一样了。"

是不一样了。她到现在才明白，这世上，有些人一旦错过，便再也回不来了，哪怕日后相见，也早不是当初的那个人了。

舞台上，演凤喜的花旦吊着嗓子，咿咿呀呀地念起了京戏的道白。那已经是很多年过去了，沈凤喜因为偷会家树，惹怒了大帅，被囚在狱中拷打。后来家树与富家女丽娜暗生情愫，又得红颜知己秀姑相助。凤喜好容易被救出来，保住了性命，倒竟是疯了。

"真是傻。"沈太太又低低地说了声，台下的灯从楼底遥遥地打进棕红的包厢，仿佛神龛前供奉的红黄烛火，古老而神性的光辉，幽幽照亮了淡漠木然的脸，低低的，眼角反起了白光，像观音的一汪泪痕。

滴滴嗒嗒的渗水，沿着湿滑的井壁，一点一点，冰冰地敲在他的脸上。梁复是被井壁滴落的水珠打醒的。

也不知道自己昏迷了多长的时间。脑后隐隐一片灼热的疼痛，火烧火燎的。依稀想起惠珍在床上砸了他的脑袋。

这个贱人！他暗暗地骂了一句，微微挪了挪身子，右脚顿时窜起一股锥心的疼痛，皮肤上淌过温湿的液体。腿一定是断了，试着张开眼睛，热辣辣的肿胀的痛楚，却是黑漆漆的一片，什么都看不见。脑子霎时轰轰作响，他害怕眼睛已经瞎了，眼眶上突着一块肿胀的肉块，疼得没了知觉，死气沉沉地挂在脸上。怀疑是自己的眼球掉了出来，要伸手去摸，又恐惧地停在了半空。直到双眼适应了周围的黑暗，才模模糊糊地看见一圈嶙峋阴森的岩壁，是间圆形狭长的石室。

混乱中，他记不清自己是怎么跑到这里来的，挣扎着坐了起来，脊梁骨又是阵刺心的剧痛。身子下边压着一口摔裂的柳条箱子。

贱女人，这个贱女人！

他喃喃地骂着，肯定是这女人搞得鬼，心太毒了，砸昏他，折断了腿，扔到这样一个鬼地方，要让他慢慢死去。

梁复本能地朝粗糙的岩壁上摸索了一阵，头顶上方远远地开着一口圆窗，借着那点微薄的光亮，只见一面石壁的下方塌陷了岩层，裂开一口黑沉沉的坑道。像是一处通往其他地方的入口。

"喂，喂！"

他朝那半人高的洞口有气无力地喊了两句。回答他的只有坑洞里喷出的阴寒潮气和淌落的水声。

隐隐的，阴霾的坑洞深处吐出一阵凄凄而神秘的歌声。

"花落水流春去无踪，
只剩下遍地醉人东风，
桃花时节露滴梧桐，
那正是深闺话长情浓。"

低沉而混浊的女声，伴着尖锐的转针声，自一架老唱机里悠悠地传来。

原来是有人的。

他立即又喊了两声，压抑的旋律仍在静静地萦绕着，还是没有人回答。

或许是个陷阱，梁复告诉自己，可留在这阴冷的石室里已是同等死无异了。他想了下，两只手撑起半截身子，缓缓地朝坑洞那爬了过去。受伤的腿连着背部，撕裂的伤口一拉扯，扯翻出了湿糊的血肉，痛得他叫唤了一声。

妈的，臭女人！

他心底真是恨极了，巴不得要将她五马分尸，碎尸万段。只要他能从这里出去，就一定有办法，只要他能出去。

咬了咬牙，梁复的身子趴着泥泞湿臭的地面，佝偻地朝洞口挪进去，一点一点消失在阴暗深邃的坑洞里。

照从前的规矩，贸易行的账房先生总是月末来陆家报一次账。后来陆应元重病无法打点业务，沈太太仗着自己的股份，在贸易行一手遮天，往账房里安插了不少心腹，弄得账目大乱，亏空不少。

李管家见陆老爷病愈了些时日，有心要将这笔糊涂账算清。这天，请了账房的陈先生过来，当着沈太太、陆老爷的面，翻开那摞厚厚的蓝布账本，笔笔核对。

那陈先生穿了件苹果绿的阔缎坎肩，躬着背，乌圆的算珠在几根长指头中上上下下，噼里啪啦地跳个不停。

小翠拎着壶开水过来沏茶，陆老爷惘惘地依着太师椅，竟是睡着了，口水沿着下巴颏滴到品红缎裤上。

"李管家也是糊涂了。"小翠转身上楼，撞见楼道口的小霜，笑道："老爷如今一副痴傻的混样，让他来瞧账，能拿得了什么主意？"

陆太太前天夜里受了寒，等着热水泡脚。小霜悠悠地接过银凤手里的黑壳大水壶，撇嘴道："人人都说老爷快不行了，我看老爷身子骨好得很，半夜还能听见他房里摇床，动静可真不小，也是一把岁数的人了。"

"吓，老爷？和谁？"

"你说呢？"小霜瞥了她一眼，不觉已走到老爷的卧房门口，讳莫如深地道："再说下去，让太太听见了也不好，又得骂我碎嘴子了。"

二人这厢躲在门外嘀嘀咕咕，秀儿在里面上茅房，倒听了个清清楚楚，脸上红一阵，白一阵。陆太太用不惯新式抽水马桶，床尾拉过条粉帘子，后头摆上一座红漆箍铁环的木马桶。茅房靠着床边，依的是老一辈的规矩，肥水不流外人田，都说可以聚财的。

马桶的木坐垫用得久了，红油漆斑斑地摩掉一片，露出圈隐隐的糙木面，毛毛地扎进皮肉。心底也像被针扎了一样，老爷欺负她的那点事，原来底下人已经知道了，怪不得前几日连唐医生都来给她瞧身子，头疼脑热地问了一堆。想必太太也是有所耳闻。不过碍于老爷的面子，大家只好佯装不知，默不做声，就任她一个没势的丫头由人糟蹋了。

想到这，心下更是说不出的委屈。

木桶里的尿声哗哗地响开了，幽静的屋子，清亮地像空谷流水。眼前垂了幅厚厚的粉底平金花鸟帐帘。上面停驻了几只白银线绣的仙鹤，收着黑金丝的翅膀，山高水远间织满了一丛丛绿焰焰的金线古松。茅房的小灯泡黄黄地照过去，如抹晚晖斜阳的影子，更衬得外面的世界黑沉沉的。

帘子外一串急匆匆的步子，踩得乌木地板咔嚓咔嚓地叫了起来。帐帘上忽然戳出一大块模模糊糊的人影子，静悄悄地，一动不动地立在茅房外头。

莫非是太太回屋了？秀儿收了泪，边提上裤子系腰带，边道："太太，热水给您烧好了，刚让底下人拿上来的。"说着，抬手掀开帐子，倒是一愣。

屋里头空荡荡的，半个人影没有，只有一把黑壳大水壶放在房门口，壶嘴呜呜地吐着白蒸气。

难不成眼花瞧错了？正纳闷着，身后又掠过一阵咔嚓咔嚓的空鼓声，由近到远，眼角的余光似乎瞥到了块黑压压的影子，四肢贴着地板，乱爬乱挠地溜进床底的黑暗里。鼻子下面飘过茅房的尿骚味，一种难以言喻的恐怖自心内油然而生。四柱大床底下，慑人的响动再度传开了，咔嚓咔嚓咔嚓，听得人头皮发麻。

她瞪大了眼睛，战战兢兢地朝床下边探过头去。

黑压压的暗影里，孤零零地座着一盒水浪纹的棕木匣子，嘎吱嘎吱，乱糟糟地震个不停，激起一蓬蓬呛鼻的灰尘。仿佛什么东西锁在里头，上蹿下跳，慌慌张张地抓挠着。

她自己不知是怎么了，一只手竟然颤巍巍地伸了进去，将那只震动的木匣子缓

孤宅 | 163

缓地拉到床外头来。

木匣子正面镶着把铜黄的葫芦扣，手指轻轻一压。

吱吱嘎嘎的响动瞬间停下来。

木匣的盖子静静地掀开了。

里面齐齐整整地叠着层孩童的衣裳，宝蓝金花棉袍，一字襟牡丹湖色背心，还有顶虎头帽。倒是曾经见陆太太拿出过一次，那时候说是给桂芝的孩子置备衣服。再往下摸，匣子的底部夹了块色迹斑黄的棉布包裹。一打开，二尺见方的白麻布，深深浅浅，一片铁锈色的红渍。

是血迹。色泽发干，应该也有些日子了。

麻布中裹了瓶琥珀色的玻璃小药罐，罐身贴着张蓝白色的小标签，上头三个淡淡的黑钢笔字——陆家庆。

姓陆？还是个男人的名字？她怎么从没在府里听说过这么一号人物？

拔开玻璃罐的橡皮塞子，掉出一根两寸来长的黯红色肉干，皱巴巴的，像一小截熟食店里风干的腊肠，带着消毒水的呛味，联想到瓶上的人名，秀儿忽然有点毛骨悚然。

这根肉干或许是自这个叫陆家庆的人身上割下来的。

一只手掌猛然从背后劈头打在她脸上。转头便见陆太太立在身后，一反平日里心慈面软的样子，阴阴地黑着脸，一口气啪啪啪连抽了她几个巴掌，狠狠地骂道："手脚不干净的东西，打起我的主意来了！"

秀儿一时蒙住了，被几个巴掌扇得眼前发黑，回不过神来，徒然举臂挡着脸，口中哀求道："太太饶命，太太饶命！"

"你以为翻到了我的东西，给你抓到了把柄，你就有指望了！"见她越向后躲闪，陆太太胸口的火气更是腾腾地冒上来，拉扯住她的头发，继续骂道："你和老爷那点破事，当我蒙在鼓里哪。想学那唱戏的婊子，爬到我头上来作威作福，看我打不死你这贱人！"说着，抬脚对着秀儿的下身又是一阵使劲地乱踢。

秀儿疼得不行了，只顾叫唤着太太饶命，两脚酸痛得摔在地上，正巧撞到了那口黑壳大水壶。一股热腾腾地滚水劈头盖脸地浇下来，两条手臂顿时火辣辣的，像泡在一口油锅里煎熬。痛得她偻了身子，满地打滚，哑着嗓子哭喊道："死人了，要打死人了！"

手下得这么重，陆太太自己也不觉吃了一惊，脸色惨白地看着她翻滚在地上，心中又气又慌，气的是这丫头咎由自取，在屋里翻箱倒柜，坏主意算到了她的头上。慌的是闹成了现在这样子，反倒不好收拾了。

犹豫间，门外又响起一串步子声。"嫂子，我就说来着，李管家是冤枉我了。"沈太太推门进来道，"账房刚把一大套数目字算下来，是笔笔相符。"话才说一半，瞥见秀儿横躺在地，身旁一滩打翻的热水，忙变色道："好端端的！这是怎么了？伤成这个样子！"

"是我自己不仔细。"秀儿怯怯地欲言又止，被沈太太轻轻地扶了起来，耳边就听见沈太太喊叫下人拿药的声音，再一抬眼，陆太太早就不见了。

珍珠门帘子哗哗地前后摇摆，怕是躲回内屋去了。

夜半时分，屋子外头忽然刮来一阵狂风，卷起一地枯枝败叶漫天飞舞，吹打得几扇窗户砰砰作响。厚沉沉的黑云自天边滚滚压来，霎时间遮天蔽月。一道刺眼的珊瑚形闪电横空而过，照得大半间屋子一片雪亮。于妈半蹲在案桌旁，低头抽着水烟袋，咕噜咕噜地响。

屋里一道门推开了，李文忠探进头，低声道："人还睡着吗？太太说她就不来了，让我们自己弄。嘱咐我们仔细点，千万别出了纰漏。"

紫檀木案桌上躺了位白绫滚边软缎衫的女子，一头乱发遮住了脸，梦中呓语般地打着哼哼。案前暗红漆的茶几摆了一尊香炉，炉边各烧着两只细长的红烛，明明灭灭。高脚描金烛台上累累地爬满了一泡泡烛泪，鼓鼓凸凸的，像温热血红的肉疱。

"和药喂下去的，睡得可死了。"于妈放下手中的烟枪，起身拍了拍深蓝布罩袍。

身后一堵青灰砖墙面，立着座一人多高的六臂泥金铜像，碎了半边的脑袋，余下半张阴蓝色的脸连着脖子，黯黑的影里依稀浮出一只狰狞突起的眼泡，阴森恐怖地注视着案桌上的女人。

菱花细铁丝窗外响起了轰鸣的雷声，昏暗里震天撼地。

打襟里掏出一本发黄古拙的小册子，于妈俯身跪在一张荷叶边的大红软垫上，就着册子里密麻麻的梵文，低声吟诵了起来。

不知过了多久，昏睡中的女人微微动了动，呻吟了两声。

李文忠转过头，不安地望了眼于妈，苦着脸道："她不会要醒来了罢？"

"别吵!"于妈瞪眼回了句,额头上密密地起了层汗,以固定的节奏,继续一字一句地念着。

"疼,疼!"桌上的女人仍闭着眼睛,像发了梦魇,挣扎地摇起了身子。

"快点按住她的手!"于妈赶忙叫道。

李文忠一个上前紧紧按住了那女人的双手,那手臂如蛇一般左躲右闪,好容易被抓住了。女人的一双眼睛忽地张开了,却仍像在梦一般,露出痛苦的表情喊着:"肚子疼,疼啊!"

李文忠低头一看,不禁暗暗吸了口冷气。她的腹部,隔着白绫滚边软缎,气囊般地渐渐鼓了起来。

"疼死我了,疼死我了!"女人大口大口地呼起了气,下身窜起撕裂般的阵痛,双腿蹬着桌子,扑腾扑腾地来回抽搐。

"抓紧了!"于妈擦了擦额边的油汗,两片嘴不由念得快了起来,上下开合不停。

白绫软缎下的腹部涨得圆圆鼓鼓的,像青蛙的肚囊,周身的汗水浸湿了,隐隐现出一层淡黄近透明的皮肤。

"啊!死罢,让我死罢!"桌上的女人哭叫声越来越高了,简直要把肠胃从嘴里呕出来,流了一脸的泪汗,伸长了脖子,青筋直暴。

"我看先停了罢,怕是会出人命的。"李文忠害怕了,央求道。手底下的那具身体已经鼓涨得如临盆的孕妇,似乎撑到了极限。女人的脑袋重重地磕着桌子,一次又一次,浑身剧烈地颤抖着。

终于,在一声凄厉地尖叫下,是一个柔软的撕裂开的声音。白绫滚边软缎上浮起一道深红的血痕,慢慢漾成一滩血水,沿着金边紫檀木案桌,滴滴答答地流下来。

于妈一脸惨白,默不做声地将册子卷回了衣襟里。

"这,这……"李文忠哆哆嗦嗦地掀开那件染红的缎衫,光光溜溜的肚皮上翻开一道乌红的肉口子,汩汩地冒着血水。

桌上的女人诈尸般地坐了起来。丝丝乱发下露出一张痛苦扭曲的脸。

是惠珍。

她的嘴张得出奇的大,却发不出一点声音。只是垂着眼,恐惧而痛苦地盯着腹部那道血如泉涌的伤口。

一道红红黄黄的液体，外翻着血肉的伤口蠕动了起来，如朵血肉之花，自内向外地绽开。戳出三根细细长长的肢节，灰毛毛的，仿佛昆虫的触手，上下胡乱地爬动着。

惠珍！

沈志贤猛地从梦中惊醒，呼呼地深吸了几口气，胸腔不安地来回起伏着。

怎么做了这样恐怖的噩梦？

起床的时候，天刚蒙蒙亮。打卧房下楼，家里的老妈子已经将早餐预备好了。刚热好的牛奶有一股淡淡的腥味，他喝了一口，眉头同时皱了下。

老妈子站在外头走廊里喊道："少爷，老爷来的电话。"

又是他父亲，平时倒没见他电话来得这么勤。沈志贤耳朵还没靠上听筒，大致都能猜到他要说些什么了。

"我是管不了你了！"电话里的声音哼哼地道，"你比老子有本事！调查处围捕的学生，都能让你设法放了，本领通天了！"

"他们是我的同学，不过是一群普通学生。根本不是什么奸细，反党。"

"我不管这些，我只问你，你疏通调查处的钱是哪来的，调查处那帮人我还不明白，胃口大得很，一点小钱是喂不饱他们的。败家玩意，你又花了多少钱？"

未待电话讲完，那听筒已经被他重重地挂上了。老妈子从门口迎上来道："少爷，要出去了？"沈志贤嘴巴哼了哼，发动车子，就驶向了学校的方向。

学校那天放得早，不到中午时分，花岗石的弧形校门外，就陆陆续续地走出了些学生。老远见着海棠抱了叠书本过来，敲了敲车窗玻璃，对他笑道："怎么换回你父亲那辆老爷车了，道奇上哪去了？"

"你别管。"沈志贤偏过头去。

"我们这是上哪？"

"到了你就知道了。"

几天见不到一次面，今天难得约了一次，又不给好脸色。海棠不说话了，手指头咬在嘴里，一下一下地啃着指甲，染了蔻丹的红指甲，啃成了朵锯齿边的玫瑰。男人都是一个样，成天给他好脸色，哄着他，逗着他，不过徒然掉了身价，因为来得太容易。得晾着他，淡着他，让他千方百计，处心积虑地把你搞上手。送上门的永远是蛤蟆肉，只有吃不着的才叫天鹅。

圣玛丽教堂高耸的尖楼扎进雾沌沌的日光里，主楼的钟塔当当地敲起来，惊飞了一大片栖息在穹顶的鸽子，扑闪着白亮的翅膀，波涛绵延地从这片拜占庭式的广厦连阡上空掠过。翻卷的白浪下方，教堂粗笨的黑铁门拉开了，一队披着黑裙白纱的唱诗班女学生鱼贯而入，步履匆匆地踏过绿毛绒绒的草坪。

草坪外砌了圈狭窄的黄砖道，米伦嬷嬷笑吟吟地立在一棵洋槐树下，对着志贤与海棠道："原来你们都是丹艳的朋友，她很久没上我们这里来了。圣诞节前还打了个电话过去，陆家的人支支吾吾的，我们还道她是病了，不方便。"

这洋嬷嬷身高体壮，蓝瓷色的细长眼睛，来中国也有好几个年头了，操了一口生硬的国文继续道："其实我该称她陆太太的，说来也是认识了好几年的老交情了，从前丹艳丹艳的叫惯了，一时改不过口。"

海棠愣愣地打量着志贤，猜不明白他葫芦里卖的什么药，上洋教堂做什么来了。却听那沈志贤接道："陆太太好得很，前些日子回娘家小住了一段时间，过几日才能回来。我们是受她所托，来看她一位寄宿于此的朋友的。"

"哦？你们是来把她接回去的？"米伦嬷嬷的眉毛挑了两下，掩不住喜色道，"我一直怕丹艳，哦，不，陆太太把她给忘了。毕竟她年纪太大了，长住在我们这小院，于她也是不便。"说着，脖子上一副小十字架，在日光下灼灼发光。女人天生是金银首饰的傀儡，哪怕信了洋教，嫁了上帝，吃斋念洋经，戴不来珠钗银翠，也不忘打个烫金十字架给自己过过瘾。

教堂背后是一座灰瓦白粉楼，一扇扇半透明的十字窗。这几年西教大肆拓殖，在城里又是建学校，又是盖医院，借机传教，招了不少的信徒，上至公司职员，下到码头苦工、农村妇女。宗教向来是穷人的精神鸦片，借助缥缈来生与虚空世界，鼓励他们忍受现世的苦难，吃苦作吃补。

这幢小白楼是教会下属的一家医院。医院狭窄幽暗的走廊铺着厚呢蓝地毯，偶尔走过几位匆匆忙忙的白褂护士，谈吐间总会自觉地压低了声响。

在一溜米黄色的廊壁尽头，是扇苍绿漆的小门。那米伦嬷嬷一面掏出钥匙开门，一面道："这婆婆脾气好得很，平日也不怎么吵闹的，就是脑子不好使。"说着打了个手势，在头上比划了下，道，"你们懂的，大概年轻时受了刺激，有点疯疯傻傻的。"

屋里有点冷，亮着灯，墙上挖了四四方方的窗户洞。一架铁丝床上坐着位老妇人，绑了根油松大辫，齐膝的雪青罩袍，打了几块补丁，一见有人进了屋，便慌慌忙忙地站起身，朝着他们拘谨地笑了笑。

"婆婆，他们是陆太太的朋友，专门看你来了。"

"啊？"老妇人眨了眨眼睛，自言自语地道，"陆太太，太太。"又抬眼端详了一遍志贤，缓缓道："太太真是好人啊，又年轻，又漂亮，把我接到这个地方来住。"

这老妇总归是年纪大了，几句客套话下来，皆是前言不搭后语，磨得海棠的性子快没了，暗暗扯了把志贤的胳膊，示意要走。

沈志贤只作不见，踌躇了片刻，又对那老妇道："婆婆，有件事不知该不该提。太太当初千方百计地把你从外地接到此处来，究竟是为了什么？"

"为了什么？"老妇一拐一拐地走到他们的跟前，茫然道："为了她的孩子啊，太太怀了孩子，要把孩子生下来，没想到……"

她忽然不说话了，黄赭的脸上翻起一道道深深浅浅的皱纹，如朵残败的菊花，凋落的花里向外翻出两只墨蓝浑浊的眼睛。

瞧得海棠心里七上八下的，细声道："没想到什么？"

"她生了只妖怪。"

老妇人仿佛回忆起了什么，手指头插到灰蓬蓬的发间，刷拉刷拉地刮了起来，背过身喃喃地道："她生了只妖怪，生了只妖怪。"

几个人心中咯噔了一下，马上沉默了下来。

米伦嬷嬷觑着眼道："她这是又犯糊涂了，老毛病了，有一搭没一搭的，尽说些前言不搭后语的话。"

他们从那间小灰屋子里出来，沈志贤打口袋里摸索了阵，掏出几张票子，道："陆太太说这一年让嬷嬷费心了，钱不多，是一点心意。"

"哎，这怎么好意思的。"嬷嬷白蜡的脸蛋笑成了朵花，嘴里吐了几句中国人的客套话，那只洋人的手已经麻利得将钱揣进了衣兜里。

"那今天就要将她接走了吗？"

"哦。这些要等太太回来再定夺，目前仍要再劳烦嬷嬷一段时日了。"

嬷嬷的脸上掠过一丝失望，仍还笑吟吟的。折腾了半天，倒也不甚介意。也难怪，信了洋教的老妈子，一个赛过一个的好脾气，说来也是他们的主教育得好，左脸挨了巴掌不过瘾，别忘了再把右脸迎上去。

第十三章　订婚宴

回去的路上，在教堂的圣坛前，一群披着黑袍子和象牙白衫的女学生在唱圣经诗。彩绘玻璃的拱穹高窗下，雄浑的风琴轰轰地伴着少女们肃穆空灵的歌声，洪流般浩浩荡荡，如同黑夜笼罩下的海面，湿暗的海风肆虐，在无尽的暗的深处，反倒隐隐有光，灯塔在礁岩的尽头蒙蒙闪亮。

志贤不由得在门口站住了脚，听得入神。后排长凳上不知哪家的小姐，也被这歌声打动了，耸着肩膀，微微地低头啜泣着。

他只道这身影有几分熟悉，多瞧了两眼，简直以为是自己的幻觉了。

"惠珍?"他轻轻地叫了一声。

惠珍应声回过头来，脸上湿答答地挂满了泪，远远见到他，先是吃惊，连忙抬手胡乱揩拭脸上的泪痕，嘴巴下意识地张了张，却是露出一副凄楚的笑容。

"怎么了?"沈志贤看她起身缓步而来，轻声问道:"你跑这来做什么?"

"这两天闷在家里久了，随便出来透透气。"她带着鼻音答道，濡湿的睫毛微微下垂，像片薄薄的雪青的扇，在他的心中轻轻翻动着。

"正巧，我也要和你说件事。"沈志贤呆了下，又清了清嗓子道，"上回你找我借一笔款子，这几日我手头上正好有笔闲钱，你若需要，随时可以。"

"钱?"她被这么一提醒，仿佛又想起了什么，变色道:"你现在哪来的钱?"

"我，我，"他隔了半晌，终于下定了决心般，道:"我把那辆新车卖了。"又担心她有顾虑，忙补道:"为了帮我那几位同学，要花不少钱。这才狠下心卖的，也不全为了你的事。"

其实也还是和惠珍有关的，当初拒绝了以后，一连见了几次面，她总是心事重重的。他回去前前后后想了几遍，才意识到事有蹊跷，若不到万不得已的地步，她不是那种随便开口要钱的人。

默然了片刻，惠珍方才低声道："钱的事，不用麻烦你了，已经结束了。"颤抖的声音，听着虚飘飘的，仿佛喉咙被什么塞住了。

"你怎么又哭了？"志贤心神不定地瞧着她，完全不知该怎么办才好。

她垂着头，一遍一遍地抽泣着，泪水不住地顺着脸蛋流下来。忽然他的肩膀靠了过来。他伸过手臂拥住了她，搂在怀里，一手轻轻地抚摸她的头发。

臂弯下的抽泣声更大了，惠珍失控般地嚎啕大哭。这几天究竟发生了些什么，他全不明白，也没有问，只是紧紧地抱住了她。却仍有一种无力感，似乎这样才能给她一点安慰，也是他唯一能做的事了。

他们身后高长的窗上，嵌着块彩绘的玻璃画，青铜铅条层层地隔着玻璃，划出一道道珠光灿烂的流彩，金玉、宝蓝、洋红。虔诚的圣安东尼跪在窗格子中央，经受着群魔的诱惑，玄棕色的兽头人身的魔鬼，烧着血红的火焰。冲天的红光日晕里是片飘忽神秘的光辉。

海棠就站在离他们几步远的地方，目不转睛地盯着那片艳丽的光辉，眼里一阵刺痛，她飞快地瞥了这两人一眼，默默地吐了口气，转身走了。

又过了几日，大红的艳阳天，山林里浓郁的绿树如炸开一般，一团一团，碧腾腾地燃烧着。唐先生忽然登门上陆家来了，同陆太太隔着张桌子并排坐在客厅里。小霜去给他们端茶，只觉得客厅里似乎发生了什么不得了的事情，说话的语气忽高忽低的，倒是热烈得很。

小翠见小霜一脸喜色地回来，赶忙问道："什么事让太太高兴成这样？"

"唐医生提亲来了。"

"提亲？和谁？"

"能有谁？还不是表小姐。"

厨房里顿时炸开了锅，几个下人虽然吃惊不小，但也觉得在情理之中。怪不得前段时日见着惠珍小姐一趟一趟地往外跑，原来是同唐医生好上了。

"也不晓得太太会不会答应。"小翠想起自己当初与王妈儿子的那桩婚事，被沈太太棒打鸳鸯，至今仍有些耿耿于怀的。

"怎么不答应。"于妈接口道,"我看表小姐和唐医生这一对,是郎才女貌,真是再般配也没有了。"她嘴上这样讲,心里打的却是另一番主意。当初陆太太要将这位侄女接到陆家来的时候,她便是一百个不同意,半辈子没见面的骨肉血亲,究竟算不上知根知底。这表小姐平素的言行叫人捉摸不定,也不是个省油的灯。一会儿与沈少爷走得近些,一会儿又是和唐医生热络着,加上前几日那位半夜来访的梁先生。于妈那天夜里在楼下为太太备宵夜,活忙得晚,直过了后半夜都没见那梁先生打楼上下来,总疑心他是在小姐的房里过了夜,翻墙走的。一个未出阁的姑娘家,这不干净的声名若真传扬出去,对陆家也是颜面攸关。

况且表小姐在这里待得久了,一些事遮掩不住,夜长梦多,如若被她发现,日后必贻大患。她这回真能嫁出去,也算了却一件心事。这样一计议,于妈心境愈是松快了许多,才风风火火地爬上楼梯,又撞见了唐医生,也是一脸喜气洋洋的。本以为他上二楼,是去表小姐那边报喜,不想一个转身,竟先溜进了沈太太的屋里。

沈太太躲在房里小半天,早将楼下发生的事听了个清清楚楚。她大概也没料到唐医生会忽然闯进来,先是一愣,才正色道:"恭喜恭喜了。"

唐医生只是原地站着,方才的那点喜色顿时没了,脸上毫无表情地道:"就是过来和你打声招呼,从前的事,都已经过去了,还是不要让惠珍知道为好。"

原来是打预防针来的,她心头震了震,百感交集,估计是怕她到时候发作,将来撒泼打滚,把他们间的那点丑事全捅了出去。

"我就再问你一件事。"沈太太淡然道,"那天你说的,秀儿的事情,是确有其事?"

"怎么没有?"他这才抬眼瞧着她,呆了下,道:"当然都是真的了,我亲眼所见,还能有假。"说完,怕她不相信,又道:"我们认识多久了,我还会拿这骗你吗?"

房间里暗暗地敞着半截百叶窗,两人似乎都被这句话戳了一下。片刻的沉默,仿佛什么东西堵住了喉咙,就听见窗格子前那架笨重的老座钟,滴嗒地走着针。

滴嗒滴嗒……

是时间烧成灰烬的声音,他也听见了,滴嗒滴嗒,将他们曾经的分分秒秒,烧个干干净净,片甲不留。

"喜事预备什么时候置办?"沈太太又道,努力露出点笑容。

"这些事情倒尚未商议，"唐医生一手摸进上衣口袋里掏摸着，继续道："惠珍的书还没有念完，当前只筹划着先办一个订婚宴。陆太太实在是热烈得很，执意要在家中宴客。我的意思是在外边请几位熟识的亲友小聚一番就好，不用太铺张。"

他这样讲，想来也是顾虑到沈太太的感受，她也明白，又道："在陆家也没什么不好，惠珍喜欢就行。"

"她这人没什么主见，向来要旁人拿主意的，自然一切随我。"唐先生掏出盒香烟，抽出一根，点燃后叼在嘴边道："她姨母倒是比她还性急，我上楼的时候，她就忙得拾起电话听筒，作势张罗开了。"

此话果然不假，短短几日的工夫，陆太太这厢是忙得轰轰烈烈，不亦乐乎。不仅命底下人将整栋陆府由里到外收拾揩抹，打扫得整整齐齐，焕然一新，又重金聘请了万福楼的大厨掌勺，百忙之中还腾出时间亲自过目了婚宴的菜色。烫金的请柬更是发遍了城中的商贾大户，四处声扬，弄得人人皆知。

到了订婚宴那日傍晚，西半天夕阳衔山，陆家园内横空点了两挂桃红色的纸糊灯笼，影影悠悠斜映着那片晚阳残照。菱花玻璃窗内灯烛通明，宾客云集。沙发上围了圈双色撒花流苏，厅堂迎面便加摆了一张大理石紫檀木案，案上一座金花蝴蝶珐琅双耳罐。背后是对鹅黄洋漆小几。墙上挂了几副玻璃框，是石榴百鸟花纹唐锦。

几个丫环随着小翠小霜，都换过一身新添置的松绿窄袖布褂，上头系了几颗豆黄色的小圆盘扣，托着摆满了茶食点心的波浪卷云彩釉大方盘，在一帮政商名流中来回穿梭，忙得一身香汗。

"办得这般风光，外面人不明就里的，还道太太是嫁女儿呢。"小翠扭身对小霜揶揄道。

小霜随她转进走廊，道："难得见太太这么快活，喜色颜开的，方才还见她拉着王太太的手不放，笑得口都合不拢了。"

"也难怪，究竟底下无儿无女，半百的岁数，身边有了这么一位娘家侄女，也就当亲生亲养的看待了。"

"热闹了大半天，怎么没见表小姐出来？"

"她今夜不能出闺房的，是她老家的规矩，讲究得很，新娘子订婚那天不见客。"小霜说着，弯着腰将餐盘搁到了廊厅的方案桌上。

小翠往那盘里摆上一盏乌银鹦鹉纹茶壶与几只雪青提花小瓷杯，又道："我说呢，连个人影也见不着，刚刚撞见海棠小姐，还问我打听她来着，满腹心事的样子。"

"哦？"小翠噫了一声。随后二人端上刚沏好的热茶，回身又进了厅堂，迎面便与位行色匆匆的客人撞了个满怀，险些将手中的方盘打翻了。

"你？"小翠一抬眼，见是沈家少爷，随即转怒为喜，堆笑招呼道："哟，沈少爷，什么时候到的？"

不想那沈少爷也是一副心事重重的模样，正眼也不看她一眼，抢前一步，径自上了楼梯。

"真是怪了。"小霜见状自顾道，"也不知今天吹得什么风，接连碰上这么两位，全跟丢了魂似的？"

小翠适才遭了一脸的灰，鼻子管里哼了一声，冷笑道："这点内情，你都琢磨不过来吗？定是表小姐原先招蜂引蝶，处处留情。现如今她想着金盆洗手，嫁进唐家做她的少奶奶。只怕那旧情人还深陷情网，不可自拔。这下可得有得戏瞧了。"

两人谈话间，那厅堂里已是夜宴大开，谈笑甚欢。两台拼桌满满地坐齐了宾客，清蒸龙虾，红烧狮子头，海参鱼翅汤，醋熘四腮鲈，还有奶汤鲍鱼羹，陆太太亲点的招牌菜，一道道地端了上来，再配上留声机大喇叭里曲调悠扬的伴奏，吃得众人酒酣耳热。那腾腾的烟气酒气推着迷离缥缈的音符，如片稀薄的雾海，飘飘荡荡，沿着楼下的螺旋阶梯扶摇而上，蔓延进了惠珍的房里。

这时惠珍的窗外，是一片惨红的天光云影，残照的云缝间镶嵌了细细的金边，东半边的天空已抹上了一撇霜白的月影。

"新娘子，大好的日子，怎么把自己闷在屋里头了？"

惠珍背着手，斜依在阳台的门框上，只听见有脚步踱进了房间。来人穿着件紧身的苔绿缎条纹袍子，手里擎了只玻璃酒杯，微微地晃着身子，继续冷冷地道："有时候，我真是搞不懂你，身边明明有位唐先生打得火热，为什么还要将脑筋动到志贤的身上？"

"海棠，我不明白你在说什么。"惠珍回过身。

昏暗的房间里没点灯，夏海棠摇摇颠颠地两步靠了近来，阴影里露出她半张脸的轮廓，飘着两块红晕，带着几分酒意道："你装什么糊涂，暗地里同沈志贤勾勾搭搭的，你当我全不知情吗？"说着，手里的酒杯不经意地一甩，泼洒了一地。

"你醉了！"惠珍愣了一下，讷讷地道，"我和志贤两人间是清清白白的，没什么不可告人的地方。"

海棠咯咯地笑起来，几乎站不稳脚了，道："我原以为你只当我是个傻子，未曾想你还拿我当个瞎子。那天在教堂，当着我的面，你们就能搂成一团，背着我都不晓得做出什么勾当来了！"

"你误会了，"惠珍心神不定道："那日的事，我，我有我的苦衷。"其实在那之后，沈志贤又来找过她几次，可她没有再见他，就算再见一面又能怎么样呢？太迟了，一切都已成了定局。他们什么也改变不了。

窗外的日头完全消尽在远山的黑影中，蓬鼓鼓的夜风咻咻地，卷着屋外的黑暗，乘虚而入，眨眼间，涌满了屋子的每个角落，一切都变得黑魆魆的了。

"苦衷？事到如今，你还有什么苦衷，算我夏海棠看走了眼，对你掏心掏肺，视如亲姐妹一般，原来竟是引狼入室！"

惠珍越是辩解，海棠越是生气，胸口的那股怒火猛地一声烧了上来，借着那股酒劲，就听见屋子里呛啷啷的一声响。

那只玻璃酒杯瞬间摔了个粉碎，惊心刺耳的声音，两人同时都呆住了，倒想起她们在学校里的那些葱茏岁月，不过短短几个月，却像是过了很久的时间，如今白云苍驹，物换星移，都受了很大的震动。

楼下的那片人声笑语好像渐渐远去了，显得异常的安静。两人默然了半晌，心乱如麻，都在想着要怎么开口。

隔着几间静悄悄的空屋子，忽然传来一阵凄厉的笑声，阴飕飕的，伴着木地板蹬蹬地踩踏声，像关着个发病的疯子，让人毛骨悚然。

"那，那是什么声音？"海棠酒醒了一大半，不禁想起陆家前阵子烧死了一个发疯的丫头，只觉得头皮发麻。

"大概是哪个客人喝醉了酒，在胡闹吧。"惠珍向海棠对望着，一步步地走到门口，或许是找了个借口想着趁机离开，惴惴然道，"要不，我出去看看。"

房门吱呀一声，开了又关上了。海棠独自一人留在空空落落的屋里，天色愈加地暗了，满坑满谷的叶浪声，呜呜咽咽，一波接着一波，排山倒海，黑暗中，仿佛拍打着洪荒的宇宙，一种原始而仓惶的错觉，愈加显得房里无声无息的沉寂。

"惠珍？"海棠轻轻叫了声，走廊里的脚步声反倒渐行渐远。伸手捻开房里的灯，大约是二楼电力不足，没有多少光，黯淡地闪个不停，照得她摇摇晃晃，脑子发晕，简直是跑进了只狭小的船舱。黑洞洞的落地窗上悬着畸曲斑驳的树阴浮影，湿溶溶的，似片混沌荒芜的海色。

她站着不动，心口忽然狂跳不止。

那零碎的响动，分明是什么东西翻上了阳台，正躲在窗户外头。

海棠大气不出，以为是自己的错觉，竖起耳朵仔细听。

阳台上的声音大了起来，能清楚地听出嘶嘶的喘息声，混杂着吧嗒吧嗒的低吼，像某种不知名的兽的嚎叫。

"惠珍！惠珍！"她哆哆嗦嗦地摸到门边，急切地拍打起了门板，隐隐听见廊道里细碎的步子往回跑来。

"怎么了，海棠？"惠珍在门的另一头不由得慌起来，"里边怎么了？那是什么声音？"

可海棠没有回话，她瞪大了眼睛，盯着身后那块黑洞洞的窗玻璃，手足冰凉，下身惊起了阵寒栗的尿意。

墨绿玻璃窗上那畸曲粘稠的剪影。

是一张惊骇狰狞的脸。

正一鼓一鼓地凸动着。

粘稠的奶黄西米露，盛进宫制红粉的葵花小碗，微微荡漾着股甜香端上台面。

李太太举起镶银汤匙，见身旁的沈太太自顾对着那碗甜汤出神，便推了推她胳膊肘，笑道："你是怎么了，魂没了，整晚绷着张脸？"

"哦，哪有？"沈太太慌过了神，忙举筷拣了点冷菜，掩饰道，"大约是乏了，为了这顿订婚宴，操持了大半天，人倦力疲，迟会儿的牌局怕是上不了了，你们记得找陆太太去。"

"喝，"李太太斜眼取笑道："倒把功劳全揽到你身上来了。论待客之道，还真是你这主人做得周到。不老老实实地在主桌那儿款待唐先生的亲戚，反而蹭到我们这张客桌来了，可别叫旁人见了笑话。"

一个下人拈开唱针，来给留声机换新唱片。细亮的唱针划过密纹，黑胶唱盘缓缓转开了，像一汪黑潭，死水微澜中，波光流转地漾荡而开，是首轻快的舞曲。

隔着张桌子，就见主桌那边推杯换盏，几位宾客轮番向唐医生敬酒，他这天穿了件夹着杂色斑点的藕灰西服，里头一件白纺绸衬衫配了黑丝领结，倒显得年轻几岁。一边的陆太太套着件翻领的紫桃丝绒洋装，也不免小酌几口，脸颊微微红了起来。

沈太太拿眼瞅了下，心底更是烦乱，道："他们叶家嫁女儿，姓叶的亲家，说白了，与我们陆家也是八竿子打不着的亲戚，不过是念在我嫂子的面上——"余下的话却是没有再说下去。

这样的口气，李太太也是暗暗吃了一惊，怕是自己方才的言语踩到了她什么痛处，没敢接这个茬，只得岔开去说道："李先生让我今晚来的时候问问你，美孚洋油代理这事，你们陆家计议得怎样了？究竟是做还是不做？"

她要不提，沈太太倒险些忘了这事，"你们可是想好了？这几年洋油买卖看似兴隆，不过城里经营油品的洋油行、煤栈都开了不下十来家。俄国洋油、荷兰洋油、英国洋油……我是担心风险不小，洋油生意可不比卖棉织茶叶，还是从长计议为好。"

一直以来，陆家洋行都与李太太家的商号合作进出口生意，为海外委办商代购些茶叶生丝，偶尔也经营国外香烟棉织转销内地。但提到经营洋油，他们两家却是头一遭。

"这方面，你大可放心，美孚洋油在洋商里也算老牌子了，若能订下整个省的代销商约，批零兼售。到时候可不仅是煤油店的座上客，就连那帮走乡串寨、担挑叫卖的油贩子也得从我们这购货。生意可不要太好了。"李太太谈得兴致勃勃，又不免道，"何况油品生意更得看远些。"

这话里的文章，沈太太听得出来。他们要做的是发国难财的长远打算，近几月北边的察哈尔省被关东军侵占了大半，传言要推动华北脱离南京政府自治，筹建蒙古国。北平天津两地的日本驻屯兵也趁此零星来犯，骚扰生事。真等战祸烧来的时候，物价飞涨，这类囤粮囤油的生意，可就成了一本万利的好买卖。

不过都说这场战是要打的，可惶惶地苦等了老半年，仍是打不起来，将至未至，仿佛刽子手的刑刀横架在脖颈上，悬而未决，提心吊胆的，倒不如一下来个痛快。

李太太口沫横飞地讲了大半天，眼见沈太太还是一脸犹豫的神色，撇起嘴笑道："这么些年了，我也知道你们陆家人做生意的脾气，小心仔细得很。所谓口说无凭，眼见为实，今天来的时候，我就派人运了两桶美孚的油毂子到你们家来，就摞在厨房后头。待会儿席散了，你和陆太太好好瞧上一瞧，再做定夺也不迟。"

说着眼角一提，才发现沈太太仍是一点反应也没有，人竟如中了邪一样，两眼发直，惊愕地盯着前方，脸上血色皆无。

"哎？"李太太细声急道，"你怎么了，倒是说句话呀。"

"这曲子，这曲子！"沈太太那张死灰般惨白的脸上，哆哆嗦嗦地嘟哝着，"真是撞了鬼了，谁这么不小心，竟放了这首曲子，这下可坏了，这下可要坏事了！"

客厅里的留声机不知什么时候换上了白光的那支红歌，低沉沙哑的歌声在这片金翠辉映，银窗玉槛的光景里，如泣如诉地唱道：

> "花落水流春去无踪，
> 只剩下遍地醉人东风，
> 桃花时节露滴梧桐，
> 那正是深闺话长情浓。
> 青春一去永不重逢，
> 海角天涯无影无踪，
> 断无讯息石榴殷红，
> 却偏是昨夜魂萦旧梦。"

"这歌怎么了？"李太太丈二和尚摸不着头脑，懵懵地顺着沈太太焦急的目光看去，才见主桌那儿的陆太太也有些不对劲，仿佛痴了一般，神情恍惚地站了起来，仰起头，茫茫然地瞪向房顶。

"不得了了，这下不得了了。"沈太太忙不迭地起身，急匆匆地走出几步路，还未到陆太太身边，忽然间听得楼上传出一声骇人刺耳的尖叫。

整座厅堂嗡嗡的人声瞬间静了下来，鸦雀无声。

众人呆若木鸡，手里的杯箸纹丝不动，瞪眼望向尖叫传来的方向。

熏漆的木梯间似有一种没有尽头的沉寂，一溜惨绿漆的宝瓶式栏杆，被恹黄灯光斜斜地划到墙上，极细长的乌蒙蒙的印子，一棱一棱的，无边际地横列在蓝彩的赭红印花墙纸里。

一阵啪嗒啪嗒的步子声响起，一个打着细辫的丫头踉踉跄跄地自楼上滚下来，面如死灰，又哭又闹地嘶声道："不好了！快来人啊！表小姐在房里昏倒了，满身是血，快来人啊！"

于妈是隔天下午三四点钟从医院回来的，刚穿过走廊，便见秀儿端着朱红洋磁痰盂打阳台出来。"你可回来了，惠珍小姐怎么样了？好点了吗？"

"唉，别提了。"于妈脸上挂着沉沉的倦容，笼着手，诉苦般道，"守了她一夜的床，到现在也没醒来，唐医生给她做了周身的检查，倒是没瞧出什么大毛病，只好待她醒过来再说罢。"

横空的灰白水泥阳台下一片荒荡荡的草坪，下午的阳光低低地照上去，黄黄绿绿的荒野中高高地矗着一棵苍黑的梧桐树，光秃秃的，那场大火过后，只留下一堆稀稀疏疏的横枝竖桠，兀自朝着冷金属色的天空，尖尖地戳进去。

两人隔空看着，心底不免又惘惘。

"谁曾想呢，大喜的日子，无端端地横生出这闪失来。又是当着那么一大帮有头有脸的人物面上，街头巷尾如今蜚短流长的，不仅陆家人颜面上挂不住，急得沈太太心口疼，连带累底下人也跟着受气。"

"你说怪不怪？"于妈顿了顿，睁圆了眼睛对秀儿低着嗓子道，"惠珍小姐身上的血渍，不是她的，唐医生查了半天，也没打她身上找出一道口子来。"

秀儿也愣住了，道："不是她的？那又会是谁的？她房里窗玻璃碎了一地，莫非真是哪个胆大包天的贼人那晚潜进宅子里干的？"

"你说呢？"于妈古古怪怪地瞧着她，心虚道，"若真不是贼人，那可怎么办才好？"说着越过秀儿，走远了几步，又扔出一句道："兴许她永远别醒过来，反倒好了。"

这最后一句话委实让秀儿有些惊异，若非贼人加害，表小姐又是被谁打昏的呢，为何于妈如今反倒不想着小姐醒过来？方才那几番话，说着遮遮掩掩的，于妈定是知道了些内情，再细细回想那口气，整件事情，好像秀儿自己也是难逃干系。

她拐进黑黢黢的楼梯间，迎面就见陆太太高高站在台阶上头，背着光，面沉如水地问："又躲到哪儿偷懒去了，喊了你大半天没听见吗？"

自上回被陆太太毒打一顿后，秀儿便被她从老爷房里调遣开来，单独服侍起太太的起居了。

"赶巧碰见于妈回来了，就说了一会儿话。"

"混账东西，鬼头鬼脑的，当我不知你安的什么心。"陆太太越发恨恨的，"如今闹得这里天下大乱，可算称了你的意了！"

陆太太对待底下人向来亲厚，皆因秀儿那次在太太房里翻摸出那罐肉干，仿佛是陆太太的什么把柄让她不小心拿住了，再添上秀儿与老爷的那一层关系，让陆太太思前想后，觉得连个身边人都防不胜防，更是恨得牙痒痒。

秀儿也是最近几日才渐渐地想明白了。那瓶药罐子，还有那块带血的棉布……为什么陆太太要这么小心地将它们藏在床铺底下。

那药罐里的肉干，应该是根婴孩脐带。

是老一辈人的习俗，刚生下的婴孩，产婆一刀子剪下脐带，封在瓶子里。有钱人家的孩子命贵，总怕活不长，有病有灾的时候，取出来切下一点，和药吃下去，便能逢凶化吉。

至于瓶上的名字，陆家庆，或许就是那婴孩的名字。

她每想到这，周身就泛起一阵无名的恐惧。陆家庆也许便是那姨太太的孩子。

那棉布上的血迹，或许是因为那个孩子早就已经死了。

或许正是陆太太害死了这孩子，也弄死了姨太太。

"你胸前捧的是什么？"陆太太睨眼瞧见秀儿手中的洋磁痰盂。

"没什么，没什么，一些污物罢了，正要拿去倒掉的。"秀儿边说着，边慌忙向后躲闪，"太太还是别看了，见着也是犯恶心。"

"那你躲什么？"陆太太快步上前，探身一看。

水红色梅花洋磁痰盂里，酸腐的臭味阵阵地翻上来。

当下两人都愣了。

"你吐了？"

秀儿埋下头，结结巴巴地应道："这阵子身子不舒服，许是半夜着凉了。"

她的一只手腕牢牢地被陆太太抓住了，上面结着一痕痕烫伤的红疤，被捏得生疼。

"你，不会有喜了罢？"陆太太面色阴沉下来，咬着牙，一字一句地问道。

"没，没有的事！"秀儿听见这话，吓了一大跳，仿佛五雷轰顶，脸霎时白了，将太太的手使劲一甩，头也不回地慌慌跑下楼去。

陆太太自己也怔住了，呆呆地立在空荡荡的楼道里。四方方的窗口露出一道橙红色的光束，烟尘蒙蒙的，如潮汐般，一蓬一蓬地自她身后褪尽。

楼梯间里的昏暗沉沉地朝她淹将上来了。

她当初那般委曲求全百般忍让，实在是被姨太太逼得走投无路了，才去求沈太太设法。想来也是再三权衡，沈太太才愿助她一臂之力。两人合谋请来了唐医生，假意向姨太太推荐西药的针剂，谎称有生男童助产的功效，实则一连往姨太太的阴部扎了三周的毒针。

本以为这样就能神不知鬼不觉地流掉肚里的孩子，从此便能高枕无忧。

可这一切的处心积虑，铤而犯险，才到手今日这点安稳。到头来，不过是徒劳无功，风流云散，全都付之流水了。

穿堂风黝黝地缭绕过她的身躯，呼啸着滚滚而上，原来挡都挡不住。寂静里，耳朵甚至听见冷空气翻腾的噪声，如呓语般冰冷冷地贴着她的耳边。

哧溜哧溜的喘息声。

陆太太整个身子咯噔咯噔地，不住地打起抖，两条腿似乎冻得麻住了，踉踉跄跄地爬回楼。

打开房门，沈太太早是神色大变地挨在张雕花案桌旁，迎面向她忙不迭地道："不好了，大事不好了，方才接到一个电话，是那夏家的大小姐，夏海棠家里人打来的。"

陆太太依旧杵住不动，脸上挂着一种奇异而冷漠的表情。

"他们一打电话来就问，说昨夜夏海棠来这赴宴，一夜未归，一早上又听闻我们家惠珍出了那么件事，更觉得蹊跷，就说要派几个家丁过来打探一番。"沈太太两条腿不由得在原地来回踱步，咯哒咯哒响着，继续道，"我也是一时情急，乱了分寸，想着随口编个谎子糊弄那家人，便说我昨夜是亲自送夏海棠出门。估摸着姑娘家好玩，该是跑去同学家过夜去了。这才将那帮家丁打发了。"

"但事后我是越想越怕，万一海棠真的没走。"沈太太急得面红耳赤，双手把住陆人人的肩膀，摇撼道，"万一她当时也在惠珍的房中，若真有个什么闪失！她们家财大势大，这可怎么交待！"

"唉？"陆太太含糊地应了一声，默默地坐在床沿上，仿佛这一切都与她无关了，什么都没听进耳朵里，眼睛茫茫然的，怔怔地道，"孩子，她怀上了老爷的孩子。"

第十四章　怪物在啃食他

惠珍迷迷蒙蒙醒来的时候，耳边就听见一阵朦胧而亢奋的声音，嚷嚷着："醒过来了，她醒过来了，快喊医生去。"

晕乎乎地抬起眼皮，黄黯的小灯下，是四面摇摇晃晃的白粉墙，几个飘忽的人影进进出出的，恍惚如梦境一般。

"惠珍，惠珍。"一张瘦削的面孔在眼前渐渐清晰起来，裹在遥遥的赤金灯光里，脸颊上几缕淡橙的阴影，是沈志贤。

无力的手臂让沈志贤握住了，又是他焦急的声音道："感觉好些了吗？"

"志贤？"她真以为自己身在梦中了，顺着志贤的臂膀而上，轻轻地抚摸志贤的脸庞。

微热的体温，原来是真的。

"我，我怎么在这？"意识逐渐恢复过来，惠珍木然地四下探望，一溜米白色的屏风后边，几个白衣护士匆匆地自病房门外穿过。

"你别动。"沈志贤安抚她道，"你在病房里昏迷了将近一天，你都忘了吗？昨天夜里，"他又顿住了，似乎不想说出口，缓了缓语气道，"你和唐先生订婚，忽然在房里昏倒了。"

"昨天？"她的后脑窜起股火炙般的痛楚，吃力地想起昨夜海棠在她的房里，她们听见的凄厉笑声。

"怎么了？"沈志贤注意到她的脸色越发地苍白起来，似乎被一幅恐怖的景象魔住了。

"是海棠。"惠珍用力地将额头埋在他的臂膀里，默然了半晌，颤声道："我那时在廊道里，就听见海棠在屋里喊着我的名字。接着玻璃碎响，房门打开了。"

她忽然不说话了，木然的眼神一下飘了很远，像在极力地压抑着某种恐慌的情绪，可揪着志贤袖子的手指还是不听使唤地抖动起来。

"究竟发生了什么？海棠怎么了？"

屋内的空气刹那凝冻了，清楚地看见一团白气，自惠珍的喉间艰难地呼出来。

"是个怪物。"她的脸蓦地僵住，两排惨白的牙齿嗒嗒地上下打颤，断断续续道："我见到了你说的那个怪物，它把海棠叼走了。"

海棠迷迷糊糊醒来的时候，耳边朦胧听见一阵模糊浑浊的声音，"醒过来了？你醒过来了？"

昏沉沉地睁开眼睛，头顶黯红的光影下，周围的青灰墙颤颤忽忽的，几道灰扑扑的人影也随着天旋地转，恍惚如梦境一般。

"海棠，海棠。"面前一副消瘦的脸孔，一点点地真切起来，映在高高的泥金光晕里，面颊上几道橘红的暗影，是沈志贤。

手臂没了知觉，但还是被沈志贤握住了，又是他焦躁的声音道："感觉好些了吗？"

"志贤？"她真以为自己身在梦中了，顺着志贤的臂膀而上，轻轻地兜住志贤的脖颈。

"你别动。"沈志贤安抚她道，"要我帮你些什么？"

"水，"海棠浑身软绵绵的，像置身轻飘飘的云雾中，"我想喝水。"

滴答，滴答，冰凉的水珠一点一点地落到脸上，沿着鼻尖流到干涩的唇边。"水，水。"她试着舔了舔嘴唇，那水的寒意，滑过喉管直透心肺。

浑身猛地一个寒颤，海棠瞬间清醒过来。

"志贤！志贤！"

那昏黄的梦境轰然一声，塌作滔滔白浪，自眼前澎湃地消退了。

身下一所暗黝黝的青灰岩洞，峥嵘的岩石上裂开几口洞眼，汩汩地冒淌出水滴。

脑袋仍是晕眩着，她强撑着直起身子，阴冷的石洞里满是铁青色的斑驳碎影，石壁的一角点了盏油灯，渺渺的火光在黑暗中一闪一现，隐约可以见到塌陷的青石板地，几根断裂倾倒的灰泥石柱下，凌乱地堆砌了几扇惨红的雕花槛窗。

这里是什么地方？为何自己会在一间封闭石洞里？

飕飕的冷风吹着火光跳跃了起来，乱闪着照出几个影影绰绰的人形，悄无声息地潜伏在雕花槛窗后面。

她的胸口怦怦跳动着，手脚一阵发麻。

沉晦的红火里赫然显出一张张阴蓝色或暗绿色的人脸，带着惊惧恶煞的表情。

那是几座古朴诡异的人像，头戴宝塔金冠，身披褪色的泥金衣褶，八只手臂森森地舒展开来。另一尊龟裂的雕像生了三只眼，怒目圆睁，一手握三股叉，一手捧着婴孩。寂静中，似乎即刻便要自槛窗后出来。

这儿俨然是座破败不堪的庙宇。海棠试着从泥泞的地面站起来，背部麻麻地泛起皮肤撕裂开的疼痛。骤然间，石洞的深处响起一声混浊模糊的呻吟声，低沉阴森，弥散在死气沉沉的黑暗里，像是其中一座诡怖的人像发出的。

电击般的战栗自她全身泛散开来，顺着声音的方向缓缓地抬起头，额角不禁渗出几滴冷汗。

一座石像的脚下佝偻着一团黑乎乎的人影，四肢吃力地跪在地上，发出似人非人的哀鸣，正颤悠悠地朝她爬来。

"救，救命。"泥地里拖拉出一道长长的坑迹，那人身上衣衫褴褛，披散的发间满是斑斑血迹，露出一张乌紫色的狰狞面孔，抽搐地向她呜咽道，"救救我，快救救我。"

"你是谁？这里是什么地方？"海棠倒吸了口凉气。

"我，我是梁复，我是被四喜那贱货害的。"那地上的人口齿含糊地答了一半，脸一下沉了下来，深凹的眼窝端详了海棠半晌，忽然似哭似笑地嚷道，"我懂了，我懂了，你也是被四喜那贱人害到这来的！"

"四喜？"

"就是惠珍，惠珍就是四喜。"梁复泥污的脸上裂开几道深深的皱纹，口里自言自语般喃喃道，"我宰了惠珍，于是四喜就变作了惠珍，后来惠珍又想弄死我，就把我扔到这妖怪的老巢里。"

"你说什么？"这人一定是疯了，口中胡言乱语的，四喜，惠珍，妖怪的老巢，也不知在说些什么。海棠不由地往后退了一步，顿时脚底一滑，整个身子扎在泥地里，后脑勺混沌沌的又是一阵刺痛。

鼻子里冲进一股令人窒息的腐臭味，她定睛一瞧，身上骤然起了层鸡皮疙瘩，胃里一阵阵地抽动，险些吐了起来。

她身后的一洼黄泥地里，淤积的污水中斜泡着几具森森白骨，变形的骨架里爬满了蛆虫，翻腾出浓郁的恶臭，其中一两具更像是人的尸骸，盖着破碎黑霉的布条，干裂的面孔因为恐惧极端扭曲着，嘴巴黑洞洞地张着，隐隐现出几颗污黄的牙。

那骸骨的头部倏地抽晃了几下，嘴唇上下嗡动中，一根毛茸茸的舌头伸了出来。

是只灰皮老鼠，吱吱叫着又钻进了发霉的衣服里。

海棠的手触电般地弹了起来，紧紧地捂住自己的嘴，忍不住要叫了起来。

"别喊，别喊。"梁复神色焦躁地朝她低吼道，"再喊大点声，那妖怪怕要醒来了。"

妖怪？一股莫名的不安，牢牢地压迫着她砰砰乱跳的心口。警惕地四下看了看，石洞的左侧塌裂出一道幽深的裂缝。右边则是间更加狭窄阴霾的石室，地上隐隐摆着块厚木盘子，里头粘粘糊糊地堆了一团饭泥。

那梁复盘着身体，缓缓地爬过海棠脚边，他的两条腿似乎都断了，如两道扯烂的碎布条，毫无生气地在地上拖曳着，一点一点挪到了那块厚木盘子前面。

他的手指插向木板子里那团灰乎乎的饭泥，掏摸了一阵，抹进自己的嘴里，咀嚼着道："我当初是从一口井下面爬到这来的，好歹这里有口饭吃，饿不死。"

"你就吃这些？"

梁复一听，嘿嘿笑了起来道："傻姑娘，你以为这团烂泥样的玩意是给我们吃的？我们到了这，是出不去了。你没见那堆白骨吗？凡是进到这里的，管它是人是兽，哪一个能活着出去？"

暗寂中，又是一声低低的吼叫声，自石像身后遥遥地发了出来，有着一种碎砾簌簌刮落的声音。在那片幽暗深邃的岩洞里，似乎什么东西隐藏在半颓的人像背后，悄悄地爬动着。

她心里一颤，浑身猛地绷住了，恐惧伴随着股酸辣的味道涌到了她的喉间。

洞中的空气流动快了，阴潮荒凉的风扑面刮来。

哗啦啦一声响，一个硕大的黑影从乱石堆里钻了出来，是一块蠕动的肉团，周身裸露出青黄色的溃烂皮肤，拖着两条惨白的长腿，撑开厚壮的前肢，啪喀啪喀地踩爬在泥地里。它的上半身隐约是人的轮廓，腹部却隆出一块泥黄色肉包，仿佛人的半截脊梁骨，上面骨睖睖地长出发育畸形的四肢，如皱黄的枯藤盘错在一起，一根根趾头俱全。

海棠禁不住哆嗦起来，从头到脚像冻在冰窖子里，心里却是空空洞洞的，被恐惧挤压得什么感觉都没了，唯一残存的一点意识，是想起那时在惠珍房里，从阳台玻璃后跳窜而出袭击她的，正是眼前这恐怖的怪物。

仿佛是两具人肉被融化后，又粘合在了一起，捏成一团四手四脚的肉泥。顶上覆着层蓬乱乌黑的毛发，像人的脑袋，但又大了一倍，脑后赫然肿凸着几块紫红的肉囊，在厚厚的毛发遮掩下，看不清面孔。从这个怪物的喉咙深处发出沉沉的咆哮声，远远瞧着，像一只人肉蜘蛛，正朝着匍匐的梁复迟缓爬去。

那梁复仍在自顾吞咽着饭泥，什么动静都没察觉，口中哑着嗓子还道："得亏我机灵，懂得与那怪物周旋，不然，早就同这洞中的白骨一个下场了。"

"是洞里那留声机，只要我一开那机子，怪物就……"梁复说话间抬起头，见着海棠一脸惊惧而空茫的表情，怪笑道："怎么了？"

这时候，他才清楚地听见，脑袋后边一阵刺耳起伏的喘气声，带着臭烂的气味，热潮潮地吹在他的后脖颈上。

晕眩的恐惧笼上心头，梁复的心跳刹那停滞了，胃部急速地抽搐着。

他终于意识到发生了什么。

于是猛地一转身。

太迟了。

瞬间模糊的一瞥时，那一人多高的人肉蛛已重重地扑上了他的胸膛。

紧接着一声撕心裂肺的惨叫声。

他的下腹被咬开了，梁复可以见到一摊深红的血渍自他的衣面上汩汩荡漾开来。

那肉泥怪物在啃食他。

腹部火烧火燎般剧烈地抽痛着，怪物的一根手臂粗暴地捅进腹腔的伤口里，像根木桩子捅进来，突突地胡乱搅动着，红嫩的肉翻了出来。

体内的五脏六腑都随之热辣辣的翻搅了起来，一股酸热的液体涌进了他的鼻腔，大概是血。

这地狱般血腥的景象刺激得海棠失去了最后一丝神智。她蜷缩着身子，斜靠在岩洞的一角，紧紧地揉搓着自己的脑袋，尖叫了起来。发了疯的尖叫声与梁复撕裂般的惨叫融会到了一起，成了片锐利而嘈杂的声浪，颤悠悠地回荡在整个窒息的空间里。

梁复用尽吃奶的力气，伸手抓住怪物蓬乱的毛发，想跃起身来，将它甩出去。

人肉蛛的胸腔发出声嘶力竭的巨大咆哮，很快将他推了回来，庞大的身躯沉沉地摁住他的上肢，翻滚挣扎中，他背部溃烂的疮疤也跟着血淋淋地撕裂而开，骨头疼得都快断了。

又一块黏黏的血肉被撕咬了下来。鲜血喷涌了出来，如泉水般源源流淌了一地。

他腹部的激烈疼痛渐渐麻木了，躯体仿佛被掏得空荡荡的，没有了知觉，一种昏眩的倦意袭了上来。

无力而虚飘的错觉。他的神智也随着模糊了。

眼前的一切如迷雾般地遥远了起来。梦境般的远方，他能看到一条一条破布般的污腻带子，渗透着混浊的血水，从他的身体里长长地垂掉出来。

应该是他的大小肠子，他朦朦胧胧地想着。

耳边又隐约传来凄厉的笑声，是女人的笑声，阴阴惨惨地夹杂在尖叫声与嘶吼声中。

但很快，他便什么也听不见了。

眼前的一切暗了下来。

医院的走廊夜间节电，四下暗洞洞的，只有值班护士的格子间里亮着盏雪青色的小灯。隐隐能听见两侧病房中病人咳嗽翻身的响动，倒住了不少人。这些人都是前两天，为了响应上海成立的全国各界救国联合会，城里的救国团体和学生代表在省政府门口组织爱国游行，有几个学生冲在前头，被军警的木棍打伤了，住进了医院疗养。公用厕所里冷水龙头轰隆隆地响着，在这片安静中显得异常激怆澎湃。

惠珍大病初愈，脚都还不怎么能站稳，裹了件羊毛外套，颠颠地被沈志贤搀扶下了楼梯。还未走到大门口，就被值班间里的一位白褂小护士拦住道："你们怎么下来了，唐医生有吩咐，让惠珍小姐好生休养，切忌胡乱走动。"

沈志贤费尽唇舌地解释了半天，可那护士坚持除非唐医生同意，否则她是不能让病人在夜间随意外出的，特别是医生指定看护的病人。无奈之下，他们只得拨了通电话到唐医生的办公室。

电话通了，都已是夜里这个时候了，唐子正还没有走，想来是担心着惠珍的病情，才特意在医院留了下来。空荡荡的走道里响起急促的步子声，唐医生一边快步走来，一边抽出洋火给自己点了支烟。

"惠珍，你才醒来，这是又要上哪儿？"他愕然地望着她，眼角同时也瞥到了惠珍的半边肩膀，正偎在沈志贤的怀中。

惠珍也注意到了他脸上的不快，尴尬地自沈志贤怀里微移开身来，还没待她开口，一旁的沈志贤已经道："唐医生，这件事非常的紧急，关系到我们一位朋友的安危。"

"再怎么紧急，惠珍病体还未恢复，你这时候拖她出去，又有何助益？"

唐子正说完，沈志贤并没有接口，思量了一会儿，突然道："唐医生，其实陆家的连连怪事里，你也是有份的，对吧？"

唐医生果然吃了一惊，脸色一僵，估计是没料到沈志贤会问出这么个问题，他以前就想过陆家的那件事情，沈太太应当不会瞒着她儿子，想必志贤也是知情的，只是没料到他会当着惠珍的面前提出来。这么一件丑恶的事情，一时要说出来也是难以启齿，尽管他认为自己当初也是身不由己。

踌躇了片刻，唐医生似乎下了很大的决定，心神不宁地吸了口烟，方才苦笑地对志贤道："一人做事一人当。我做过的事情，自然不需在惠珍面前刻意掩饰。不错，陆家的那件事情确实是与我有关。"

"你们在说什么？什么事情？"惠珍茫然地看着志贤，又望向唐医生。

沈志贤也愣了下，也没想到唐医生会有这么一番表白。他刚才不过是病急乱投医，情急之下冲口而出的。尽管他确实听过唐子正和陆家的一些传闻，但多半也是和他母亲有关，他也一直不愿相信。

"那时候是你母亲先来找的我。"唐医生的声音冷冷地在他们耳边叙述道，"我那阵子在外地与人合股开银行，手头缺笔现款流动，沈太太偷偷自陆家的公账上转了笔钱给我。怎想这事让那刚进门的姨太太察觉了，三天两头地借此要挟她。后来又有陆太太在她身后撺掇，她这才来求我帮她除掉姨太太肚子里的孩子。"

"孩子？为什么要除掉那孩子？"沈志贤问道。

"为什么？那姨太太能在陆家声势见大，对一帮太太蹬鼻子上脸，靠的不正是那肚子里的孩子？当然，即便没有借账这档子事，那姨太太的孩子，迟早也是你母亲和陆太太的眼中钉肉中刺了。"

"可怎么连我姨妈都？"惠珍听着有点不敢相信。

"想来还不是为了一个钱字。原本陆太太膝下没有一儿半女，陆家断了香火，这陆应元的产业，沈太太是要占一大份。倘若这姨太太真把孩子生下来，不仅是沈太太到手的钱财难保，只怕那陆太太也难留在陆府里了。"唐医生吐出一口烟，望着那缕淡淡的烟雾道："她们不过是借着安胎的名义，让我下些狠药外用内服，不消几周，她肚皮下的那团肉便能化作血水流掉了。之后，依我的身份，借用医学常理，辩称姨太太肚里不过是积了血肿，并非什么胎儿，一场误会罢了。又有哪个不信？到时候，没了那孩子，陆老爷乃至陆家的上上下下，又有哪个会听她的呢？"

"所以，你就帮她们流掉了胎儿？"惠珍直视着唐医生，脸色却越发苍白了，似乎开始认不出他了。

那陌生的眼神加大了唐子正心头的重压，他忍不住撇清道："其实我也是被她们逼的，那阵子也是走投无路了，想不到更好的法子。陆家的那笔账若被姨太太揭发了告官，那么大的数目，我即便还清了，吃官司坐牢总是逃不掉的。"

"于是你们先是弄死了姨太太和那孩子，后来发觉桂芝也怀上了老爷的孩子，你们索性又设计害死了桂芝。"

未等志贤讲完，唐医生不由得打断道："你说什么？姨太太死了？什么时候的事？"

"这些话是桂芝临死前说的。我当时亲耳听见。"惠珍的眼光回到了志贤的身上，像是特意避开唐医生的视线。

唐子正也察觉了，迟疑了一下，方才道："姨太太后来究竟出了什么事情，我可一点也不清楚，而桂芝的死，我更是毫无头绪。不过，那时候，陆太太可是千求百拜要我保住桂芝孩子的平安。"

"又是陆太太，她要那孩子做什么，桂芝肚子里的究竟是谁的孩子？还有，抓走海棠的怪物又是怎么回事？性命攸关，你就别藏着了！"沈志贤急急忙忙地追问下去。

唐医生却略微不耐烦地将烧尽的烟头丢下，踩了两脚道："什么怪物？怎么越说越荒唐了！抱歉，这些事，你只能去问陆太太本人。我所了解的一切，已经全盘告诉你了。你后面自己有什么筹划，是你的事。不过，惠珍，"他说着，别过头向着惠珍道，"你身子才刚恢复，别再理会陆宅的事了，现在还是回到床上歇息要紧。"

"惠珍，你还是愿意跟我走？"这时候，沈志贤不自觉地勾住她几根手指，恳切道。

她自己也呆住了，同时面对这两人，这么一个两难的局面，倒像是以前梦中的一个场景。人生总是在不断地作出选择，选出一个的同时就意味着要割舍另一个。她曾以为自己无力改变什么，可这回，冥冥之中多了一次机会，要她再选一次。

"海棠。"她嗫嚅地说道，"海棠，是我眼睁睁地瞧着她，被那怪物掠走的，我亏欠了她一回，可不能再欠她第二回了。"

自医院出来，褪漆的白泥墙上仍糊着几角撕烂的抗日传单，红红绿绿的，让夜风吹得嘶啦啦响。门口边停着几辆黄包车，兜着沉沉的漆布车篷。惠珍和志贤坐上一辆。

"现在怎么办？"她问道。

沈志贤默然地搂住她的肩膀，心中已经打下了主意，道："上陆家，找我母亲。这里面的来龙去脉，她一定比谁都清楚。"

隔着车篷，头顶上悬着一盏接一盏的路灯，亮着毛毛的乳黄色的光，沿着午夜的长街，徐徐开出一路细瓣的迷离的小花。一朵小黄花照进了医院的一扇十字窗棂，金光的玻璃窗上蒙蒙的绰着一个人影。

也许是唐医生。惠珍这样想着，忽然又对唐子正抱愧了起来，毕竟在她最困难的时候，是他出手相助。而今夜跟着沈志贤这样一走，简直就在暗示着她和唐医生之间的关系已经结束了，显然唐医生一定会责备到他自己身上，因为他为陆家干了那件见不得人的事。

可，他竟也不知晓陆家怪物究竟是什么，海棠可怎么救？

黄包车轮咔啦咔啦地滚动了，她竟惆怅地觉得，以后要再见唐子正一面，大概是难了。

就在同一个时候，秀儿穿了身半旧柳条纹鹊花袄子，低垂着脑袋，正紧着步子转进橡木味的廊道。隔着一扇扇红底棕边窗棂，就望见黑郁郁的饱胀的云朵，累累堆挤着，驼峰般延绵起伏，如抹影沉沉的远山，高悬在铅墨色夜空里。重峦叠嶂的云头中，大半个白月亮徐徐出没，浸着蒙蒙的潮亮的光，是山峦间的粼粼水影。

轻轻推开陆太太的房门，一闪一闪的珍珠黄穗门帘下，搁着一只红泥小风炉，上头咕嘟嘟地煨着小瓦罐，白气蒸腾，漫着浓郁苦涩的药材味。

"太太，您有事找我？"

屋顶吊着彩蝶桃红棱子灯罩，陆太太垂手坐在风炉旁，对秀儿浅浅地笑道："弄了几味补药给老爷熬汤补身子，你这会儿趁热，给老爷端进里屋去。"

陆太太近几日待她百般刁难，不准她近老爷一步。怎么今夜态度忽然一变，和颜悦色了起来，还让她近身侍奉老爷，也不知打的什么主意。不及细想，秀儿已是战战兢兢地自陆太太手里接过一碗盛好的药汤，缓着步子迈入老爷的里屋。

酱红色的药汤迎着光一亮一亮的，映出她的一边眼睛，一颗乌黑幽深的眼珠子，泅在浑红的药水中，惶惶地盯着她自己。

"老爷，起床喝药了。"抬手拨开人字式的床帐，秀儿小心地搀扶陆应元起身，拿了根小汤匙，一口一口地喂进陆老爷的嘴里。

老爷半睡半醒地抬了抬眼皮，哼哼了两声，那汤汁沿着嘴角流进了毛毛的被褥里。秀儿正要掏出巾子擦抹，耳边又听见陆太太嘱咐道："别浪费了，全给他喂进去，这可是上好的补药。"

等小汤匙当当响地刮到了碗底，秀儿这才道："太太，按您的吩咐，老爷都喝了。"一转身，屋子里却是没人答应，只听见风炉上药罐烧干了，嘶嘶地叫着。乳白色的蒸气源源不停地冒上来，粉黄的灯影下，升笼成一片闪着隐隐霞光的水雾，整间屋子逐渐遁入惨红雾光里，氤氲弥漫，陆太太似乎出去了，留下秀儿独自与老爷在一起。

"太太？"秀儿又轻轻地叫了声。

猛然间，躺在床上的陆老爷干咳了一声，半截身子直了起来，浑身肌肉不住地抽搐着。

"老爷？老爷你怎么了？"秀儿赶忙依到床边。陆应元发狂似的在床上扭动着身子，痉挛的四肢痛苦地踢打着四周，像在经受着一种难以言喻的疼痛，张嘴无力地呻吟着，却咳不出一个声来。

"老爷！老爷！"

喝的一声，一股温热的液体喷溅到了秀儿的脸上，她举手一抹，是血。

陆老爷的手指疯狂地抠刮着被面，嘴里又哇哇呕出一摊乌腻的血水。

"太太，太太，来人，快来人啊。"她抓起巾子塞到老爷的嘴边，但血水很快便浸透了那团绸巾，顺着她的手腕，涔涔地滴落而下。

床上的人忽然停了下来，干瘦的身子缩成一团，脑袋歪向一侧，不动弹了，仿佛一个淘气的孩子玩闹累了，沉沉地睡去。

"老爷，老爷?"秀儿试着摇了摇陆应元。他仍旧一动不动的，背向着她。

她颤抖地伸出手，微微扳过老爷的脸，不觉地吸了口凉气。

陆应元的眼泡死沉沉地鼓了出来，鼻息没了。

"怎么了? 老爷怎么了?"身后顿时响起乱糟糟的步子。秀儿失神地连退了两步，陆太太已俯身向前，一把扑到老爷身上，嚎啕道："老爷，老爷你这是怎么了，老爷，你可是睁睁眼哪!"

"老爷，老爷死了。"秀儿呆呆地站在旁边看着，脸色非常的苍白。

"怎么可能!"陆太太扭过身子，脸上挂满了泪，放声道："方才老爷还是好生齐整的一个大活人，怎么我一转身的工夫，说没就没了。"说着说着，忽然扯起秀儿的胳膊，恍然怒道："一定是你这个淫妇! 挟心报复，把老爷活活药死了!"

"我，不是我。"秀儿惶恐抬眼，摇着头辩驳道："太太，不干我的事啊，是太太你让我上楼给老爷喂药的。不干我的事啊。"

"还说不干你的事，还想狡辩!"陆太太涨红了脸，拽住秀儿边往房门外使力拉扯，边高声哭道："来人哪，快来人哪，老爷让人毒死了!"

"不是我，太太，冤枉啊!"秀儿挣扎着甩开了陆太太的手，跌跌撞撞地撞倒了身后的小风炉，呛啷啷一声响，黄泥药罐子摔翻在地，一堆黑药渣洒了一地，呛鼻的热烟蓬蓬地熏冲上来。

秀儿愣了一愣，这才明白了过来。是陆太太，她中了太太设好的毒计。

"你，是太太你在药里下了毒。"秀儿缓缓地朝后挪着步子，颤声手指着陆太太道："是你药死了老爷，再诬陷到我身上。一石二鸟，你好狠的心。"

"你这张嘴胡乱扯些什么!"陆太太见势步步逼近，仍是满面怒容地道，"好端端的，我凭什么要害你，又凭什么要加害老爷!"

"孩子，我肚里的孩子。"秀儿轻轻地捂着自己的小腹，一步一步地退到了黄杨木梳妆镜边，上面一块亮堂堂的大圆镜子，钝重的身子抵靠在凉凉的镜面上，仿佛浸入一汪暗澄澄的水影，渐渐沉下去，没入更深的暗里。

"就因为我刚怀上老爷的孩子，你便要像当初对付姨太太桂芝她们那般，弄死我们母子。桂芝怀着孩子，被逼死了，姨太太是你害死的，她生下的那个孩子，陆家庆，也是你害死的。"

陆太太一听见这个名字，顿时如电击一般惊住了，脸色大变地道："那孩子的名字，你是打哪听来的？"

"太太，你猜呢？"秀儿的哀声中竟带着点笑意，道，"你一定猜不出来，是姨太太。"

她的手摸索着扶住镜子，声音近乎颤抖起来，道："是姨太太的冤魂，缠着我，领着我，找到了那口藏着她尸首的箱子。还有你床下那瓶肉干，是那个孩子，陆家庆的脐带。"

"你给我住口！"陆太太此时又惊又气，歇斯底里地嚷道，"你给我住口，这些鬼话，我不要听，快给我住口！"

秀儿的黑发零乱地垂掉着，随着歪动的身体上下拖磨，嘿嘿惨笑道："你不让我说，我就偏要说出来，不但要说与你听，说给这陆家的老老小小听，还要让这城里的家家户户都知道，你在陆宅里头究竟干了多少丧尽天良，见不得人的勾当！"

白茫茫的蒸气渐渐漫过了冷亮的镜面，镜框的一角镂空凿着芍药，如水塘旁一丛糜艳绛红的花，她的额角抵在其间一朵漆木雕花上，水气蒙蒙的镜子隐隐照出秀儿的小半边脸。

那了无生气的面容，惨白如纸，显出一张娇艳的嘴唇，红亮异常，像抹了人血，嘴角微微翘了起来。

陆太太竟以为自己一时眼花了，那镜子里倒映出的并不是秀儿的容貌。

那是另一张女人的脸。

是姨太太。隔在镜子的另一头，漠然地瞧着她，似笑非笑的。

那天夜里，丹艳在死前，便是这般模样地枕在镜旁，对她道："别以为搞掉了我的孩子，你自己就有好果子吃。你的那点丑事，那个秘密，老爷早告诉我了，这回我可要让全城的人都开开眼界！"

陆太太恍惚置身在噩梦中一样，周身不住地抖动起来，自己早该料到，秀儿身上有些不对劲的。姨太太那样一个女人，哪会这般轻易地放过自己。早知道就该挫那女人的骨，扬她的灰，咒她的阴魂永世不得超生。

咣当一声脆响，脚边的小瓦罐被陆太太拾起，恶狠狠地用劲一掷，哗啦啦地摔向大圆镜子。镜面里，姨太太那张毫无血色的脸孔，现出了几缕裂纹，细细长长的，似黑苍苍的蛛网一般，转眼蔓延而开，爬满了整块镜子。

　　参差不齐的裂片，晶亮亮的，如脂白肌肤，自那张凄艳的面容上，大一片小一片地剥落而下，水银般地泻了一地，露出糙黑的木框底子。

　　松花白的云斑地上，散碎了密密滢滢的镜片，幽幽映照出百十只惊惶的眼睛。

　　秀儿乘机一个快步，推开窗子，向着窗外渺茫的夜雾，呼喊道："来人啊，快来人啊，要出人命了！"

　　远远就见着大门的黑铁栏杆外站着两个人影，她定睛一看，不是旁人，正是表小姐和沈少爷，又赶忙嚷道："惠珍小姐，小姐！"

　　耳后是陆太太汹汹的步子声，喘着粗气。

　　她不及扭过身，就听后脑砰的一声，刺骨的剧痛，两眼发黑，顿时晕了过去。

第十五章　秀儿的秘密

　　当沈志贤掩上墨黑的桃尖铁门时，惠珍忽然对他道："你听，好像有人在喊我的名字？"

　　"哪有，兴许是你听错了。"两人沿着盘旋的大理石阶，拾级而上，昏暗暗的月光下，依稀能见到陆家那幢巍峨大宅，横卧在一层薄薄的灰雾里。石灰墙面上雕镂着玲珑的墙垛，刻着爬藤般的飞扶壁。一根根繁复幽长的石柱，如巨树衰颓龟裂的躯干，从四面墙角峭拔地升起，一直伸向房顶，森森推顶着那片骨棱棱的尖券尖顶，在奇峰怪石般的乌云层里，高高耸立。

　　房檐底下几排玫瑰花窗黑洞洞的，零星几扇柳叶窗后头隐隐射出零零落落的微光。三楼一扇敞开的窗子吱呀呀地在他们头顶阖上了，放下深浅两色茶褐帐帘，一个身影一晃而过。

　　都这个时辰了，怎么姨妈房里还亮着灯？惠珍心下好生奇怪，但见志贤一脸紧张的神色，便又住口了。一片死寂中，推开陆家那扇沉甸甸的棕红大门，回声特别地响，在黑沉沉的厅堂里阵阵激荡着。

　　沈志贤发觉惠珍的面色越发苍白了，不免解释道："你姨妈见你出了这么大一件事，又怕人多嘴杂，这两日打发了底下人休假返乡，只留了几个贴身的照应。这大宅子一下空荡了不少。"

　　拧亮走廊的荷花叶壁灯，满墙满壁贴裱了紫罗兰藤纹壁纸，惨黄的灯影煌煌照去，翳翳而狭隘的廊道中，宛如纵开一片苍苍莽莽的野蔓乱藤，铃铛状的花骨朵红红点点，流烁着绛紫洒金的暗光，枝藤蔓叶似微波叠浪，缠绕攀爬间，开出几朵茶碗大的灰青霉斑。

两人默不做声地穿过横廊，到了沈太太的房门口。沈志贤叩开他母亲的房间，屋内的灯光竟雪亮得耀眼，箱笼抽屉乱撒了一地，打理好的大小包袱堆放在墙头床角。沈太太在一片狼藉中翻箱倒柜，一眼瞥见他们，惊道："志贤，你来做什么？还有惠珍，你怎么不在医院？"

　　"我们来这是想问你……"

　　未等志贤说完，他母亲已急忙忙地插口道："你来得也是正巧，快将你父亲南京的电话给我，我要找他。"

　　"他这几日应该到了北平，协助搜捕南下爱国宣传团里的共党分子。"

　　"我不管什么南京北平！"一叠花花绿绿的债券被沈太太胡乱折好塞进小手包里，她又急切道："现今这里情势不太妙，我得上他那儿避避风头，要离开陆家一段时日，走得越早越好。"

　　"不妙？是不是与海棠有关？你知道海棠在哪？"沈志贤急道。

　　沈太太听见那名字，不禁呆了呆，旋即弯腰将那叠塞了债券股票的手包，一搭一搭地塞进箱子盖的一头，佯装镇定地道："海棠？关她什么事？我都不明白你在说什么？"

　　那推塞中的手臂让志贤按住了，"你不用掩饰了，唐医生早已经把一切都告诉我们了。"

　　"什么？"沈太太整个身子停了下来，瞪着自己的儿子，忐忑不安地说："这话什么意思，他和你说什么了？"

　　"说了所有的一切，你是如何挪用了陆家的公账，进而被姨太太要挟，又是如何与陆太太串通，毒害姨太太，弄死她的孩子，图谋这陆家的产业。"

　　沈志贤这一口气说完，才注意到他母亲沉默了下来，抿着嘴，斜过眼睛，望着他出神。他自己也觉得方才那番话实在有些冷酷刺耳了，毕竟是自己的母亲，想来想去，反倒没了主意。

　　窄小的屋子里忽然有了种奇异的安静，仿佛一时之间都不知该说什么好了，沈太太仍旧凝视着自己的孩子，默然了好半天，才从牙齿缝里迸出几句话道："不错，唐医生讲的全是实话，请来唐医生，弄掉姨太太的孩子，是我的主意。甚至于陆老爷的病，当初也是我整的。"她说到这，倒没再说下去。

　　她们那时对姨太太的肚子动手脚，也是怕陆老爷察觉出来，于是又生一计，还是唐医生出面，药昏了老爷几个月，不想药性太强，险些害去了老爷大半条命。她后来担心事情曝露，吃上人命官司，与陆太太一合计，两人这才一个唱黑脸，一个唱白脸，在一干外人面前演了大半年家乱争产的戏，掩人耳目。

"莫非姨太太真是被你和姨妈给害死了？"惠珍哆嗦着嗓子接道。

"当然不是我。"沈太太焦急地辩白道，语调瞬间高昂起来，随即又缓下喉咙，用一种极其冷静的口吻对他们道："她是死了，可人不是我杀的，是陆太太，她一时气急发狠，失手害死了姨太太。"

还是给丹艳用药之后的第二周，恰逢陆老爷重病入院疗养，姨太太半夜起身，下身流了一摊的血，这才疑心里面有诈，一时心头火起，满腔怨怼地闯进陆太太房中，撒泼哭闹，掀桌摔椅，势要拉陆太太去见官。

沈太太本想着假意好言相劝，先将丹艳安抚住了，再作计议，不料与姨太太起了口角，一气之下摔门而出，留下姨太太与陆太太二人独在房中。待她气平了，再返回陆太太房里，却听见屋里头没了动静。

撩开门帘子，瞧见陆太太面色惨白，哆哆嗦嗦地瘫坐在沙发椅上，失神地望着面大梳妆镜子。沈太太这才感到大事不妙，移步上前，就见丹艳血流满面地跌躺在镜前，两眼直勾勾地上翻，一眨不眨地，前额一个黑糊糊的血窟窿，外淌着汤汤的血水。

"是被我姨妈砸死的？"惠珍听得周身作冷，那一幅场景却又熟悉得令她如身临其境。

"我当时能有什么法子。不过是个唱戏的婊子，犯不上为了她，要拿我嫂子去见官。"沈太太反有些不以为然，双臂交叉，慢慢道："我们两个妇人家，力道不够，又叫来了于妈帮手，她是陆太太带进门的，向来忠心。趁着夜深，本想将尸首埋进后院的荒林里，怎知被邻村的傻子撞见了，匆匆忙忙的，又担心那傻子嘴快，疯言疯语的计外人起疑，只好先装进一口皮箱，藏在宅子里，再作打算。"

她边说着，带着一种怅惘的神情，喉咙有些沙哑了，嘴里继续道："还以为能办得瞒天过海，没想到这事后来又横生枝节。"

"我知道。"沈志贤虽然早从唐医生那得知了来龙去脉，可亲耳听见母亲坦承一切，心里还是乱作了一团，闷着胸口道："我和海棠曾去过城里的教堂，那里有位姨太太寄放的老妇，是那傻子的母亲，当年在陆家帮佣，她告诉我，姨太太的孩子还是生下来了，她生了个怪物。就是那个躲在林子里，害死了银凤的怪物。"

"是真的，"眼见沈太太脸上掠过犹豫的神色，惠珍抑制住内心的惊惧，结结巴巴地答道："昨天夜里，就在我的屋里，我亲眼见到，那个肉团模样的怪物，将海棠抓去了。"

"你再说一遍？"沈太太震得自椅子上站起来，似乎她一直以来恐惧的事情终于发生了。

隐约听见顶上三楼嘣嘣嗒嗒的挪步声，时急时缓的，沉闷得像从梦境里传来的。那是陆太太的房间，倒愈发衬得这一刻悄无声息。

"你们弄错了，姨太太的孩子早就流掉了。"沈太太平复了心绪，微微叹一声，终于道，"事情既然到了如今这步田地，我再瞒着，也没什么意思了。有件事，也该让你们知道了。"

她又盘膝坐回她的小藤椅，压得藤条咯咯作声，边道："很久以前，大概也就二十年前罢，有一对夫妇，太太怀上了孩子，十月怀胎，肚子胀得要撑破了。产婆来了几回，总说一定是个双胞胎。"

说着，沈太太的手指有节奏地敲着藤条扶手，陷入回忆中道："到了生产那天，半夜里，那太太吃尽苦头，好不容易将孩子生了下来，可是，只生出了一个孩子。"

"一个？"志贤问道，"另一个孩子死了吗？"

"不，是原本的两个孩子，不知怎地，竟长在了一起，变作了一个孩子，一个怪胎。"沈太太扭身对着他们，面色灰败如土地道，"当时，就有个接生的老妈子给吓疯了。因为这孩子长得太吓人，太恐怖了。像两具孩童的身子粘作了一块，成了个畸形的肉团。"

惠珍越听下去，只感到透不过气来，不禁贴到了窗边，一手撑着窗台。窗后一座狭窄的阳台，遥遥对着空旷的山林，窸窸窣窣的林涛声奔腾澎湃，仿佛置身于冬夜汹涌呼啸的海潮中，又湿又冷的声音。

"那丈夫是在军中做官的，一气之下本要摔死那怪胎，却被他太太千求万求地救下了。到底是怀胎十月的骨肉，有哪个忍心让他作践死了。"

沈太太顿了顿，抬眼瞧了下志贤，继续道："孩子的命虽饶下了，但他的父母也明白，这孩子是永远不能让外人见到的。为了悄悄地养活它，他们在荒山里盖了一座大宅。宅子里建了许多的暗道，直通一座密室，那密室是百来年一座古庙留下的，那孩子就生养在那间密室里，由几个心腹的下人照看，一辈子不能踏出这座大宅半步，到如今，已是整整二十年了。"

"你说的这对夫妇难不成就是？"

"不错，"沈太太敲打的指头停了下来，道："他们便是我哥哥嫂嫂，而那个被他们囚在这幢大宅里，与世隔绝，像畜牲一般养了二十年的怪物，便是他们的孩子，陆家庆。"

沈志贤像触了电似的，讶异得几乎说不出话来，茫然道："我怎么从不知道陆家还有这么一个人。"

"我答应过我哥哥，自然不能让你知道，又不是什么光彩的事，你父亲我都没告诉过他。他们连宅子里的下人都得瞒着，只有于妈，李管家，还有那个傻子的母亲知情。她便是当年那吓疯的老妈子。"

突然间，楼顶上又发起一阵刺耳的回响，是重物在木地板上长长拖曳的响动。

惠珍不安地瞧着上方，道："姨妈房里怎么了，闹这么大的动静。"

"没事的，我刚才已经让于妈上楼瞧去了，这些都已经不要紧了。"沈太太仰起脸，叹了口气道："你姨妈，陆太太，她大概是疯了。"

"什么？"惠珍简直不敢相信沈太太的话。

"她确实是疯了。"沈太太凝视着空中，嘴边颓然道："起初唐医生告诉我时，我还不信，直到最近才察觉出来。我早该想到的，杀死丹艳的那天晚上，她就开始不对劲了。"

"不，"沈太太苍白着脸，用一种冰冷的口气继续道："或许这些年来，为了守住这孩子的秘密，她早被自己折磨疯了。"

缥缈的蒸气燥烘烘地砸在秀儿的脸上，耳边蒙蒙听见小风炉呼哧呼哧地烧着，她的身子似乎也随着那声响阵阵地发热，在温红裹裹的氤氲中，倦怠地几乎抬不起眼。

菱心宝葫芦窗棂的一抹青影，被月光投到了黄粉墙上。她两手扶壁，周身酥软地撑起身子，才发觉自己的下身赤条条的，被人剥了个精光。

离脚边不远乱丢着几件她的衣裤，一条皱成一团的细麻白布条上满是斑斑的鲜红血迹，里头裹着一根注射用的西医针筒，倒像刚让人用过的。

秀儿脑袋嗡的一声，瞬间一片空白，向着厢房外陆太太的背影，恍惚道："你做了什么，你对我做了什么？"

"孩子，这孩子不能生下来。"陆太太依旧背对着她，坐在老爷的床沿边上，湖色的帐幔遮住了半边脑袋，带着点狰狞的声音道："老爷的孩子只有一个，就是我的儿子，陆家庆。你，还有那个唱戏的婊子，想替他再生一房儿女，就能逼死我们母子，休想！"

"你，你疯了。"秀儿流着泪，巍巍地走了两步路，就感到一股暖流从阴部流了出来。恍然低头看，一股一股的热流，沿着大腿根部，像尿一样涔涔流个不停。

"你对我干了什么？"她惊恐地瞧着陆太太，一只手紧紧地塞住自己的下身，那水仍旧渗过她的指头，汩汩地淌了一地，渐渐透出了稠稠的血丝，漾在地上的一汪黄水里。

梳妆桌的物件被咣当当地扫落地上，秀儿叫喊着摔在桌上直打滚，疼痛像把钝刀从她的下体朝外剖割。慌乱中，厢房的门敲开了，于妈跨步进来，不觉吓了一跳，叫道："怎么了这是，怎么乱成这个样子！"

"于妈，快把门锁上，别让这贱丫头逃了。"陆太太紫涨着脸，恶狠狠地道，"她人可以走，但肚里的那块血肉得给我留下！"

"于妈。"秀儿满脸泪汗，无力地俯在桌边，雪白的大腿淌满了稠红的血水，哀求道："求求你，快救救我，太太毒死了老爷，现今又要害我。"

"什么！"于妈一下愣住了，呆道："老爷他？"

秀儿趁机抓起身边的一把剪子，步履蹒跚地朝门外奔去。陆太太急忙打帐子里探出身来，对于妈喊道："还不赶紧拦着她，别让她给跑了！她若把一切捅出去，那可全完了。"

于妈神色慌乱地抢步上前，一下拦住秀儿的去路，伸手狠狠地抓住她的胳膊，口中喃喃地应道："太太，太太。"

"放开我，你放我走！"秀儿又惊又气，使力挣脱开了，一把揪住于妈的发髻，手中的剪子高高地举起来，迎头戳进她的眼窝里。

就听见撕心裂肺的哀嚎，秀儿自己也吃了一惊，浑身颤抖地退开了步子。

于妈颤颤地横捂住左眼，锋利的剪子穿过了她半边脑袋，鲜血自乌黑的刀柄后喷涌出来。她的另一边眼睛直直地瞪着秀儿，想要开口说些什么，喉咙却噎住了，嗷的一声，嘴里吐出血来。她朝向秀儿晃悠悠地走了两步，一头栽到了地上。

"于妈！于妈！"陆太太哭叫着从床帐里跑出来，扑到了于妈的身边，扶起她的头，不住地叫唤着。

秀儿颤栗地瞧着那两人，深吸了一口凉气，下体的血水还在不断溢出，却是一点痛感都没了。她的身子斜依在墙上，摸摸索索地出了房门。走廊似一条长长的甬道，黑荡荡的。楼梯拐角响起踢踏的步子声，恍如一群鬼魅游走。

"怎么了？发生什么事了？"惠珍拧开了走廊的壁灯，身后是闻声而来的沈太太、志贤与管家李文忠。

灯光白花花晃得让秀儿睁不开眼，"表小姐，表小姐救我！"她挣扎起身，扑到了惠珍的身上，哭道："就因我怀上了老爷的骨肉，太太便给我下身扎了毒针，要害死我！"

"什么？"惠珍疑惑地瞧着她，道："谁要害你？"

"是太太，是陆太太。"秀儿的十指沾满了鲜血，下半身一片湿腻腻的，对他们央求道："求求你们，快帮我叫医生来，太太要流掉我肚里的孩子，再不快点，我下面的血是止不住了。我求求你们！"

惠珍身后的沈志贤难以置信地道："陆太太？怎么可能？若她要害你，你又是谁？"

"我是秀儿啊，沈少爷。我若说的半句有假，便死无全尸，救救我吧，好歹瞧在我伺候你们这些年的份上。"秀儿把脸枕在惠珍的肩窝里，忍受着下身撕裂般的疼痛，痛哭道。

不想却被惠珍轻轻地推开了。

"你是秀儿？"表小姐担心地打量了她一遍，似乎不相信她所说的一切，道："你身上好端端的，血又在哪儿？"沈太太与沈少爷也皱着眉，露出一副无动于衷的神态来。只有李管家万分讶异地看着这一切。

秀儿无助地回望向他们："表小姐？姑奶奶？"

"可，可我们陆家，"惠珍犹豫地瞧了眼沈太太，缓缓道："从来没有一个叫做秀儿的下人。"

"你说什么？"秀儿一下跳了起来，面色惶恐地嚷道："表小姐，你胡扯些什么？"

"不，她说的才是实情。"沈太太这时方开口道："陆家底下从没有一个叫做秀儿的丫环。"

"没有秀儿？那我是谁？你们讲的什么鬼话！"秀儿简直不能相信自己的耳朵，在惊恐中脑袋一阵阵地眩晕，肩膀激烈地抽动着。

炽黄的灯光下，那一个个人影就像纸糊的影子，她又觉得自己明白了过来，哀道："原来你们都是一伙的，一同谋划好了，要害我。"

"你，你是……"惠珍急得还未出口，已被沈太太拦手打断道："我告诉过你们了，她早就疯了。"

沈太太说着，转向秀儿，带着异常坚定的口吻，一字一句道："你静下心，慢慢听我讲，这屋里根本就没有秀儿这么一个人，她也没怀上什么孩子，更没人要加害你。你不是秀儿，你就是陆太太。"

头脑胀疼得像根钉子一点点地戳进脑里，秀儿只觉得大家都疯了，她的两手不禁抱住自己的脑袋，近乎崩溃地嚎起来："这到底是怎么了，大家都说的是些什么啊，陆太太明明在屋里，我是秀儿啊。"

"文忠，快上老爷屋里瞧瞧，发生了什么。"沈太太朝李管家飞快地使了个眼色，旋即抓住秀儿的肩膀，猛推向廊道的窗户，沉着嗓子道："你若不信，就给我仔仔细细地瞧清楚了，窗户玻璃上的人影是谁？！是你陆太太，还是那个什么叫秀儿的丫环？"

秀儿的鼻息喷在走廊的乳白玻璃上，覆了一层薄薄的水汽，水汽后边隐隐透出一片黑茫茫的云山。她愣愣地看着自己脸庞的倒影，鬓角蓬乱，清艳的面容，如腾起一缕白漫漫的烟尘，浮在辽阔的黑暗中。影像逐渐扭曲着仿佛奇异的梦魇，明晰起来，显现了张丰润衰老的鹅蛋脸，皱纹一道道地爬了上去。

那是陆太太的脸孔。

"怎么，怎么会？"陆太太震惊地照着玻璃，一身杏红色春绸缎短袄，来回抓着自己的脸，一遍又一遍，使劲揪扯着脸上的皮肉，仍是不敢相信的样子，手腕上露出一道烫伤的疮疤。

"不得了了，不得了了。"李管家踉跄地自老爷房里跑出来，一脸惊骇道："老爷在床上给毒死了，于妈也让人给杀了！"

"不！不！"

这时候，他们就看见陆太太摇着头向后退开，面容痛苦地扭曲着，伏身瘫倒在地上，发出一声声绝望的惨叫，失去了知觉。

第十六章　梦魇成真

　　夜色越加深了，几根萧索的树枝横在窗玻璃外瑟瑟作响。走廊里的灯光昏昏地照着，一根根残红褪尽的廊柱，在悄无声息的午夜，光塌塌地像洒满了斜阳的灰尘。

　　"其实早些时候，我就瞧出陆太太有毛病了。"沈太太掏出一把钥匙，塞进一扇房门的锁眼里，大概是手抖，一下没插准，哒哒探了两声，才对身旁的惠珍道："你还记得你刚进陆家的那天，你姨妈半夜在房里折腾，说什么老爷床上有怪声，闹鬼。"

　　门后的小房间黑漆漆的，沈太太快步进去，摸索墙上的按钮道："没多久，又出了药酒那档子事，她忽然摔碎了那罐买来的药酒，闯入我房里，连声说那瓶里的东西是活的。我也是自那时起，才有点疑心。"

　　"可秀儿这件事，你是怎么察觉出来的？"沈志贤问道。

　　房间里的小灯拧亮了，一暗一暗地发着光，几只白蛾团团绕着灯泡，叮叮作响。"是于妈告诉我的。"沈太太静静地走到一架双门挂衣柜前，道："有一天太太独自跑进这间屋里，对于妈说姨太太打电话来了，姨太太死了，尸首被人藏在这幢柜子后头。"

　　衣柜的铜黄玻璃镜照着对面墙上的西洋画，画上是身着旗袍的姨太太，满罩着层灰尘。惠珍这才察觉，沈太太带他们进了姨太太的房间。

　　"别担心，现在这里头什么都没有，我早让于妈把那藏尸箱子挪走了。"沈太太瞥了眼身后的两人，推开挂衣镜的木门，继续道："那时候，我们才明白陆太太得了疯病，好的时候与平时没两样，可一犯起病来，她就以为自己是一个叫秀儿的丫环。唐医生也过来看了几次。除了开点安神的西药，也没什么法子。原先不过几天发一次病，可后来这疯病愈来愈重了，一天甚至要犯上好几回，躲在屋里自言自语的，一会儿是陆太太，一会儿又变成了那个秀儿。有一回还拿壶热水把自己烫伤了。"

"我不明白，你带我们到这里做什么？"沈志贤心里憋着和惠珍一样的疑问，终于脱口道。

"做什么？"衣橱间里空落落的一无所有，沈太太反倒有点讶异，"来找夏海棠啊，你们不是说她被那个怪物掳走了吗？志贤，你过来帮我一把，这橱板的暗门严实得很。"

两人四手的一使力，红褐木纹的橱板哗啦啦地移开了，背后是一条幽森的暗道，嶙峋阴惨的石壁，重重叠叠，延向不可知的深处。偶尔有泥渣沙沙地从墙壁上扑下来，倒越显得摇摇欲坠。

这时候，李文忠拎着盏铜黄的煤油灯，进屋道："姑奶奶，吩咐的东西，我都带来了。"

"那太太呢？"

"她还没醒来，正躺在您房里。放心，我已经叫小霜和小翠起来照看她了。老爷和于妈的尸首，也还在楼上的房里，锁好了，暂时没让旁人知道。"

沈太太听到这儿，又是一阵难过，偏过头，弯下腰，半个身子探进暗道里道："那我们进去吧，文忠，你在前边带路，等我们找到了那夏家的小姐，后边更有得忙了。"

他们四人挨着身子，摩肩接踵，挤在狭窄的坑道里缓缓前行。坠入一片让人窒息的幽暗里，只有一圈油灯的光晕在前头扫来扫去，冷黄而淡的光，落在棱角斑斑的坑壁上，一道道肋骨般崩开的裂纹自眼前伸展着，像身陷一具宏大而幽森的骨架中，颓败狰狞，上古的兽的遗骸，岌岌地悬在头顶。

沈志贤还是忍不住了，打破窒息般的沉寂，"有件事，我忘了问，那桂芝的孩子，也是老爷的？"

"当然不是。"沈太太的声音从前面幽幽地传来，"我和陆太太料理完丹艳的尸首，才想起还有她这么个人物。究竟是姨太太带进来的，我们还没来得及找她，她早消失得无影无踪了。"

"消失了？"

"过了些天，于妈才在这石室的附近发现了她，似乎是怕我们追查，自己躲进了这暗道，想必是困在了石室，与那怪物待了一阵，疯了。"沈太太道，"没想到，那桂芝后来，竟有了孩子。"

"孩子，不会是那怪物的?"惠珍有点透不过气来。

"你说呢?"沈太太倒不想挑得太明白，道:"要不然你姨妈怎么对她那么上心，烧死的时候哭得死去活来的。"她说着，继续领在前面，又是左拐右转。

惠珍不免为之一悚，那暗无边际的渊洞嘘出浑浊的湿气，阴乎乎地涌在身上，竟闻到一缕鸢尾花的淡香，空飘飘地恍如梦寐，是沈太太身上搽的香水。

终于，不远处露出一线光的开口。遥遥晃入眼里的是一间潮湿诡怖的暗室，洼地中矗立了一片断壁残柱，黑幽幽的殿堂里，整齐无声地斜站着几座六臂彩身的残破神像。佛像前点着一排红荧荧的烛火，快烧尽了，昏惨惨地照着人像狰狞油亮的脸。

"这里就是?"沈志贤心中有股不祥的感觉，怔怔道。

"不错。"沈太太道，"这里就是我哥他们囚禁那孩子的地方，你们朝四周看看，或许海棠就藏在附近。"

寒瑟的红灰的空间里，充满着霉臭的味道，让人作呕。惠珍脚才踏出一步，便触电般地弹了一下，浑身战栗地叫了起来。

"怎么了?"沈志贤顺着她惊魂未定的目光望去，只觉头皮一阵阵发麻，就在一口污水坑不远，跌躺着几具腐烂的尸骸。

沈太太也有些慌了，警惕地朝四下望了望，强作镇定道:"这怪胎是牲畜般养大的，不通人性，这几年生性更加暴虐，生人近了他的地盘，难保不被他弄伤。上回的银凤估摸就是遭了他的毒手。"

"原来你都知道。"沈志贤回望向他母亲，眼神愈加复杂了，道:"就为了不让陆家的秘密暴露，你们宁可纵容这怪物肆意行凶。哪怕死掉几个底下人，也在所不惜，你肚子里究竟还埋了多少事?"

沈太太此时已顾不上理他，转身急向李文忠质问道:"不是让你们对他小心看管，怎么又冒出了这几具。"

"姑奶奶莫怪，"李文忠的脑门已是起了层冷汗，干裂的嘴唇颤颤道:"前些日子出了那么多乱子，照料家庆少爷的事，全是于妈一人之责了，这老妈子古古怪怪的，现今这副模样，我也没想到啊。"

"何况，这一位，瞧打扮，也不是我们陆家的人。"他说着，抬脚踢翻一具衣衫褴褛的尸体，就听见身后的惠珍深深倒吸了一口凉气，牢牢捂住自己的嘴巴，倒是没再喊出声。

"怎么，你认识他？"沈太太也留意到了惠珍不寻常的失态，满眼狐疑地问道。

"不，怎么会呢。"惠珍两手不停地抖动，一把把拉扯着自己的衣襟子，极力使自己镇定下来道，"只是看见他那周身的伤口，太可怕了。"

怎会不认得？明明是被她抛尸在井底的梁复，万万没想到，会在这里见到。胸口遏制不住地上下跳动着，像敲打起了锣鼓，密密点点地在心口响动着。又暗自庆幸他现在只是死尸一具，死人不会说话。

"海棠？海棠？"石室的深处回荡起沈志贤的喊声，"你们快来，海棠在这。"

是一间更加狭小的石间，凹凸不平的岩壁上生满了滑腻的苔藓，一张歪扭颓裂的石桌上，摆了架棕红漆的木格留声机，一朵青铜色的铜花大喇叭在暗中高高地悬着，仿佛是这阴惨湿臭的地牢培育出的一朵黑恶之花。

沈志贤正抱着一个模糊黑影依在石桌下，一遍遍叫着海棠的名字。海棠一头灰涩的乱发，脸上沾着泥污，并不应答，只是迷茫地扫了眼众人，胆怯地蜷缩进志贤怀里。

"海棠，还认得我吗？"惠珍蹲下身，在她面前轻声道，"我是惠珍啊，叶惠珍。"

"惠珍，惠珍。"海棠的口里漠然地念着这个名字，忽然眼睛一亮，笑起来道，"惠珍就是四喜，四喜就是惠珍。"

"她说什么？"沈志贤被搞糊涂了，一时没听清，可惠珍已是听得清清楚楚，脑子轰的一声，心头的锣鼓越敲越响，鼓声喧天，紧到嗓子眼来了。

"人没事就好。"沈太太瞧见海棠除了几处皮肉伤周身无恙，显然松了口气。

李管家紧绷的神经也略微松缓下，"此处不宜久留，其余的事，回去再慢慢说。"说着提起油灯正打算原路返回，忽然间一个趔趄，脚底一滑，摔向神像前的那排火烛。

噗的一声，烛火全熄灭了，整间石室陷入一片死寂的黑暗中，像隔着层浓浓的迷雾，黑黝黝的，什么都看不清。

只能见到那盏煤油灯，摔落地上，像一颗暗红的琉璃球，咯嗒嗒地从泥洼地滚过，里头闪着微弱的火苗。

"小心，那盏灯，别让它灭了。"耳旁是沈太太焦急的喊声。

又是一阵步子的挪移声，那盏琉璃球在漆黑中悠悠地升了起来，停在半空中。灯后露出一张朦胧的脸孔，李文忠的声音道："没事，我捡到了。"

在这深邃而又空洞的黑暗里，一切声音听起来都遥远如梦中似的。

惠珍小心翼翼地扶起海棠，从黑暗无际的渊洞中，踉跄着小步，一点点向那渺渺的光源走近。海棠忽然紧张起来，在她的怀里扭打着，试图挣脱开，口里喃喃道："来了，那东西来了。"

阴冷的空气瞬间崩住了，一丝丝不安的寒意直渗心肺。隐约听见索索的响动，似某种动物的骨骼，在格格作响。

"啊！"骤然响起了李文忠痛苦的惨叫，拖得极长，尖锐的声浪轰然冲击着耳膜，震得人心跳都快凝住了。

"怎么了，文忠，你怎么了？"沈太太的声音焦躁地嚷着，全不明白发生了什么。

煤油灯在漆黑中瞬熄瞬亮地闪着，拖着惨淡的红火，仿佛聊斋中的牡丹灯笼，纷乱飘舞起来。

又是扭打的声音，夹杂在颤抖而恐怖的叫声里，似乎什么东西如布条一般撕裂开了。

随刻，灯盏啪的一声，掉落下来。再次陷入一片死般的沉寂中。

窒息的空气里，急促的喘息声此起彼伏。

"文忠，文忠？"沈太太慌乱地叫道，可没有人应答，"志贤，你在哪？"

"我在这。"沈志贤的声音从幽邃的另一头传来道，"我在找那盏油灯，它还没熄。"

"小心。"惠珍紧紧兜住海棠的肩膀，向四周围虚无的漆黑道，"那东西，它还在这。"

屏神凝息，隐隐听见索啦索啦，拖曳的响声，似乎那怪物就潜藏在他们周围，爬行蠕动。枯燥而细碎的声音，却强烈地牵动着所有人的神经。那是一种濒临崩溃的安静，仿佛无数细密的蚂蚁在背脊上寂寂无声地爬行，却不能叫喊出来，紧绷到了极致。

哗啦啦一阵响，那拾起的煤油灯被沈志贤重重地朝地上摔去。

"志贤。"沈太太揪心地喊出声。

淡的发蓝的火苗，落在那堆雕花窗槛上，一线红光延燃过去，轰的一蓬热气涌起，熊熊燃烧了起来。火光霎时照亮了大半间石室，红荡荡的一片。

这下就能看见了，惠珍瞧出了沈志贤的主意。四下一望，沈太太正怔怔地看着离她不远的泥地上的一道血迹，长长地伸进岩洞里。李文忠不见了。

"快走，快离开这。"没等沈太太说完，橙红的火焰高高地蹿耀了起来，照着那群森森矗立的泥金佛像，山峦般庞大的黑影，密密地映在潮暗的岩壁上，一跳一跳的。

"啊！"尖叫兀地自惠珍嘴里出来。

一个毛发蓬乱的畸形肉团，周身肿凸着棱棱的肉肢，嗥叫着，从那重重黑影里一跃而起，扑到了沈志贤身上。

志贤的脑子轰的一声，刹那间，只感到被一股巨大的压力重重地推到地上，眼前的一切剧烈地晃动了起来，地动山摇一般。

眼角瞥见那个巨大恶臭的重物，溃烂的面庞里露出零乱污黄的狰牙，粘稠的液体一点点地滴到他的脖子上，是那家伙的口水。

没等他再度反应过来，就听见胸前兽般的吼叫声，他肩膀的一块皮肉已被生生地撕扯了下来，剧痛烧成一片，大股鲜血从外翻的红肉里冒出来。

"志贤，志贤！"沈太太痛苦地喊叫着，同时又被那种原始的恐惧震得一动也不动了，僵直地立在原地。

这时的海棠早吓得哭起来，哆嗦着蜷缩在岩壁的一角。惠珍试着伸手拦她，才发现自己周身止不住地痉挛着，眼睁睁地看着沈志贤抽搐的双腿，直挺挺地不动了。

又是一声低沉的嚎叫，那东西抬起头，抛下沈志贤，转身匍匐地向惠珍过来。

越过它头顶棕黑色的杂乱的毛发，惠珍可以见到沈志贤扭曲而安静地躺在那里，脖子上溅满了殷红的血迹。

泥地里响起迟缓的踩踏声，那怪物低低地伸着脖子，拖着酱黄色肉身，肥大的肚腩上，几根干瘪的，肉棍似的肢节来回颤抖着，离她越来越近。

惠珍极力地压住颤抖的双脚，周身的血液凝住，只有心脏仍堵在胸前激烈地跳动着。她想挪开脚步，才发觉两腿软绵绵的，连站也站不稳。

跳跃的红火向上翻滚着，照出那东西庞杂的黑影，走马灯似的光影，在四面岩壁上浮动着，暗一圈，亮一圈，暗一圈，亮一圈。

"沈太太。"她绝望地向沈太太方向看去，沈太太瞪大眼睛，疯了一般地看着这一切，跌跌撞撞地，沿着李文忠的血迹，朝洞中深处走去。

耳旁又响起了海棠的尖叫，一声一声地叫着，嘈杂尖利地要往人耳膜里钻洞。惠珍一脚让石块绊住了，一跤瘫坐在地上，战栗着向后爬移，干涩的喉咙一上一下地滑动着，一股腐臭的气味钻进鼻孔。

陆家庆，陆太太的孩子，终于来到了她的面前。

那张奇形怪状的脸上，布满了污红色的肉疱，一串一串的，像鸡的肉冠，两块臃肿的肉袋里隐隐可见一双血红的小点，那是他迷蒙而空洞的眼睛。她还能见到怪物背后一颗肉瘤般的隆起，光滑而充溢着暗青的血丝，上面裂开一道溃烂红肿的血口，正流着脓液。

一根湿滑的舌头伸了出来，粘粘地舔着惠珍的脖颈，带着血腥臭味。是沈志贤的血，一行行地涂在她脸上。惠珍忍不住闭上了眼睛，腹腔似乎被恐惧抽空了，空荡荡的，大口大口吐着气。或许这只是一个冰冷而眩晕的噩梦，待她再睁开眼的时候，就能醒过来。

她无力地伸出胳膊，想将它用力推开，反被那怪物的两手勾住了，狠狠地抓进皮肉里，划拉出五道热辣辣的血痕。

惠珍疼得叫了出来，她能感到那股恶臭的呼吸，离她的脖子越来越近，越来越近。

砰的一声。

像爆竹炸开的声音。

海棠的尖叫声停住了。

惠珍睁开眼睛，眼前那空洞血红的双眼，也在盯着她，露出困惑的神情。还没明白发生了什么，又一声的砰的巨响。

一股红红黄黄的液体飞溅到她的脸上。

畸形的脑袋上迸开一口血肉模糊的窟窿，毛发一措措地粘着。它浑浊地咕哝了一声，晃了晃身子，便沉沉地摔到了地上。

一只乌梅色的小手枪，被牢牢地抓在沈太太的手里。她浑身颤悠悠地站在怪物背后，脸上挂满了冷汗，喘着粗气道："我，我让李文忠带了把老爷的枪来，就，就在他口袋里。"

惠珍挣扎地站起身来，跌跌撞撞地跨过那怪物的身体，忽然听见沈志贤躺在远处哼哼了两声。

"志贤！"沈太太惊叫着跑去，奋力将沈志贤从地上扶站了起来。他一手捂着脖子的伤口，脸色苍白极了，一步一挨地走到那怪物的尸体旁，低头瞧着，与惠珍一样，恍如大梦初醒，默默无语。

"先回去吧。"惠珍稳了稳自己的情绪，安慰地拉起仍在惊慌噫语的海棠。

他们疲惫地拽着双脚，回到门洞口，就见沈太太惊慌失措地从前路转回来，捂着鼻子道："不行了，前面的路冒起了浓烟，好像起火了，走不掉。"

才说着，呛鼻的焦烟味，伴着一股热浪阵阵袭了过来。

"那怎么办？"

"还有一条路出去，"沈太太想了想忙道："石室的另一头有口塌陷的洞门，正通向园子里的古井。"

惠珍心里一惊，这才恍然明白那梁复的尸体是怎么跑进这间石室来的。她一边拉劝着陷入癫狂的海棠，一边慌不迭地跟在沈太太他们后头，迎面就是一面粗糙阴惨的岩壁，底部塌陷着一口黑洞洞的坑道。

沈太太弓着身子，探进洞里道："你们跟紧些，穿过这儿，应该就能到那口老井，那里的井绳应该能通回地上。"

眼看着沈志贤的身影消失在虚茫的洞口中，跟在他后边的海棠忽然恐惧起来，摇头道："不行，里头好黑，我不去！"

惠珍连忙扒住海棠的肩膀，柔声道："别怕，我在你后面，志贤就在前面等着，什么事都不会发生的。"

"你？"海棠呆滞地面向她道："你是谁？你是四喜？还是惠珍？"

整个石室里只剩她们两个人了，几步远的地方，那堆雕花窗棂还在一闪一闪地燃烧着，却散发出令人心悸的寒气。

"我，我是惠珍啊。好了，你别闹了。"惠珍缓下声，也察觉出自己声调的异样，海棠现在精神失常，疯言疯语的，可待她正常了以后呢？那梁复死前究竟与她说了什么，是自己冒名顶替的秘密，还是杀人灭口的事。

如果海棠不能顺利地回到上面，如果这中间发生了什么意外？

惠珍被这涌起的念头吓了一跳。

海棠的脸色也变了，僵硬的表情，目光惊恐地盯着她，喉咙发出隐隐的声响。

"怎么了？"

在自己的后背，惠珍连忙转身，循着海棠的眼神望去，那堆火焰仍熊熊飞舞着，掀起密密点点的红星，在这片沉静的漆黑中，高高飞扬。那排诡谲的泥金神像，一张张狞恶的黑脸被照得油亮亮的。

骤然传来一阵凄厉的笑声，阴瑟凄冷的声音仿佛是自泥像口中传来的。

一道阴凉凉的风顺着惠珍的脊梁直蹿而上，她几乎不敢相信自己见到的恐怖画面，窜动的心跳声砰砰冲击着耳膜，脑海里轰的一声炸开了，空空白白的一片。

那具打烂了脑袋的尸体，颤悠悠地动了，几条惨黄色的手脚漫无目的地在沙砾里抓挠着，咔啦咔啦，将那具肥大的身躯一点点地拽了起来。宛如一只肉色的蜘蛛，佝偻着趴在地上，缓缓地爬挪着。那颗淌着血水的头颅，像块多余的瘤子，死气沉沉地悬吊在前面，随着身体的摆动，一摇一摇的。

又是一声尖厉的嚎叫声，像女人刺耳的疯笑，自那怪物的脊梁上森森传出来。

是那颗肉囊。惠珍这时才明白，怪物背上那颗长满了血丝的大肉囊，是它的另一颗脑袋，那两个孩子中的另一个，没有眼睛，没有鼻子，只有一张血口般发脓的嘴，泌淌出浓黄的液体。

身后的海棠终于崩溃了，抱住脑袋，声嘶力竭地哭叫着。在她要喊第二声之前，惠珍猛地将她推进那坑洞里。

"快往前爬！"她的双臂拼命地推挤着海棠的臀部，向坑洞的深处挪动。怪物似乎察觉出了动静，手脚咔啦咔啦地响动着，正往她们方向乱糟糟地爬来。

"快点爬，别哭了，快点爬！"惠珍高声叫着，弓身探进狭窄的洞口，在这恐惧的边缘，她的身躯仿佛已不是她的了，像张轻薄的白纸，轻飘飘的，却陷进幽暗密闭的坑道里，扼得她喘不出气来，沾了一身的污泥，又湿又沉，每挪进一点，都是步履艰难。

忽然间，她仍伸在坑洞外的双脚被什么东西扯住了，扭头一看，那怪物已经扑到她的腿上，惨黄的手挟住她的双脚，向外拖拉。她挣扎着，下半身一阵阵地发麻发软，她能感到它正慢慢地爬上她的身体。

"不！"滚烫的呼吸从鼻腔喷涌而出，她狠狠地叫了一声，紧绷小腿，竭尽全力地向那背部的肉囊猛地一踢。

传来一个沉甸而柔软的声响，那东西发疯似的尖叫，重重地摔向身后的那堆火焰。

接着是一阵清脆的木柴垮塌的声音，伴随一声声撕心裂肺的哀嚎。

隔着那阴暗狭长的隧道，就见到一团橘红的火光，腾腾地卷动着，在洞口外面挣扎，扭动。

当惠珍从那阴凉的井口爬出来的时候，天空泼墨似的一片漆黑，寥寥的星辰低低地垂在头顶上，四周树木繁茂，摇摇曳曳，被夜风呜呜吹打着。空气中隐约能闻见一股炭火的焦味。在一棵茂盛的香樟树旁，沈太太他们似乎被什么摄住了眼睛，直挺挺地站着，默不做声地朝一个方向眺望。

"怎么了？"惠珍悄然走到沈志贤身边问道。

可沈志贤捂住自己肩膀的伤口，并没有回答。沈太太的脸上毫无表情，淡淡地回道："陆太太，是陆太太。"

"姨妈怎么了？"惠珍问道。

这时候，她的视线越过满山绿海波澜的野树荒林，就见天际一线蜿蜒，冉冉亮起赭红的火光，仿佛涨起一道金红的海潮，在淡灰色的山峦般的云层底澎湃翻涌着。

一蓬巨大的鸽灰色烟雾升了起来，遥遥传来一阵仓惶嘈杂的人声锣响。是陆家的那幢三层大宅，笼在一团珠光瑰丽的火光里，奇异的玫瑰色的火焰高高地直蹿向夜空，源源汇入那片血红的海潮。

第十七章　尾声

沈志贤即将出院的前一天，肩膀的伤口拆线，尽管没伤及骨头，可是伤口缝合得太稀了，直到护士把线头拆除，也没完全愈合。傍晚的时候，惠珍忽然过来看他。医院后门有一条幽静的林荫路，他们一前一后漫无目的地走着。惠珍那天穿了件粉色的长袖线绒衫，黄昏的林子空气寒凉，尽管是六月，她的脸色却冻得微红。

"听说沈太太要回南京了？"走了一小段路，惠珍这才打破沉默道。

沈志贤偷眼朝她看了看，笑道："是啊，闹了这么大一桩事，房子都烧光了，她也是怕够了流言，说要北上避避风头。"讲到这儿才想起陆太太葬身火海的事，自己拿这些说笑，怕又勾起她难过的回忆，立时住了口。

惠珍沉默了一会儿，道："就是可怜了我姨妈，还有那几个没来得及出逃的下人。"

大火后的第二天，陆家的惨案便上了城里各大报馆的头版，数人暴毙，家破人亡，一时间满城风雨，可也不过持续了两日。到了六月一日，新闻纸的头条已经更让人心惊胆战，广东新桂系军阀起兵反蒋，几十万军马进犯湘南，一场战事迫在眉睫。

总是这样，烽火连天，灾民在广袤的田原里颠沛流离，荒凉满目的废墟下，数以万计的人默默死去，又会有千万鲜活的生命，乌泱泱一片，茫然地、苦闷地，在这古老的国度里诞生，在这片莽莽苍苍赤野千里的大地上活下去。年复一年，无穷尽的，在中国几千年的历史里轮回上演。他们每一个人均身陷其中，不可幸免，而他们所经历过的一切，于这动荡的时代洪流中，如蝼蚁般渺小得简直就不算什么了。

想到这儿，沈志贤不禁悲从中来，只感到了空气里的阵阵寒意，他歇下了脚步。

这时候，惠珍仍旧走在离他稍远的地方。几缕嫩金的枝叶上，一轮淡白空茫的月亮缓缓移过。铺了一地碎石的街道，如条宽阔银白的河，潮亮的流水漫过凹凸不平的石子，偶尔一两颗粗圆的鹅卵石冒出来。她的脚尖轻轻踏在上头，恍如立在一方滔滔的亮蓝的河水中央。

他看得惘住了，动情地叫道："惠珍。"

"怎么了？"惠珍重新抬起头看着他，仿佛也觉察到了那点异样。

沈志贤默然了半晌，忍不住道："我想好了，等海棠的病彻底治好了，我会和她说清楚。"

"你要和她说什么？"提到这个名字，惠珍的脸色一变，心不在焉地问。

林荫小道的尽头左拐，便上了医院前门的马路。热闹的大街上，拐角有家咖啡馆，玻璃橱窗里回旋着霓虹灯的青红光影。后面一排木板门搭的小店，店堂里映着黄浊的灯光，还没打烊。临街搭着行小食摊，洋铁皮裹的车摊上架着口铁锅，顶上垂挂着一盏盏小灯，亮晃晃的，埋头排排坐着几位食客，人声嗡嗡中烟气氤氲。

"我要对她说，我和她只能做普通朋友。"沈志贤鼓足了勇气，有些紧张，"我想和你在一起。"

"你说什么？"惠珍诧异地看着他。

她的手被沈志贤拉住了，大概怕她没听清，他又说了遍，"你可能不知道，我想我是真的喜欢你的。"

怎么会不知道？他的心思，其实她一直都清楚，她的眼光有些柔和了，恋恋地望着沈志贤灯影下的脸。她能感到他热烈地抓着她的手，恍惚在一个温暖的梦境里。

人声鼎沸的灯火中，仿佛唐朝的花灯集市，火树银花，戏文里才子佳人跨过千山万水相汇于此，"灯外月黄昏，眼前人潇洒，人月双圆愿，梦裏末合差"，她大概是魔住了，或许真有前世，百年前花月佳期的约定，不过今生，他仍是那个徒有潘安貌的公子，她却沦为图财害命的贼人，一路千辛万苦，跌跌撞撞地过来，难为他还认得她。

可惜，太迟了。她怅然地想到，眼神黯淡了下去。他们根本是两个世界的人，终有一天，他会发现她不是叶惠珍，他所有对她的了解，都不过是一个谎言。到那时候，他或者她自己又该怎么办？或许不用太久，只要等海棠恢复过来，一切就能真相大白了。

"怎么了？"沈志贤瞧见她眼中露出一点微光，忙道："你如果不愿意，我不勉强，我可以等，我们可以再从朋友开始做起。"

这时候，惠珍抬起了头，微微揉了揉眼角，作出一副愉快的神气道："傻瓜，只是沙子跑进眼睛里去了。"

两人之间又是一阵沉默，缓缓地兜回到医院高大的门廊，沈志贤忽然将她拥入怀里，怕失去她似的，又仿佛是他唯一能把握的，迫切地抱住了她。她愣了愣，终于也紧紧地搂住他的脖子。

"我明天出院，你会来吗？"他贴在她耳边喃喃地道。

"嗯，好的。"惠珍抿了抿嘴，轻轻地答道，脸上掠过一丝凄楚的神色，可他没有看见。他其实不知道，她今天是来和他道别的。

医院门禁时间就要到了，沈志贤有些调皮地转身，快步走进那幢红砖砌的病院里，忽然间，又回头站住，十分稚气地朝她挥了挥手，他简直等不到明天了。

于是，惠珍也伸起手，在空中停了半晌，终于微微地挥了两下。她明白，这一别，他们以后再也不会见面了。

耳边响起了几声清亮的爆竹，临街的一家饭庄似乎在办喜事，古旧的雕花窗棂内，一片灯火通明。夜市里人潮涌动，穿梭来住的小商贩，提着竹篮子，高声吆喝叫卖油墩子、夹肉饼、麻花。一辆困在弄堂口的汽车，不耐烦地压起嘟嘟的皮喇叭。路边排档的桌椅直摆到了马路中心，橘红色的昏暗的路灯下，摊主在浓烟滚滚中炒菜。眼前攒动着一张张浮生众众的脸孔，熙熙攘攘，顺着青石板坡的弧度起伏，一路爬延到辽阔而苍茫的夜空里。

惠珍眷恋地向后望了最后一眼，然后掉转过身子，抱住自己的臂膀，慢慢地，朝着那片嘈杂而热烈的光影中缓步而去，宛如沧海一粟，湮没在茫茫人海里，便再也看不见了。